蒼龍魂
창룡혼

매은 新무협 판타지 소설

FANTASTIC ORIENTAL HEROES

창룡혼 5

매은 新무협 판타지 소설

초판 1쇄 찍은 날 § 2014년 1월 10일
초판 1쇄 펴낸 날 § 2014년 1월 17일

지은이 § 매 은
펴낸이 § 서경석

편집부장 § 권태완
편집책임 § 박가연

펴낸곳 § 도서출판 청어람
등록번호 § 제1081-1-89호
등록일자 § 1999. 5. 31
어람번호 § 제2-2447호

주소 § 경기도 부천시 원미구 심곡2동 163-2 서경B/D 3F (우) 420－822
전화 § 032-656-4452 팩스 § 032-656-4453
http://www.chungeoram.com
E-mail § chungeoram@chungeoram.com

ISBN 978-89-251-3669-1 04810
ISBN 978-89-251-2750-7 (세트)

도서출판 청어람

[완결]

蒼龍魂

창룡혼

매은 新무협 판타지 소설

FANTASTIC ORIENTAL HEROES

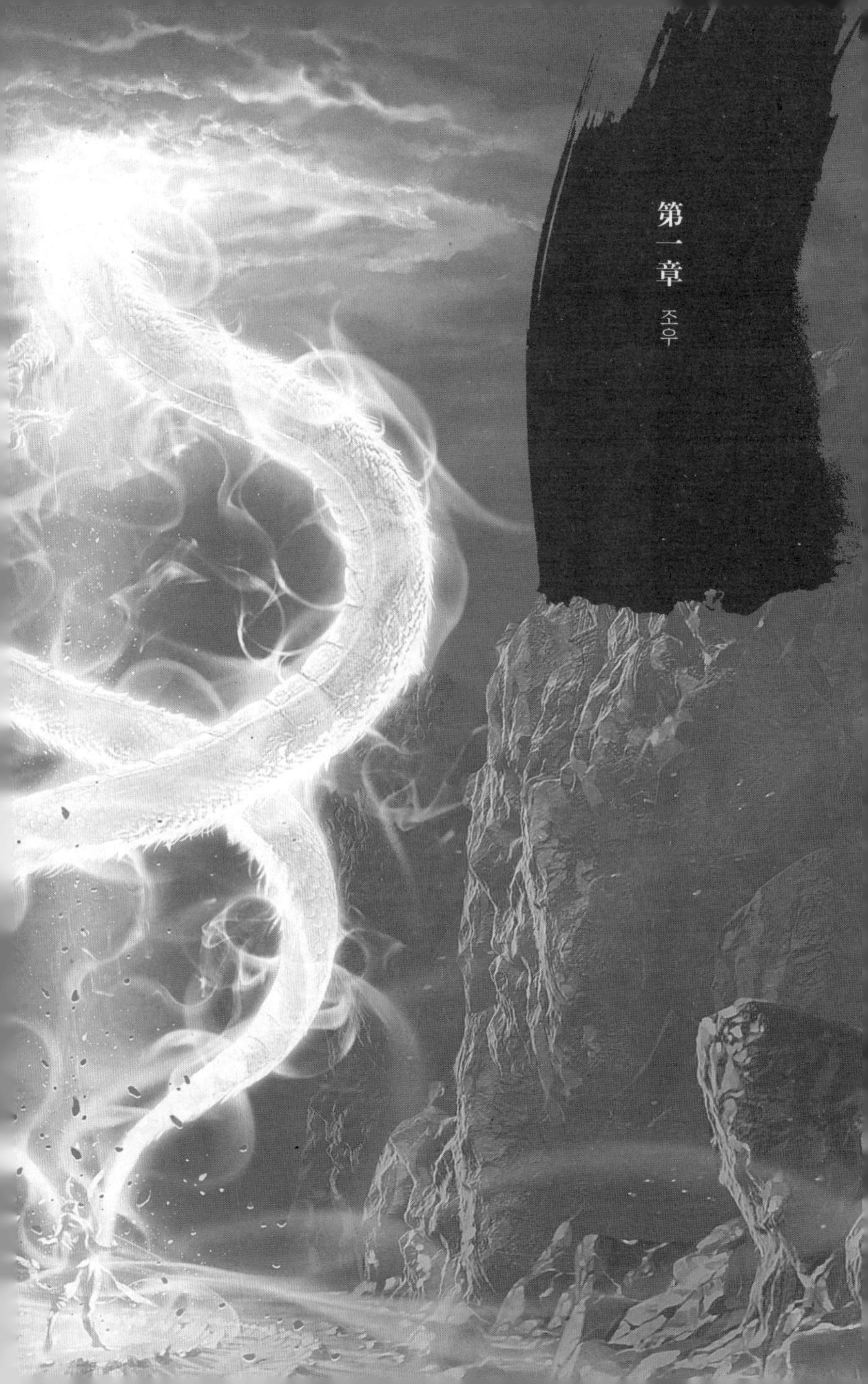
第一章
조우

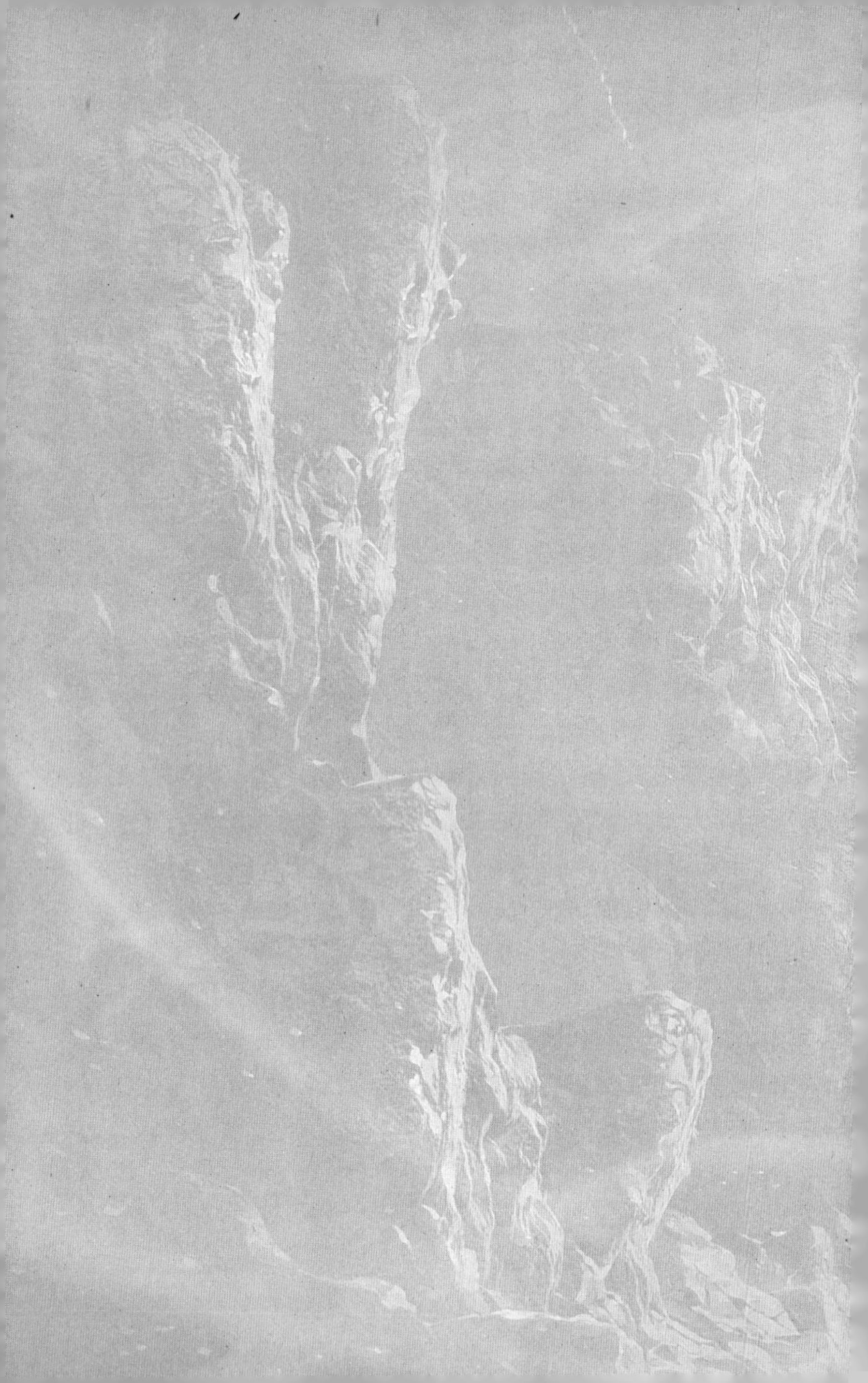

1

이극의 눈 속에는 끝없는 들판만 이어지고 있었다.

바뀌지 않는 풍경은 지루하지만 차라리 낫다. 시선을 조금만 돌려도 마음이 불편해지기 때문이다.

덜컹!

그런 속을 읽고 심술이라도 부렸는지 마차가 크게 흔들렸다. 맞은편에 앉은 유서현의 몸이 앞으로 쏠리는 바람에 이극은 어쩔 수 없이 고개를 돌렸다.

"괜찮……."

그러나 한 박자 빨리, 이극의 옆에서 긴 팔이 쑥 나와 유서현을 붙잡았다. 이극은 얼굴을 일그러뜨리며 팔의 주인을 돌아봤다.

"괜찮습니까?"

여유롭게 웃으며 묻는 자, 바로 남궁상겸이었다.

"고마워요."

유서현은 어색하게 대답하고 자리에 앉았다. 남궁상겸은 사람 좋은 미소를 지으며 고개를 끄덕이고 문을 살짝 열어 소리쳤다.

"무슨 일인가?"

"바퀴에 돌이 걸렸나 봅니다!"

남궁상겸은 문을 닫고 이극과 유서현을 둘러보며 말했다.

"별일 아니라는군요. 안심하십시오."

마차 안 모두가 마부의 대답을 들었는데도 남궁상겸이 굳이 말을 전한 것은 이 마차가 그의 것이기 때문이다. 정확히는 남궁세가의 것이겠지만.

사촌을 대신해 인질이 되겠다는 남궁상겸의 요청을 이극은 흔쾌히 받아들였다. 합비를 빠져나갈 수 있으면 그걸로 족하니 남궁씨면 그만이지, 인질을 가릴 이유가 없다고 판단한 것이다.

그러나 합비를 빠져나간 직후에 이극은 자신의 판단이 잘못되었다는 걸 인정해야 했다. 인질의 역할을 다 했으니 풀어주겠다는 데도 남궁상겸이 일행에 붙어 떨어지지 않는 것이 아닌가?

물론 작정하고 이극이 무력을 행사한다면 억지로라도 떼어

놓을 수 있었을 것이다. 하지만 이극이 행동에 나서기 전에 남궁상겸이 의외의 제안을 내밀었다. 동행을 허락한다면 그들의 목적지까지 모든 편의를 제공하겠다는 것이었다.

이극과 유서현만이라면 일고의 가치도 없는 제안이다. 하지만 혼공의 본거지까지, 먼 길을 두 발로 가기 힘든 자들도 있었다. 소유와 조능설이었다.

소유는 흑성과 유서현 사이를 몇 차례나 오가며 눈에 띄게 건강이 나빠졌다. 결핵에 걸린 것처럼 찬 공기만 마셔도 기침을 해대니 노숙은 꿈도 못 꿀 일이었다.

조능설은 사정이 더했다. 무공의 고수이니 여염집 아낙과 같을 순 없어도 아이를 가진 몸이다. 자연 몸가짐이 조심스럽고 작은 변화에도 민감하게 반응하니 먼 길을 갈 만한 처지가 못 됐다.

인질이 되어 합비를 빠져나가기까지 불과 이각. 그 짧은 시간 사이에 이런 사정을 파악하고 거절할 수 없는 제안을 한 남궁상겸의 수완에 혀를 내두를 수밖에 없었다.

"뭐 불편하신 점이라도 있습니까?"

이극의 심기가 불편하다는 걸 알아본 남궁상겸이 물었다. 이극은 남궁상겸의 과한 관심이 부담스럽다가도 문득 떠오르는 의문이 있었다.

'대남궁세가의 공자님이 뭐 이렇게 눈치가 빨라?'

남궁상겸은 본래 남궁씨가 아니며 타고난 오성이 빼어나 어릴 때부터 세가 안팎의 견제에 시달려 왔다. 눈치가 빠른 것은 천성이라기보다 살아남기 위해 후천적으로 길러진 기술이니 안쓰러운 사정이다.

하나 남궁상겸의 인생 역정을 이극이 알 리 없으니 의문은 의문인 채로 남겨둘 따름이다.

"불편한 점이라… 당신?"

"저요?"

남궁상겸은 넉살 좋게 웃었다. 이극도 마주 웃었지만 호의로 웃은 것은 절대 아니다.

"그래, 대체 어디까지 따라올 작정이야?"

"그거야 모르죠. 당신들이 어디로 가는지 저는 모르니까요."

넉살이 좋다 못해 무책임한 발언에 이극도 할 말을 잃었다. 이극은 고개를 좌우로 저으며 말했다.

"그럼 질문을 바꾸지. 대체 왜 따라오는데? 등 따순 집 놔두고 이러는 이유가 뭐냐고."

"음……."

처음으로 말문이 막혔다. 남궁상겸은 잠시 머뭇거리다 겨우 입을 뗐다.

"그건 비밀로 남겨둡시다. 말로 하기는 좀 곤란하니까요."

"뭐?"

"그렇잖습니까? 댁들도 행선지가 어디며 무슨 목적으로 이러는지 함구하고 있잖아요."

남궁상겸의 마지막 말은 유서현을 향했다. 그러나 유서현은 우울한 얼굴로 창밖을 바라보느라 남궁상겸의 의도를 본의 아니게 무시하고 말았다. 남궁상겸은 빠르게 시선을 돌려 조능설에게 동의를 구했다.

"안 그렇습니까?"

"그, 그러네요."

남궁상겸의 미소에 이끌려 저도 모르게 대답해놓고 조능설은 이극의 눈치를 봤다. 조능설에게 뭐라 할 수가 없어 이극은 혀를 차고 입을 다물었다.

기실 이들이 향하는 곳과 목적을 남궁상겸에게 굳이 숨겨야 할 이유는 없다.

혼공과 마인이라는 마종의 잔재는 곽추운이 가지고 있는 가장 큰 약점이다. 무림맹주가 마종의 잔당을 지원했다는 사실이 밝혀지면 그 파문이 어느 정도일지, 누구도 감히 예측할 수 없으리라.

남궁상겸은 반 맹주파의 주축인 남궁세가의 인물이다. 마음만 먹으면 그를 통해 남궁세가의 힘을 빌릴 수 있다. 그렇다면 유순흠과 동승류를 탈환하는 일도 한결 수월해질 것이다.

하나 그러자면 무림맹주과 마종의 교감을 입증할 증거가 필요하고, 불가피하게 선열대가 전면에 드러나야 한다.

'선열대에서 그치면 몰라.'

곽추운과 반 맹주파의 다툼에 선열대가 휘말리는 것은 어쩔 수 없다. 맹주의 수족에 불과했다 한들 선열대 역시 책임을 회

피할 수는 없으니까. 하지만 그러한 정치적 다툼이 필연적으로 유서현의 존재까지 끌어들이고 말리라.

이극은 남궁상겸의 사람됨을 완전히 알 수는 없으나 그가 선열대와 유서현의 가치를 알았을 때 어찌 행동할지는 안다고 생각했다. 협이 정치의 영역으로 이동했을 때 얼마나 더러워지는지 누구보다 잘 아는 게 자신이라고 자부하고 있으니 말이다.

일행은 혼공의 거처로부터 하루쯤 떨어진 마을 객잔에 여장을 풀었다. 노숙으로 일관했던 합비로 돌아오는 여정과 비교하면 놀라운 변화다. 이 또한 남궁상겸의 재력이 있어 가능한 일이었다.

그 남궁상겸을 제외하고 나머지 네 사람, 이극과 유서현, 조능설과 소유가 한 방에 모였다. 혼공의 거처에 다가온 만큼 어떻게 유순흠과 동승류를 되찾을 방도를 세울 때가 온 것이다.

이른바 작전회의라는 것인데, 회의는 시작부터 삐걱거렸다. 유서현은 못마땅한 표정으로 소유를 가리키며 물었다.

"저 아이는 왜 여기 있는 거죠?"

"혼자 내버려 둘 수 있나? 그렇다고 남궁세가 공자님께 맡길 수도 없고. 적어도 내 눈 닿는 곳에는 놔둬야지."

이극의 설명을 듣고 유서현은 입을 다물었다. 그러나 얼굴에는 여전히 불만이 가득했다.

소유가 지금 이 자리에 있을 수 있는 까닭은 유순흠이 모든 걸 버리고, 제 목숨마저 버렸기 때문이다. 그를 움직인 동인은 대가나 보상이 아닌, 오직 소유라는 존재에 대한 측은지심뿐이었다.

사람으로 태어난 이상, 곽추운이나 혼공의 뜻에 휘둘리지 말고 온전히 사람으로 살기 바라는 마음 하나뿐이었다. 그 고결한 인품이 유서현에게는 긍지가 되었고, 소유를 반드시 지켜내고야 말겠단 결심을 하게 만들었다.

그런데 막상 소유 본인은 유순흠의 처사를 모두 헛된 일로 치부했다. 정확히는 그마저도 자신이 마신이 되고야 마는 운명에 조종당했다는 것이다.

그러면서 소유는 혼공이 약속을 지킬 리 없다며 유순흠이 이미 무사하지 못하다고 이야기했다. 그것이 마신의 그릇으로서 가진 능력인지, 단순한 예측인지는 소유 자신이 입을 열지 않는 이상 알 도리가 없다. 하지만 헛소리라고 치부할 수는 없다. 자연 오는 길 내내 유서현의 얼굴이 어두웠다.

그리고 그런 유서현이 이극은 못내 마음에 걸려 똑바로 바라보기 힘들었다.

그러나 지금은 마주 보고 이야기를 해야 할 때다. 이극은 힘들어하는 유서현을 눈에 담으며 말했다.

"그 이전에 확실히 해둬야 할 사안이 있어. 그걸 확인하기 위해 이 자리에 데려온 거고."

마음이 무겁지만 해야 할 말이다. 이극은 유서현과 조능설을 번갈아 보고, 다시 소유와 눈을 맞췄다.

창백한 낯빛과 가는 팔다리는 병색이 완연한 환자의 것이다. 그러나 은색 머리카락을 길게 늘어뜨린 채 허리를 꼿꼿이 하고 앉은 소유에게선 함부로 손을 대서도 안 될 것 같은 기운이 느껴진다.

아니, 살아 숨 쉬는 사람 같지 않달까? 인세에서 보지 못한 은발도 그렇거니와 지금 이극과 마주한 눈동자도 그렇다. 마치 인형에게 박아 넣은 유리안처럼 소유의 두 눈은 무기질로만 구성된 듯 어떤 감정도 내비치지 않는 것이었다.

'마신의 그릇이라…….'

이극은 소유의 정체를 새삼 머릿속으로 되풀이하며 말했다.

"여기 아가씨의 오라비, 유순흠이 틀렸다는 말. 무슨 뜻이지?"

"내가 그런 말을 했다고?"

소유는 눈을 크게 뜨고 반문했다. 참으로 순수히 모르겠다는 표정이라 속지 않는 게 이상할 정도다.

그러나 이극은 조금도 흔들리지 않고 죄인을 문초하듯이 다그쳤다.

"어물쩍 넘어갈 생각은 마라."

이극의 말이 몹시 단호했다. 소유의 시선이 자연스레 조능설을 향했으나 이극의 눈짓이 한발 빨랐다. 그간 자신을 돌봐주느라 정이 들었던 조능설도 도움이 안 되자 소유는 얼굴을 찡그리며 말했다.

"어떤 대답을 원하는데?"

천진난만하던 목소리가 돌변하여 짜증과 조소로 가득했다. 목소리만이 아니라 인격마저 저가 알던 소유와 딴판인 것 같아 조능설의 입에서 가벼운 탄식이 터져 나왔다.

"진실."

이극의 대답이 간결했다. 소유는 가소롭다는 표정으로 대꾸했다.

"진실? 그런 건 알아서 뭐하게? 그리고 내가 하는 말이 거짓이면 어쩌려고?"

"상관없어."

"뭐?"

뜻밖의 대답에 소유의 얼굴이 일그러졌다. 이극은 어깨를 으쓱거리며 말했다.

"솔직히 난 네 말이 맞든 틀리든 관심 없어. 어차피 다 때려 부수고 마인이든 뭐든 써먹지 못하게 할 작정이니까."

소유는 황당한 말에 놀라 입을 다물지 못했다.

어린아이 팔목 비틀 듯이 흑성을 다루는 모습을 보았으니 이극의 실력이 대단하다는 것은 안다. 하지만 혼공이 보유하고 있는 마인은 그 수가 백을 헤아린다. 홀로 그들을 어찌 감당하겠단 말인가?

"아저씨!"

기가 막힌 소유보다 더 놀란 유서현이 소리쳤다.

유순흠을 되찾는 일이 어렵고 뾰족한 방책도 없을 거라는 건 알고 있다. 하지만 그래도, 어려운 일이기 때문에 이극이 어떻게든 해줄 것이다. 유서현은 지금까지처럼 이극의 지시에 따르기만 하면 모든 일이 다 잘될 것이다.

그런 기대감을 누구도 아닌 이극 자신이 부숴 버린 것이다.

이극은 유서현의 부름을 무시하고 소유를 노려보며 말을 이었다.

"하지만 말이다. 만약 네가 이 자리에서 한 말이 거짓으로 판명이 나면 반드시 그 대가를 치르게 될 거다. 남궁세가든 어디든, 마신의 그릇이라고 그럴싸하게 구워삶으면 달라는 곳이야 많겠지."

"너 이놈……!"

"잘 생각해라. 지금 이건 너에게 뭘 구하려는 게 아니야. 네 운명을 선택할 기회를 주는 자리다."

소유는 놀랐는지 큰 눈을 더욱 크게 뜨고 이극을 바라봤다. 그도 잠시, 소유는 곧 웃음을 터뜨렸다.

"푸하하하! 참으로 미련하기 짝이 없구나! 뭐? 운명을 선택하라고? 하하, 하하핫!"

작고 마른 몸 어디에서 그토록 커다란 웃음이 터져 나오는지 의문스러울 정도였다. 이극과 유서현, 조능설은 어깨를 들썩이고 허리를 구부려가며 웃는 소유를 바라만 봤다.

객잔을 들썩거리게 만들던 웃음은 한참이 지나서야 그쳤다. 얼마나 웃었는지 창백한 얼굴에 핏기가 은은하니 감돌 정도였다. 소유는 못다 한 웃음을 억누르며 말했다.

"이 미련한 자야. 선택할 수 있다면 어디 그것이 운명이겠느냐? 운명은 이미 정해져 있는 것이야! 너희 인간이 아무리 발버둥 쳐봤자 벗어나지 못하는 게 운명이란 말이다!"

"그래?"

이극의 얼굴에 비로소 웃음이 돌아왔다. 그러나 그 순간 소유의 얼굴에서는 웃음기가 사라졌다. 이극의 미소가 한없이 불길했기 때문이다.

이극의 말이 이어졌다.

"그럼 너는 어떻지? 마신의 그릇이라면 지금 너는 인간이냐, 아니면 마신이냐? 너는 운명에 따르는 인간이냐? 운명을 만드는 마신이냐?"

"그건……!"

소유는 대답하지 못하고 입을 꾹 다물었다. 이극의 질문에 머릿속이 혼란스러웠다. 수만 가지 생각이 서로 부대끼며 목구멍에 끼어 한 가지도 말로 나오지 못하는 것 같았다.

이극이 말을 더했다.

"간단히 하지. 네 말이 거짓이라면 그 자리에서 널 베겠다."

"말도 안 돼요!"

유서현과 조능설이 입을 모아 소리쳤다. 유순흠이 자신을 희생해가며 살려낸 소유를 죽이겠다니? 그러나 이극은 두 사람의 외침에도 아랑곳하지 않고 한층 차가운 시선으로 소유를 바라봤다.

"위협으로 하는 말이 아니란 건 알 수 있겠지?"

꿀꺽.

소유는 저도 모르게 마른침을 삼켰다. 이극의 두 눈은 마치 북해의 얼어붙은 바다처럼 차갑고 바닥을 알 수 없이 깊었다.

위험한 자다.

머리보다 가슴이 먼저 안 순간, 두려움보다 큰 분노가 일었다. 날 위협해? 마신의 그릇인 나를?

소유의 눈이 번쩍, 빛을 발했다. 누구도 눈치채지 못할 찰나의 빛이었다. 단 한 사람, 이극을 제외하고.

이극은 여전히 심해와 같은 눈으로 소유를 바라보고 있었다. 찰나에 그친 빛은, 이극의 눈 속 어둠에 잡아먹혔기 때문이었다.

"그는… 이미 마인이다."

힘겹게 말을 마친 소유의 얇은 입술에서 피가 흘렀다. 공포에 짓눌려 대답하고 말았다는 굴욕감에 입술을 깨문 것이다.

그러나 소유가 흘리는 피에 관심을 기울이는 이는 아무도 없었다. 이극과 유서현의 시선은 소유가 아니라 조능설을 향해 있었다.

"거짓말! 그럴 리 없어!"

의자를 넘어뜨리고 벌떡 일어난 조능설이 소리쳤다. 혈육인 유서현보다 더 큰 충격을 받았는지 하얗게 질린 얼굴이었다.

"너… 다시 말해봐. 뭐라고? 그이가, 유 가가가 마인이 되었다고?"

"그래."

소유는 짧게 말하고 입을 다물었다. 조능설은 소유를 노려보다가, 돌연 눈을 감고 제자리에 쓰러졌다.

"언니!"

놀라 소리치는 유서현보다 이극의 움직임이 빨랐다. 이극은 조능설에 바닥에 쓰러지기 직전 그녀를 받아 안았다.

"이건……?"

맥을 짚어본 이극의 안색이 묘하게 흐려졌다. 변고라도 생긴 것인지, 걱정된 유서현이 다가가 물었다.

"왜요? 조 언니가 어디 잘못되기라도 한 거예요?"

"아니, 잘못됐다기보다는……."

난감해하며 말꼬리를 흐리는 이극의 모습이 불안을 부추겼다. 유서현이 재차 물으려는 순간, 이극이 강하게 끌어당겼다.

콰쾅!

굉음을 내며 유서현이 등지고 있던 벽이 부서졌다. 이극은 조능설을 유서현에게 안기고 두 여인을 뒤로 물렸다. 검은 그림자가, 잔해에 섞여 이극에게로 쏘아져 날아왔다.

2

콰콰쾅!

손바닥과 손바닥이 부딪치며 벽이 부서질 때보다 더 큰 소리가 났다. 적지 않은 장력을 느끼며 이극이 좌장을 내밀었지만 그림자의 움직임이 기민했다.

"쯧!"

이극은 혀를 차며 허공을 때린 손바닥을 회수했다. 잠깐 날렸던 먼지가 가라앉으며 눈앞에 흑의인이 모습을 드러냈다.

눈 밑으로는 손가락 끝까지 온통 검은색을 뒤집어쓴 사내였다. 쉽게 보기 힘든 차림이었지만 어째서인지 눈에 익었다. 기시감의 정체를 알아본 이극이 눈살을 찌푸렸다.

"그놈 패거리구먼."

"그놈이요?"

"아가씰 죽이려 했던 성성이 놈 말이야."

"아!"

조능설을 건사하던 유서현이 가벼운 탄성을 터뜨렸다. 과연, 그 얘기를 들어서인지 마주 선 흑의인에게서 느껴지는 기운이 흑성이라는 소년과 흡사하다.

'그렇다면 목적은!'

유서현의 시선이 자연히 소유를 향했다. 소유의 얼굴은 잔뜩 일그러져 있었다.

'어떡하지?'

빼앗기기 전에 소유를 확보하는 일이 급하지만 두 손은 실신한 조능설을 건사하기도 벅차다. 혼란에 빠져 허둥대는 유서현의 귀에 이극의 속삭임이 들어왔다.

"서두르지 마."

이극의 말은 주문처럼 떨림을 멎게 한다. 유서현은 조능설을 안고 소유의 옆에 섰다.

붙잡지 않아도 된다. 어차피 이 방 전체가 이극의 영역이랄 수 있으니까. 소유도 그것을 알았는지 섣불리 움직이지 않는 눈치였다.

평정심을 되찾으면 보이지 않던 것들이 보인다. 기습에 실패하고 뒤로 물러난 줄만 알았던 흑의인의 어깨가 덜렁이는 게 눈에 들어왔다. 이극의 장력에 못 이겨 어깨가 탈골된 것이다.

한데 이상한 일이다. 어깨가 빠지는 부상을 당했는데도 흑의인의 기세가 조금도 누그러들지 않았다. 오히려 단 일 장으로 우위를 점한 이극에게서 초조함이 느껴지는 것이었다.

"당했군."

"예?"

이극이 툭 던진 말에 유서현이 놀라 되물었다. 그에 대답하듯 뚫린 구멍으로 흑의인이 세 명 더 들어왔다. 처음 들어왔던 흑의인은 세 사람을 눈으로 확인하고 이극에게 말했다.

"과연 흑성이 놈이 진저리를 칠 만하군."

"한 패거리냐?"

이극의 물음에 흑의인은 긍정도, 부정도 않고 제 할 말을 했다.

"순순히 그분을 넘겨라."

"웃기지 마! 어디 할 수 있으면……!"

발끈하여 외치는 유서현을 이극의 손이 가로막았다. 이극은 흑의인을 노려보며 말했다.

"이게 지금 뭐하자는 수작이지?"

흑의인은 웃으며 대답했다.

"네놈이 강하다는 건 알고 있다. 정면이든 뒤를 치든, 우리가 어쩌지 못할 만큼 고수라는 것도 지금 확인했고."

흑의인은 덜렁거리는 제 어깨를 눈짓하며 말했다. 뒤늦게 들어온 흑의인 중 하나가 그의 팔을 잡고 빠진 어깨를 다시 끼웠다. 흑의인은 고통스러워하는 기색을 조금도 내비치지 않고 말을 이었다.

"너희 말고도 객잔에 묵은 손님이 꽤 있더군. 객잔 주인장이나 점소이들까지 하면 스물이 넘는 목숨인데, 이만하면 그분과 바꿔줄 용의가 생기지 않을까? 뭐, 그런 수작일세."

흑의인의 말을 듣고서야 유서현은 이극이 '당했' 다고 한 이유를 알 수 있었다. 눈앞의 네 명이 다가 아니다. 기습으로 이극의 주의를 돌려놓은 것은 별동대이고, 본대가 따로 있어 동시에 객잔을 제압한 것이다.

"어쩔 텐가?"

흑의인은 맞춘 어깨를 빙빙 돌리며 물었다. 그때, 병장기 부딪치는 소리가 들려왔다.

"물건도 확보하지 않고 거래를 하려 들었나?"

이극이 비아냥거렸지만 흑의인은 크게 동요하지 않고 대꾸했다.

"조금만 기다리면 틀림없이 가져오지. 그러니……."

콱!

흑의인의 손에서 떠난 비수가 유서현의 발아래 날아와 박혔다. 틈을 봐서 소유와 조능설을 데리고 방을 빠져나가려던 움직임을 사전에 봉쇄한 것이다.

"허튼짓일랑 할 생각 마시고. 우리도 인질이 적을수록 편하니까."

말은 그럴듯하게 하지만 목소리에 여유가 사라졌음을 알 수 있었다. 그러나 흑의인에게 여유가 없을수록 아래층에 있는 사람들은 위험해진다. 그래서 더 조바심을 내는 유서현의 머릿속으로 이극의 전음이 전해왔다.

[선불리 움직이지 말자고. 남궁세가 공자님이 얼마나 할지 봐야지.]

이극 일행 외에는 달리 흑의인들에 대항할 만한 자가 없었다. 자연히 싸우는 자는 남궁상겸이리라.

'알았어요.'

유서현은 들리지 않을 대답을 속으로 되뇌며 이극의 등을 향해 고개를 끄덕였다.

번쩍!

백광이 번뜩인 자리에 붉은 피가 번졌다. 비명도 못 지르고 쓰러진 흑의인 너머로 검을 든 남궁상겸의 모습이 보였다.

"히익! 고, 공자님!"

다급한 부름이 남궁상겸의 귀를 때렸다. 계단 위에서 흑의인들과 대치하던 남궁상겸의 신형이 난간을 짚고 돌며 아래로 뛰어내렸다.

획!

"커헉!"

뛰어내리는 힘과 체중을 실은 일격에 흑의인 하나가 비명을 지르며 나가떨어졌다. 남궁상겸은 검을 내밀어 주변에 몰려들었던 흑의인들을 견제하며 등 뒤에 주저앉은 마부에게 말을 걸었다.

"괜찮은가?"

"아이고! 공자님!"

사색이 되어 벌벌 떨고 있던 마부의 눈에 이 층에서 뛰어내린 남궁상겸은 하늘에서 내려온 신장이나 다름없었다. 남궁상겸은 안도하는 마부를 붙잡고 벽으로 밀었다.

식당을 겸하고 있던 객잔 일 층은 엉망이 된 지 오래였다. 식탁과 의자는 부서져서 끝으로 밀려나 있고 바닥에는 서너 구 시체가 쓰러져 있었다.

그러나 시체는 모두 흑의인이었다. 이 층 객실에 머물러 있거나 일 층에서 식사를 하던 손님과 객잔을 운영하는 자는 모두 살아서 인질이 된 것이다.

남은 것은 벽을 등진 남궁상겸과 그의 마부, 둘뿐.

그나마도 열 명쯤 되는 흑의인에게 포위당했으니 인질이 되는 것은 시간문제였다. 그러나 흑의인들도 선불리 다가가지는 못하고 있었다. 남궁상겸의 검에 동료들이 당하는 모습을 벌써 몇 번이나 목도했기 때문이다.

"비켜!"

거칠게 외치며 흑의인들을 밀치고 앞으로 나서는 소년이 있었다. 건장한 흑의인들보다 머리통 하나가 더 있는 거구에 살결이 검은 소년. 이름이 흑성이라고 했던가?

흑성은 다짜고짜 달려들어 주먹을 휘둘렀다. 간격을 좁히는 속도나 쇠뭉치 같은 주먹의 무게, 모두가 인간의 범주를 아득히 넘어선 수준이었다.

붕!

"히익!"

머리 위를 스치는 바람 소리와 등 뒤에 숨은 마부의 비명이 뒤섞였다. 남궁상겸은 흑성의 주먹을 피하는 동시에 품으로 파고들며 일검을 뿌렸다.

캉!

검신을 타고 강한 충격이 손으로 전해온다. 가슴을 베었다고 생각한 순간, 흑성의 손에서 돋아난 손톱에 가로막힌 것이다.

파바박!

무공이랄 수 없는 주먹질이 다시금 남궁상겸의 위로 쏟아졌다. 주먹 하나하나가 위력적이라 남궁상겸은 추호도 경시하지 못하고 왼손에 공력을 집중해 흑성의 공격을 막았다.

"이놈!"

계속해서 날린 주먹이 한 대도 남궁상겸을 맞추지 못하자 흑성이 화를 내며 대치 중이던 손톱을 확 밀었다. 힘 대 힘으로는 당할 도리가 없으니, 남궁상겸의 몸이 뒤로 날았다. 허공에 뜬 남궁상겸의 몸을 향해 흑성의 오른 주먹이 쏘아졌다.

쾅!

굉음을 내며 벽에 구멍이 뚫리고 잔해가 사방에 흩어졌다. 떠오른 순간, 남궁상겸이 발로 벽을 치고 몸을 비틀어 흑성의 주먹을 피한 것이다.

"크악!"

벽에 구멍을 낸 흑성이 돌연 괴성을 지르며 뒤로 굴렀다. 주먹을 피하며 동시에 내민 남궁상겸의 검에 가슴을 베인 것이다.

"흑성 사도님!"

몇몇 흑의인들이 놀라 외치며 넘어진 흑성을 부축했다. 검상이 얕았는지, 흑성은 곧바로 일어나 팔을 휘둘렀다. 덕분에 부축하던 흑의인들이 종잇장처럼 나가떨어졌다.

"사도?"

남궁상겸은 검을 고쳐 쥐며 흑의인들이 부른 호칭을 되뇌었다. 그 소리가 크지 않았는데도 순간 흑의인들의 시선이 남궁상겸에게로 집중됐다. 술렁이는 공기가, 흑의인들이 적잖이 당황하고 있음을 알려주었다.

'뭐지? 사도란 호칭에 무슨 의미가 있나?'

의문이 머리를 스쳤다. 그러나 그 꼬리를 붙잡기도 전에 흑성이 노성을 지르며 달려들었다.

"죽어라!"

"흡!"

산꼭대기에서 굴러 내려오는 집채만 한 돌덩이를 상대하는 기분이다. 남궁상겸은 헛바람을 들이켜며 두 손에 공력을 집중했다. 쥐고 있던 검신에 희뿌연 기운이 일렁이며 허공에 같은 색의 궤적을 그렸다.

카앙!

귀를 찢는 소리가 나며 무언가 허공을 날았다. 흑성의 손에서 길게 돋아난 손톱이었다.

곧이어 희뿌연 기운을 두른 검이 갈지자[之]를 그리고, 허공을 붉은 피로 채웠다. 가슴에서 피를 뿌리는 흑성의 몸이 무너질 듯하다가 뒤로 펄쩍 뛰었다.

"크아아아악!"

사자후와 같은 노성이 객잔을 뒤흔들었다. 어찌나 화가 났는지 흑성의 검은 얼굴이 시뻘겋게 달아올랐다. 흑성은 검에 베여 붉게 물든 가슴을 제 주먹으로 때리며 소리쳤다.

"너 이놈! 죽여 버리겠어!"

그러나 말만 호기로울 뿐, 흑성은 함부로 달려들지 못하고 있었다. 조용히 가라앉은 눈으로 자신을 바라보는 남궁상겸의 기세가 한 발이라도 다가가면 베일 듯 날카로웠다.

그때, 나긋나긋한 여인의 목소리가 좌중에 울려 퍼졌다.

"그만."

분을 못 이겨 발광하던 흑성도, 경계를 늦추지 않던 남궁상겸도 순간 시선을 빼앗겼다.. 포위망 한쪽이 벌어지며 목소리의 주인이 모습을 드러냈다.

흑의인들과 마찬가지로 눈 아래를 흑의로 휘감은 여인. 합비에서 흑성과 함께 소동을 일으켰던 황이령이었다.

황이령의 목소리는 여인답게 높고 가늘었지만 그 속에 묘한 힘이 있었다. 신분의 차이가 있는지, 그녀가 전면에 나서자 흑의인이 모두 반걸음 물러나는 것이었다.

한 사람, 흑성만이 눈을 부라리며 분통을 터뜨렸다.

"그만두라고? 누구 마음대로?"

"계속 싸우면 네가 이길 것 같니? 그 무릎으로?"

황이령의 지적에 흑성은 입을 다물었다.

흑성과 남궁상겸, 두 사람 간 실력의 고하는 이미 드러난 것이나 마찬가지였다. 게다가 흑성은 이극에게 한쪽 무릎이 부서지는 부상을 당했다.

보통 사람이라면 평생 다리를 절어야 할 부상인데도 거침없이 뛰어다니는 것은 역시 그가 인간의 범주를 넘어섰다는 증거이리라. 아직 완쾌되지 않아 움직임에 제한이 있는 것도 사실이었다.

"젠장!"

흑성은 크게 소리를 지르며 주먹을 휘둘렀다. 근처에 있던 기둥이 수수깡처럼 꺾였다.

황이령은 가볍게 혀를 차고, 남궁상겸을 향해 고개를 돌렸다.

"뜻밖에도 이런 곳에서 다시 만났네요. 그간 무탈하셨나요? 남궁 공자님."

"아, 안녕하시었소?"

날붙이가 교차하며 생사가 나뉘는 싸움터에 어울리지 않는, 지극히 일상적인 인사에 남궁상겸이 당황했는지 말을 더듬었다.

황이령은 미소를 지었다. 복면 위로도 웃는 모양을 그리는 입술 윤곽이 드러난 것이다.

"물론이죠. 하지만 지금은 서로 안부를 물을 때가 아닌가 봐요. 이전과는 상황이 정반대군요."

"무슨 목적으로 이런 짓을 벌이는지 모르지만 조용히 물러가는 게 좋을 거요."

"그런 섭섭한 말씀을! 우리는 가능한 한 피를 보지 않으려 했어요. 보세요. 사람을 죽인 건 공자님뿐이잖아요?"

황이령이 손을 내밀자 포위망이 허물어지듯 시야가 트였다. 이극들과 남궁상겸 일행을 제외한 나머지, 흑의인들에게 붙잡혀 있는 사람들이 드러났다. 무공을 모르는 평범한 자들이 서슬 퍼런 칼날 아래 떠는 모습이 남궁상겸을 자극했다.

"무고한 사람들을 데리고 뭘 하자는 거요!"

"인질로 쓰지, 아니면 뭐에 쓰겠어요?"

"뭐라고?"

남궁상겸은 어이가 없어 반문했다. 황이령은 복면 아래로 방긋 웃으며 말했다.

"그러니 쓸데없는 피를 흘리고 싶지 않으면 순순히 투항하세요. 더 저항해 봤자 서로 좋을 게 없잖아요?"

황이령의 말과 동시에 흑의인 중 하나가 검을 뽑아 한 중년 여인의 턱밑에 가져갔다.

"으음……!"

사시나무처럼 떠는 여인의 모습이 남궁상겸의 눈 속에 가득 찼다. 남궁상겸은 울분을 삼키고 들었던 검을 내렸다. 검신을 휘감았던 희뿌연 기운도 연기처럼 흩어졌다.

황이령의 눈이 달처럼 구부러졌다.

"잘 생각하셨어요. 자, 그럼 이리로."

황이령은 사뿐한 걸음걸이로 다가가 남궁상겸에게 손을 내밀었다.

검은 천으로 뒤덮인 가는 손가락들. 남궁상겸은 잠시 망설이다 검을 거꾸로 들어 황이령에게 건넸다.

"좋아요."

황이령은 고개를 끄덕이고 남궁상겸이 내민 검 손잡이를 잡았다.

3

그때, 객잔 문이 활짝 열렸다. 동시에 객잔 안으로 들어온 사내가 큰소리로 외쳤다.

"손님 중에 유씨 성을 가진 소저가 있소이까?"

"너 미쳤냐?"

뒤따라 들어온 여인이 험한 말로 사내를 타박했다.

긴 머리를 늘어뜨린 사내는 용모가 수려해 얼핏 여인으로 착각할 정도였다. 뒤따르는 여인은 서역인의 피가 섞였는지 이목구비가 큼지막하고 타는 듯 붉은 머리카락을 지닌 미인이었다.

여인은 사내를 조용히 하고 고개를 돌렸다. 가볍게 훑는 시선은 흑성을 지나쳐 황이령에게서 멈췄다.

"이것 봐라?"

붉은 머리칼의 여인, 적발마녀 추영영의 입에서 묘한 소리가 나왔다. 마종의 고수들과 지겹도록 싸웠던 추영영이다. 노망이 나지 않는 한 눈만 내놓았대도 황이령의 정체를 못 알아볼 리 없다.

한편 추영영과 눈이 마주친 황이령은 온몸이 얼어붙는 한기를 느꼈다. 갑자기 나타난 여인의 정체는 몰라도 눈빛만으로 압도당한 것이다.

"인질을 확보해! 어서!"

다급히 명령을 내리자 흑의인들이 재빨리 인질을 감쌌다. 그러나 추영영은 문앞에 가만히 서서 흑의인들의 행동을 바라만 볼 뿐이었다.

가만히 있는 추영영의 옆으로 삐죽 고개를 내민 사내는 번천검랑 원가량이었다. 그 얼굴을 알아본 남궁상겸이 소리쳐 불렀다.

"원 선배님!"

서로 진영이 다르고 근거지가 다르니 무림맹의 행사에서 오다가다 얼굴만 몇 번 본 사이다. 하지만 이런 상황에서는 혈육보다 반가운 얼굴이다.

원가량도 남궁상겸을 알아본 듯 눈을 맞추더니 한다는 말이 자기 용건이다.

"오! 자네, 혹시 이 객잔에 유씨 성을 가진 소저가 묵고 있는지 알고 있나?"

거짓말이라도 할 판이니 성이 같다면 주저할 이유가 없다. 남궁상겸은 고개를 크게 끄덕였다.

"암요! 있고말고요! 이 층에 있으니까 여기 좀 어떻게 해주십시오!"

"있답니다."

원가량은 함박웃음을 지으며 추영영에게 말했다. 추영영이 고개를 끄덕이자 황이령이 먼저 포권의 예를 취하며 말했다.

"어느 고인이신지 모르오나 오늘은 못 본 척 지나가시지요. 무고한 자들이 죽습니다."

황이령의 말을 들은 추영영의 얼굴에 미소가 번졌다. 객잔 안이 환해지도록 화사한 미소였지만, 그를 보는 상대는 마음속 깊은 곳에서부터 두려움이 일어난다. 그녀가 바로 적발마녀인 증거이다.

우우웅—

가볍게 든 손가락 끝에 붉은 광구가 맺히더니, 그로부터 화살 같은 빛줄기가 날아 한 흑의인의 이마를 관통했다. 적발마녀의 성명절기 혈지선의 한 수였다.

"……!"

황이령을 비롯한 흑의인들은 물론 인질로 붙잡힌 자들까지도 순간 숨을 쉬지 못했다. 혈지선을 알아보지 못하는 자들도 그 위력과 손속의 잔인함을 몸으로 느낀 것이다.

차갑게 굳어버린 황이령을 향해 추영영이 재차 미소를 날렸다. 이국의 향기가 물씬 풍기는, 그러면서도 위험하기 짝이 없는 미소였다.

"난 상관없는데?"

붉은 입술에서 나온 말은 미소보다 흉악하다. 말이 끝나기도 전에 황이령의 손끝에 붉은 광구가 다시 형성되자 황이령이 다급히 말했다.

"기다려 주십시오!"

그러나 말이 끝나기 전에 두 줄기 빛이 날았다. 자신이 죽은 줄도 모르고, 두 흑의인이 미간에 구멍이 난 채로 쓰러졌다.

추영영은 손가락으로 또 다른 흑의인을 가리키며 말했다.

"내가 왜?"

"당장 물러가겠습니다! 뭣들 해? 어서 저분들 풀어드리고 물러나! 어서!"

황이령의 지시가 떨어지기 무섭게 흑의인들이 뒤로 물러났다. 그들 또한 추영영이 보여준 수법의 잔혹함에 기가 눌린 지 오래였다.

"이대로 물러날 거야?"

흑성이 언성을 높였다. 황이령은 치켜뜬 눈으로 흑성을 올려다보다, 한숨을 쉬었다.

"어쩔 수 없잖니. 한 명이 아쉬운걸."

"……!"

천방지축인 줄 알았던 흑성도 황이령의 대답에 느끼는 바가 있었는지 입을 다물었다. 황이령은 흑성을 다독이고 옆에 선 흑의인에게 지시했다.

"실패다. 당장 철수한다고 알려라."

계단을 뛰어 올라가는 흑의인을 확인하고 황이령은 추영영을 향해 허리를 굽혔다.

"당장 물러가겠사오니 부디 노여움을 푸십시오."

침묵이 곧 대답이었다. 황이령은 즉시 흑성과 수하들을 이끌고 객잔을 빠져나갔다.

흑의인들이 나가도록 팔짱을 끼고 옆으로 비켜선 추영영에게 원가량이 히죽거리며 말했다.

"그대로 보내실 겁니까?"

"보내지 않으면 뭐? 다 죽이라고?"

"적어도 수괴 놈 팔 하나쯤 놓고 가라고 할 줄 알았거든요. 생각보다 착하시네요?"

"뭐?"

추영영이 기가 막혀 한 소리 던지려던 찰나, 원가량이 고개를 돌리며 외쳤다.

"유 소저!"

오매불망 찾아 헤매던 유서현이 계단 위에서 뛰어 내려오고 있었다. 그 방향이 딱 자신을 향해서라, 원가량은 저도 모르게 함박웃음을 지으며 두 팔을 벌렸다.

"아주머니!"

그러나 유서현이 안긴 품은 원가량이 아니라 추영영이었다. 추영영은 품에 안긴 유서현을 토닥였다.

"아가! 이게 얼마 만이니? 얼굴 좀 보자꾸나!"

추영영은 유서현의 얼굴을 보고 소녀와 빰을 비벼댔다. 두 사람이 해후의 정을 나누는 사이, 조능설을 안은 이극이 소유를 앞세우고 내려왔다.

"여긴 어떻게 알고 왔어?"

퉁명스러운 말투였지만 추영영은 개의치 않고 이극에게도 웃어주었다. 그러나 웃음은 오래가지 않았다. 이극이 앞세운 소유를 본 순간, 추영영의 얼굴이 차갑게 굳었다.

"이건 뭐하는 물건이냐?"

"얘기하자면 길어. 일단 올라가자고. 그런데 공자님은 어디 갔어?"

"공자님?"

추영영이 알아듣지 못하겠다며 고개를 갸웃거리자 원가량이 끼어들었다.

"남궁세가의 도련님 말인가? 방금 나가던데?"

"나갔다고?"

이극은 영문을 몰라 유서현을 돌아봤다. 유서현은 이극과 눈이 마주치자 고개를 도리도리 흔들었다. 이극은 머리를 긁적이며 중얼거렸다.

"귀하신 몸에 이상이라도 생기면 곤란한데……."

이극의 얼굴에 수심이 가득했다. 그러나 유서현의 귀에는 귀하신 몸이 자꾸만 돈주머니로 들리는 것이었다.

귀하신 몸, 혹은 돈주머니로 여겨지는 남궁상겸은 밤길을 달리고 있었다. 고작 몇 발짝 늦었을 뿐이지만 흑의인들의 걸음이 빨랐다. 달이 밝지 않았다면 일찌감치 놓쳤을 것이다.

거리가 좁혀지자 흑의인들 사이에서 동요가 이는 게 눈에 들어왔다. 그러길 바라고 요란하게 쫓아간 것이다. 보람이 있었는지 곧 그림자 하나가 남궁상겸의 앞을 가로막았다.

"무슨 일이시죠?"

이전까지와 달리 가시가 돋쳐 있는 목소리. 남궁상겸의 앞을 막아선 이는 황이령이었다. 남궁상겸은 대답하지 않고 멍하니 서서 황이령을 바라만 봤다.

달 밝은 밤, 풀벌레 소리만 가득한 초원에서 마주 선 두 사람은 그렇게 말없이 서로 응시하며 시간을 보냈다. 흑성을 비롯한 흑의인들은 어둠 속으로 사라진 지 오래였다.

결국 황이령이 다시 말했다.

"이봐요, 무슨 일로 우리를 따라오느냐고 물었잖아요."

"그게……."

눈을 뜬 채 꿈이라도 꾸고 있었는지, 남궁상겸은 퍼뜩 정신을 차렸다. 그러나 막상 정신을 차려도 쉽게 입이 떨어지지 않았다. 우물쭈물하고 있자니, 황이령이 차갑게 말했다.

"별다른 용건이 없으면 따라오지 마세요. 객잔에서 우리 일을 방해한 걸로 충분하지 않나요?"

"아니오! 그게 아니라!"

등을 돌리려던 황이령을 남궁상겸이 붙잡았다. 손목을 잡힌 황이령의 눈에 놀란 기색이 역력했지만 뿌리치지는 않았다. 남궁상겸의 손은 뜨거울 뿐, 공력을 돋우거나 무공을 쓰는 기미가 보이지 않았던 것이다.

남궁상겸이 힘겹게 말을 꺼냈다.

"그게 아니라! 나는 그러니까, 그, 황 소저를 다시 만나고 싶었소. 그래서 예까지 온 것이오."

"……!"

남궁상겸의 말을 들은 황이령은 놀란 눈을 크게 뜨고 있다가, 돌연 까르르 웃음을 터뜨렸다.

"왜 웃소?"

"이봐요, 공자님. 대남궁세가의 공자님!"

"말을 하시오."

"내가 누군지 알고서 그런 말씀을 하시는 건가요?"

"황 소저라 하지 않았소."

"그러고요? 이름 말고는요?"

황이령은 제 손목을 붙잡고 있는 남궁상겸을 올려다보며 말했다. 남궁상겸이 말문이 막혀 얼른 대답하지 못하자 황이령이 말했다.

"먼저 저는 소저가 아니랍니다. 그렇게 고상하게 불릴 만한 여인네가 아니에요."

"그럼 뭐요? 혹시 혼인하였소? 정혼자라도 있소?"

"나 참."

황이령은 느슨해진 남궁상겸의 손을 떨쳐냈다. 남궁상겸은 사뭇 비장하게 말했다.

"말씀하신 대로 내 소저에 관해 아는 게 없소. 그러니 가르쳐 주시오. 혼인하였다면, 아니, 정혼이라도 했다면 내 이대로 물러나 다시는 소저 앞에 나타나지 않으리다."

"…진심으로 하는 말인가요?"

"진심이 아니라면 내가 왜 저들의 인질이 되어 여기까지 왔겠소? 소저를 다시 만나겠다는 마음 하나였소. 만나서, 이야기를 나누고 싶었소. 그러니 말해주시오."

남궁상겸이 진지하게 심정을 토로하니 황이령도 더는 웃으며 넘길 수가 없었다. 황이령은 웃음기 가신 목소리로 말했다.

"저나 흑성이 합비에 왜 나타났는지, 저들이 얘기해 주지 않던가요?"

"인질에게 무슨 얘길 해주겠소?"

"이봐요, 공자님. 이 계집은 대남궁세가의 공자님이 마음에 둘 그런 여자가 못 된답니다."

"그걸 누가 정한단 말이오? 나는 그저 당신을 다시 만나고 싶었고, 당신이 누구이며 뭐하는 여인인지 알고 싶을 뿐이오."

"정말… 대책 없는 공자님이군요."

황이령은 고개를 좌우로 저으며 한숨을 쉬었다. 그리고 남궁상겸을 향해 말했다.

"이러면 아시겠어요?"

말과 함께 황이령은 눈 아래를 덮고 있던 복면을 목까지 끌어내렸다. 마침 구름이 달을 가려 사위가 어두워지며 오직 남궁상겸의 눈에만 황이령의 얼굴이 들어왔다.

"황, 황 소저……?"

더듬거리는 남궁상겸을 향해 황이령이 쓴웃음을 건넸다.

"자세한 건 인질로 잡은 분들에게 여쭤보세요. 저는 더 지체할 수 없네요."

구름이 지나가고 밤이 다시 희어졌다. 그러나 달빛이 비춘 것은 홀로 선 남궁상겸뿐이었다.

第二章 맞닿은 숨결

1

천장이 낮고 어두운 방.

길게 늘어선 탁자 좌우로 열 명 남짓한 노인이 마주 앉아 있었다. 몇몇 눈에 안대를 끼거나 팔 하나가 없는 자를 제외하면 딱히 특이할 게 없는, 어디서나 볼 수 있는 노인들이었다.

그러나 노인들에게서 흘러나오는 기운은 결코 평범한 것이 아니었다. 입을 굳게 다문 채 형형한 눈빛만으로 좌우를 확인하는 노인 중에서 고수 아닌 자가 없었던 것이다.

침묵은 오래가지 않았다. 노인 중 하나가 얼굴을 일그러뜨리며 소리쳤다.

"혼공은 왜 오지 않는 건가!"

노인의 짧은 말에 적잖은 노기가 서려 있었다. 맞은편에 앉아 있던 백발의 노파가 그를 달랬다.

"각 장로는 고정하세요. 혼공도 급한 일이 있으시겠지."

"급한 일?"

"그래요. 혼공이 우리를 모두 소집한 게 몇 년 만의 일인가요? 덕분에 여러 장로님 얼굴도 볼 수 있어 좋기만 하구먼요."

노파는 그리 말하며 빙긋 미소를 지었다.

검버섯 하나 없는 얼굴은 희고 주름도 많지 않다. 수십 년 전에는 미인이었을 게 틀림없다. 미소만큼은 아직도 사내의 마음을 홀리는 교태가 있었다.

그러나 각 장로라 불린 노인은 찡그린 얼굴을 풀지 않고 불만을 토로했다.

"흥! 아무리 급한 일이라 해도 우리를 불러다 놓고 코빼기도 안 보일 수 있단 말이오? 애초에 급한 일이라고 이유도 말하지 않고 부른 게 누군데?"

노파를 제외한 다른 노인들도 같은 마음인 듯 고개를 끄덕였다. 노파도 더 변호할 마음은 없는 듯, 쓴웃음을 지으며 입을 다물었다.

지금 이 자리에 모인 노인은 모두 과거 마종의 장로급 인물이었다. 이들은 혼공을 중심으로 중원 각지에서 암약하며 힘을 키우고 있었는데, 소집령을 받고 급하게 모인 것이다.

그런데 모두가 모인 자리에서 정작 혼공이 모습을 보이지 않으니 화를 내는 게 당연했다.

혼공이 모습을 드러낸 것은 그로부터 일각이 더 지나서였다. 정작 부른 자가 늦는 것은 경우가 아니니 장로들이 모두 저마다 한마디씩을 담아두고 있었는데, 막상 혼공이 나타나자 입을 여는 이가 아무도 없었다. 항시 차분하고 냉정하던 혼공의 얼굴에서 낭패감을 보았기 때문이었다.

"급한 전갈을 받아서 늦었소이다."

혼공은 무언가 쫓기는 표정으로 인사도 하는 둥 마는 둥 자리에 앉았다. 그리고 좌중을 둘러보며 모인 자들의 면면을 확인하고 곧바로 본론에 들어갔다.

"시간이 없으니 간략히 이야기하겠소. 먼저 소집령을 내린 이유는 본 회의 대적이 나타났기 때문이오."

"대적이라니?"

각 장로가 눈살을 찌푸리며 물었다. 혼공은 뭐가 급한지 주먹으로 탁자를 가볍게 두드리며 대답했다.

"불구대천의 원수라 해야 할까? 철 종사를 쓰러뜨리고 본종의 숙원을 무너뜨린 자!"

공기가 얼어붙은 듯 차갑게 모두의 어깨를 짓눌렀다. 혼공의 입에서 나온 말의 무게가 그만큼 무거웠다. 놀란 와중에 각 장로만이 겨우 정신을 수습하고 물었다.

"놈… 박가라면 곽 맹주의 손에 죽었을 텐데?"

"맞소."

혼공은 침울한 표정으로 고개를 끄덕였다.

"하지만 놈은 곱게 죽지 않았소이다. 남겨둔 전인이 있어 지금에서야 우리 앞에 나타났소. 놈은 이미 본 회의 존재와 목적을 모두 꿰뚫고 그것을 방해하려 하고 있소."

"그래서 우리를 부르셨군요."

"그랬소. 조금 전까지는……."

자다가도 치를 떨 이름, 박가의 전인이 나타났다는 말에 술렁이던 장로들이 입을 다물었다. 혼공은 좌중을 둘러보며 말했다.

"한데 방금, 문제가 하나 더 늘었소이다."

"문제?"

설명을 촉구하는 눈빛에 혼공은 깊은숨을 내쉬었다. 소집령을 내린 본래 목적은 복회의 모든 역량을 동원해 이극과 대적하기 위함이었다. 한데 공교롭게도 마침 장로들이 모인 이 시점에, 거부할 수 없는 명령이 내려온 것이다.

"곽 맹주로부터 때가 됐다는 전언이 왔소."

"……!"

박가의 전인에 버금가는 충격이 좌중을 휩쓸었다. 각 장로가 탁자를 세게 치며 벌떡 일어났다.

"처음 약조한 시일까지 삼 년 이상이 남았소! 곽 맹주는 자신의 말을 스스로 어길 셈인가!"

"그래도 그자는 손해 볼 게 없죠."

"그런……!"

각 장로는 시뻘겋게 달아오른 얼굴로 정면의 노파와 혼공을 번갈아 보았다. 혼공은 고개를 저으며 말했다.

"처음부터 곽 맹주와 한 거래에 신의는 없었소. 우리에게 마땅한 패가 없는 한 요구를 들어줘야겠지."

혼공의 말에 장로들은 마지못해 고개를 끄덕였다. 장로 중 외팔인 자가 발언했다.

"하나 이 시점에서 우리가 모습을 드러내면 십오 년 전의 일을 반복하는 꼴밖에 더 되오? 한둘이면 모를까, 지금 우리에겐 중원무림 전체를 상대할 힘이 없지 않습니까!"

"그럼 앉아서 죽자는 말이오?"

"내 이래서 처음부터 놈의 제안을 받는 게 아니라고 했지!"

"그렇게 똑똑하면 십오 년 전에 죽지 그랬소?"

"뭐라고?"

외팔이 장로의 말이 시발점이 되어 이제껏 조용하던 장로들이 저마다 입을 열었다. 침묵이 지배하던 방 안이 순식간에 도떼기시장이 되어버린 것이다.

"그만!"

혼란은 결국 혼공이 나서서야 정리되었다. 드잡이질 직전까지 갔던 자들도 모두 헛기침을 하고 옷매무새를 다듬었다. 혼공은 날카로운 눈빛으로 좌중을 훑어보며 말했다.

"이 일은 어쩔 수 없소. 지부마다 전력이 되는 마인을 절반씩 차출할 터이니 그리 아시오."

"절반이라고요?"

"그렇소."

"그걸로 가능하겠어요? 곽 맹주가 어디를 지목했는진 모르겠지만……."

노파, 채 장로가 묻자 혼공은 고개를 끄덕였다.

"물론이오."

"그게 가능하다 치면, 그다음은? 우리가 세력을 구축하고 있단 걸 알면 무림맹이 가만있지 않을 텐데?"

각 장로가 지적하는 사항은 혼공도 고심하던 부분이다. 회의에 늦은 까닭도 그 대책을 세우기 위해서였다.

혼공은 결의에 찬 목소리로 말했다.

"그래서 절반이오. 나머지 절반의 전력은 이곳에 집중, 다가올 싸움에 대비할 것이오."

"싸움이라고?"

"박가의 전인!"

지금 이들이 중원 각지에서 키워낸 마인의 수가 팔백을 헤아리니 그 절반이라면 물경 사백! 웬만한 문파 하나쯤 멸문시키는 데 반나절도 안 걸릴 전력이다.

그만한 전력을 고작 한 사람을 상대하는 데 쓰겠다니 견문발검도 유분수건만 혼공의 말에 이의를 제기하는 자 아무도 없었다.

박가의 전인. 그 이름의 무게가 이토록 무거웠다.

혼공은 자리에서 일어나 좌중을 둘러보며 말했다.

"그리고 우리 혼백의 아버지, 혈주(血主)의 각성을 앞당길 것이오!"

말을 마치기 무섭게 혼공의 두 손이 기이한 수인을 맺었다. 그를 따라 장로들도 모두 자리에서 일어나 같은 모양의 수인을 맺었다.

"피의 하늘을!"

"피의 하늘을!"

혼공이 선창하자 장로들이 입을 모아 따랐다. 피비린내 나는 광기가 어두운 방 안을 가득 메웠다.

* * *

"정말 괜찮으시겠습니까?"

무림맹의 군사, 무유곤이 걱정하는 것과 달리 곽추운의 얼굴은 편안했다. 곽추운은 편안한 자세로 앉아 웃으며 말했다.

"괜찮지 않을 건 뭔가?"

"아무리 그래도 천하의 남궁세가입니다. 회유할 수만 있다면 주군에게 큰 힘이 되어줄 텐데요."

"필요 없네."

곽추운은 단호히 잘라 말했다.

"회유해서 될 자들이었다면 벌써 되고도 남았지. 놈들이 머릿수만 믿고 사사건건 내 일에 훼방을 놓는 걸 뻔히 봐왔으면서도 그런 말이 나오나?"

"하오면… 어째서 남궁세가입니까?"

"저들 중 가장 강하니까."

곽추운의 속내를 알지만, 그래도 확인하고 싶었다. 무유곤은 입을 굳게 다물었다.

곽추운이 말한 저들이란 태양선협 상관우를 중심으로 뭉친 반 맹주파를 가리킨다. 상관세가를 비롯한 다섯 개의 유력 가문과 문파로 구성된 반 맹주파는 당금 무림에서 가장 큰 영향력을 행사하는 집단이었다. 무림맹주 곽추운조차 눈치를 살펴야 했으니 그 위세가 어느 정도인지는 말할 것도 없다.

맹주의 독선을 막고 올바른 판단을 하도록 돕는다는 취지야 그럴싸하다. 하지만 어디까지나 그들의 목적은 곽추운을 견제하는 데 있다.

과거 마종과의 항쟁에서 곽추운이 중원무림의 구심점이 되고, 마침내 무림맹주에 오르는 데 가장 큰 힘을 보탠 것이 상관우였다. 박가를 희생양 삼아 마종을 물리치겠다는 발상도 상관우의 작품이었으니 두 사람의 사이는 돈독해야 맞겠지만, 현실은 그렇지 않았다.

기실 처음부터 상관우에게 있어 곽추운은 마종을 물리치는 데 쓰이고 말 애송이었다. 항쟁이 끝난 후에는 무림맹주라는 우스꽝스러운 직책을 하나 던져 주면 족할 것이요, 자신은 그 뒤에 숨어서 무림을 제 뜻대로 지배하면 된다는 게 상관우의 계산이었다.

그러나 무림맹을 결성하고 곽추운이 맹주의 자리에 오르자 상관우는 자신이 셈에 그리 밝지 못하다는 걸 인정해야 했다. 곽추운은 그가 생각하는 것 이상으로 야심가였다.

더구나 철염과 종려, 박가가 사라진 무림에서 개인의 무력으로 곽추운과 대적할 자가 없었다. 반 맹주파라는 이름(정식 명칭은 아니었으나)으로 뭉치지 않았다면 일찌감치 잡아먹혔으리라.

"말씀하신 대로 남궁세가는 강합니다. 과연 혼공의 마인들로 치는 게 가능할까요?"

혼공이 제출한 보고서에 따르면 그들이 육성한 마인은 삼백을 웃도는 수준. 마인 하나가 가진 공력이 일류고수에 준한다지만 이지가 없는 괴물이다 보니 등가로 놓고 전력을 판단하는 것은 무리다.

따라서 보고서에 적힌 숫자만 따지면 지금의 그들로선 반맹주파, 아니, 당금 무림맹을 떠받치는 세력 가운데 가장 강력한 남궁세가를 상대하기 버겁다는 결론이 나온다.

곽추운은 예상했던 지적이라는 듯 받아쳤다.

"자넨 숫자를 믿나?"

"마종의 잔당이 솔직하지는 않겠지요. 하지만 그쪽으로 흘러들어 가는 돈과 물자를 우리가 뻔히 알고 있는데 수작을 부려도 크게는 못했을 겁니다. 많아야 오 할? 놈들이 당장 써먹을 수 있는 마인은 기껏해야 사백에서 오백 사이일 겁니다. 그 정도라면 남궁세가도 버티지 못하겠지요. 하지만 녹록히 당하기만 하겠습니까?"

"어느 쪽이든 상관없네."

"예?"

"남궁세가가 멸문을 당하든, 마인과 양패구상을 당하든 상관이 없단 말일세. 마종의 잔당이 남궁세가에 타격을 줄 수 있을 만큼의 힘을 가지고 있다. 그것을 무림에 널리 알릴 수 있으면 그걸로 족하니까."

"정녕 그것으로 만족하신단 말입니까?"

무유곤이 의아해하며 물었다. 외부의 눈을 피해 혼공에게 쏟아부은 자원이 적지 않다. 일회성으로 소모하기에는 지극히 비효율적인 처사였다.

"소수소면이 나를 지지하고 나섰으니 머뭇거릴 이유가 없지. 부활한 마종이 남궁세가에 타격을 입혔는데도 상관 늙은이가 내 발목을 잡을까? 그래 준다면 나로선 더 좋은 일이고."

소수소면을 비롯해 중립을 고수하던 세 장로를 끌어안음으로써 곽추운은 거칠 것이 없어졌다. 마종이 부활했다면 반 맹주파도 어쩔 수 없이 무림맹주의 이름 아래 결집할 것이다.

'이제야말로 진정한 무림의 주인이 될 것이다!'

곽추운의 눈 속에 불길이 이글거렸다.

2

"언니! 언니!"

앳된 소녀의 부름에도 조능설은 돌아보지 않았다. 뭐에 쫓기는 사람처럼, 조능설은 산속 길 아닌 길을 급하게 가고 있었다.

"조 언니!"

다시금 목소릴 높였지만 소용없었다. 유서현은 입술을 살짝 깨물고 공력을 돋웠다.

경공을 발휘하니 멀리서 앞서 가던 조능설의 등이 단숨에 가까워졌다. 유서현은 한 걸음 더 뛰어 조능설의 앞을 가로막고 섰다.

"제 말 안 들려요?"

조능설은 눈앞에 나타난 유서현을 보고서야 걸음을 멈췄다.

"나 불렀어요?"

"예. 아까부터 목이 터지게 불렀어요."

"왜요?"

조능설이 통 영문을 모르겠단 얼굴로 되물었다.

"좀 쉬었다 가자고요. 언니, 지금 한 번도 안 쉬고 계속 걷고 있는 거 알아요? 다른 분들도 쉬고 싶어 하시고요."

"쉬자고요?"

조능설이 못마땅해하는 것도 이해가 갔다. 산길이 험하다지만 조능설을 따라오는 자는 모두 무공의 고수다. 몸이 약한 소유가 있다지만 어차피 이극의 등에 업혀 오니 논외라고 치면, 산길을 쉬지 않고 올랐다고 지칠 사람이 없다.

"대주님이 붙잡혀서 어찌 되었는지 모르는데 다른 사람은 몰라도 동생이 되어서 그러면 안 되죠."

조능설은 배신이라도 당한 얼굴로 쏘아붙였다. 갑자기 태도를 바꾸어 공격해 오는 조능설의 말에 화가 날 법도 하건만 유서현은 한숨만 쉴 뿐이었다.

"언니."

유서현은 조능설의 손을 꼭 잡고 말했다.

"오빠도 오빠지만 아이가 있잖아요. 제 조카기도 해요."

나지막이 건넨 말이 벼락이라도 되는지, 조능설은 깜짝 놀라 유서현을 바라봤다.

"그걸… 어떻게?"

"그제 쓰러지셨을 때요. 아저씨가 맥을 짚다가 아셨어요."

조능설의 얼굴이 발갛게 달아올랐다. 유서현은 활짝 웃으며 부끄러워하는 조능설을 달랬다.

"제가 언니라고 하는 게 괜한 짓이 아니었네요. 언니, 언니."

"그만하세요."

"왜요? 전 어릴 때부터 언니가 있는 게 소원이었어요. 어머니께 오빠 말고 언니도 낳아주면 안 되느냐고 떼를 썼던 적도 있었는걸요?"

"정말요?"

"그럼요! 이렇게 어여쁜 언니가 생겼으니 이제야 소원을 성취한 거죠. 조카도 같이 생겼다니, 생각만 해도 좋은걸요."

"……."

조능설은 달아오른 얼굴을 푹 숙였다. 유서현은 꼭 붙잡은 조능설의 손을 좌우로 흔들며 말했다.

"그러니 조금만 쉬었다 가요, 예?"

"…알았어요."

뭐가 그리 부끄러운지 조능설은 기어들어 가는 목소리로 대답했다. 유서현은 환하게 웃으며 아래에서 보이도록 몸을 돌려 두 팔로 동그라미를 그렸다.

"쉬어갑시다."

아래에서 유서현의 신호를 확인한 이극은 소유를 내려놓고 몸을 돌려 말했다. 하지만 뒤따라오던 이들은 이미 자리를 잡고 쉬는 중이었다.

"인망이 없나 봐?"

"시끄럽다."

소유의 이죽거림을 한마디로 일축했지만 그렇다고 무색함이 가시진 않았다. 하지만 뒤따라오는 이들을 통제하기란 이극 아닌 누구라도 할 수 없는 일이다.

한 자루 검을 끌어안고 있는 장발의 사내, 여인처럼 아름다운 이는 그러나 누구보다 흉포하고 종잡을 수 없는 성정을 가진 자다. 당대에 손꼽히는 검수인 번천검랑 원가량에게 명을 내릴 수 있는 자는 오로지 무림맹주뿐이다.

그와 이극의 사이, 가파른 경사 가운데 튀어나온 바위에 위태롭게 앉은 미인은 무림맹주조차 통제할 수 없는 이다. 사파의 거두로 악명 높은 적발마녀 추영영. 과거 마종과의 항쟁에서 대체할 수 없는 공을 세우고도 무림맹의 울타리가 싫어 모습을 감춘 그녀가 이극의 말을 들을 리 없다.

추영영은 땀이 나는지 부끄러운 줄도 모르고 가슴골이 드러나도록 앞섶을 팔락거렸다. 이극이 선 각도에서는 특히나 훤히 내려다보이는 형국이었는데, 탄력 있는 가슴을 보고도 이극은 못 볼 것을 봤다는 듯이 눈살을 찌푸리며 고갤 돌렸다.

"야, 내 눈 어때? 뽑혀 나갈 거 같지 않냐?"

"…모, 모르겠는데?"

이극이 갑자기 친한 척 말을 걸자 소유는 당황하여 더듬거리며 대답했다. 이극은 아무렇지도 않게 콧방귀를 끼며 중얼거렸다.

"눈이 썩는 줄 알았지 뭐야."

풍만하고 탄력 넘치는 가슴이라고 다 좋아할 수 있는 게 아니다. 추영영이 겉보기에는 이십대 처녀이나 실상은 수십 년 전부터 강호를 횡행한 마두다. 그 젊음은 특수한 공법으로 시간을 붙잡아둔 것에 불과함을 아는데 어찌 좋아할 수가 있겠는가?

'그래도 다시 보니 반갑긴 하네. 혹만 달고 오지 않았으면 좋았을 텐데.'

추영영이 달고 온 혹, 원가량은 어느새 추영영을 지나쳐 이극이 있는 곳에 당도했다.

"무슨 일 있습니까?"

이극이 묻자 원가량은 귀찮다는 듯이 손을 내저었다.

"신경 쓰지 말게. 자네 보러 온 거 아니니까."

원가량은 이극에게 눈길 한 번 주지 않고 바위 사이를 날듯이 뛰어 올라갔다. 그가 유서현을 만나러 왔다는 건 익히 아는 사실이다. 하지만 과연 두 사람만 있도록 내버려 둬도 되는 걸까?

'안 될 건 또 뭐야?'

원가량은 유서현에게 관심을 표명했다가 거절당한 바 있다. 전력이 있음에도 포기하지 않고 추영영에게 붙어서까지 다시 찾아온 것이다.

또 원가량이 유서현의 마음을 얻으려 애쓰는 것은 어디까지나 두 사람의 일이니 이극이 간섭할 명분도 없다. 더구나 혼공을 치고 유순흠을 구하는 데에도 힘을 보태겠다고 한다.

주군으로 모시는 곽추운을 배신하는 일도 불사하겠다니 유서현에게 얼마나 빠져 있는지 가히 짐작이 간다. 그렇다면 뽑아먹을 만큼 뽑아먹어 주는 게 예의다.

'아씨! 그러자는데 왜 이러는데?'

그렇게 생각을 정리했는데 눈길이 위로 간다. 이극의 위로는 경사가 완만했다가도 다시 높아지는 구간이다. 유서현이 신호를 보냈던 것처럼 일부러 몸을 내밀지 않으면, 뭘 하는지 위에서는 통 알 길이 없다.

그걸 아는데도 이극은 자꾸만 하늘을 보는 자신이 당황스러웠다. 그런 이극을 가만히 보던 소유가 입을 열었다.

"아까 그자가 신경 쓰이나 보지?"

"뭐?"

"걱정할 것 없어. 그녀는 지금 너한테 푹 빠져 있어."

묘하게 일그러진 이극의 얼굴이 참으로 볼만했다. 소유는 웃으며 말을 이었다.

"모르는 척하기는. 알고 있었잖아?"

이극은 곧 정신을 차리고 눈살을 찌푸렸다.

"허튼소리가 하고 싶거든 다른 사람이랑 해라. 난 너 업느라 진이 다 빠져서 말할 힘도 없거든."

"그녀에게 관심이 없나?"

도자기 인형처럼 매끈하니 비현실적인 생김새만큼이나 감정 표현도 없던 소유다. 이극 역시 처음 소년을 봤을 때에는 살아 있는 사람이라고 믿을 수 없을 정도였다. 조능설의 말에 따르면 합비에서 그녀가 돌보고 있던 동안에는 말도 잘하지 않았다고 한다.

한데 이극과 유서현을 만난 날부터, 정확히는 흑성이라는 소년의 손에 들어갔다 나온 뒤부터 말이 많아지고 감정 표현이 풍부해진 것이다. 화를 내거나 빈정거리는 등 대부분 부정적인 감정이라는 게 문제긴 하지만. 특히 유서현에 관해서는 그런 경향이 심했다.

"관심이 없으면 좀 사라져 주지 않겠어? 어차피 내 것이 될 사람인데 주변에서 얼쩡대지 말고."

지금도 빈정대며 시비를 거는 모양이 딱 그 나이 소년의 그것이었다. 이러니 소유가 암만 마신의 그릇이라 해도 일일이 대꾸하면 자신만 우스워진다. 이극은 한숨을 쉬며 마지막 경고를 던졌다.

"헛소리 안 그치면 저기 아줌마한테 던져 버린다?"

"……."

"옳지. 조용하니까 얼마나 좋으냐?"

자신의 경고가 먹혀들었음을 확인한 이극은 흡족한 미소를 지었다. 물론 실행에 옮길 생각은 추호도 없다. 추영영에게 던졌다가는 소유를 산 채로 데려갈 수 없을 테니까.

이극은 손으로 부채질하는 추영영을 내려다보며 지난밤 일을 떠올렸다.

"마신의 그릇? 이 꼬마가?"

추영영의 목소리에 숨길 수 없는 살기가 서려 있었다.

항쟁의 최전선에 서서 마종의 수많은 고수와 싸워온 그녀다. 남들이 보지 못하는 무엇을 소유에게서 볼 수 있는지도 모른다. 앞뒤 자르고 마신의 그릇이라고 한마디 했을 뿐인데도 반응이 진지하니 오히려 말을 꺼낸 이극이 당황할 정도였다.

"어, 어. 그렇게 주장하더라고."

추영영의 살기가 짙어 이극이 얼버무렸다. 하지만 말을 채 끝내기도 전에, 추영영의 손가락 끝이 붉게 물들었다.

팍!

추영영의 손가락으로부터 시작된 붉은빛 궤적이 이극의 손에 부딪혀 꺾였다. 이극이 조금만 늦게 손을 뻗었더라면 구멍은 벽이 아니라 소유의 미간에 났으리라.

"뭐하는 짓이야?"

이극은 얼얼한 손을 주무르며 언성을 높였다. 추영영은 손가락에 맺힌 혈지선의 광구를 유지하고 싸늘히 말했다.

"비켜라. 놈이 마신의 그릇이라면 당장 죽여야지, 뭐하러 살려서 화근을 남기는 짓을 하겠냐?"

"마신의 그릇이랬지! 마신이 아니잖아?"

"엎어 치나 메치나."

추영영은 코웃음을 치며 손가락을 이동했다. 그를 따라 이극도 몸을 움직여 소유의 드러난 부분을 막았다.

'개 버릇 남 못 준다더니!'

오랫동안 모습을 바꾸고 조용히 살아서 잊고 있었다. 별호에 '마녀' 두 글자가 왜 붙었겠는가? 이극은 새삼 추영영에 대한 경각심을 일깨웠다.

"죽이는 걸로 되면 일이 복잡하지도 않았어. 아가씨네 오라비가 왜 무림맹을 적으로 돌리면서까지 이 녀석을 납치했는지 생각해 보라고."

유순흠이 천하의 안위만 돌보는 자였더라면 소유는 이미 죽었을 것이다. 하지만 유순흠이 원한 것은 타인의 필요가 아닌 소유 제 뜻대로 살아가는 것이었다.

그 소박한 바람이 이극은 마음에 들었다.

어차피 곽추운의 수하가 되어 손을 더럽혀 온 유순흠이다. 불가항력이었다고, 선택의 여지가 없었다는 말은 어차피 변명에 불과하다. 그런 주제에 대의를 앞세우고 소유를 죽였더라면 차라리 계속 곽추운의 개 노릇을 하는 게 나을 만큼 경멸스러웠으리라.

"아주머니, 제발요."

분위기가 사뭇 험악해지자 유서현이 나섰다. 유서현은 간곡히 말하며 추영영에게 다가가 그녀의 팔을 잡았다. 추영영은 그제야 혈지선의 광구를 거두어들였다.

"알았다, 알았어."

추영영은 인자한 얼굴로 유서현의 머리를 쓰다듬었다. 그리고는 대뜸 표정을 바꾸어 매서운 눈으로 원가량을 쏘아봤다.

"넌 알고 있었지?"

"뭘요?"

"시치미 떼지 마. 곽가 놈의 최측근인 네놈이 모르면 누가 알아?"

원가량은 자리에서 펄쩍 뛰며 손을 내저었다.

"생사람 잡지 마십시오. 전 정말 몰랐어요. 기껏해야 마인이나 만들 줄 알았지, 마신이니 뭐니 그런 걸 어찌 안답니까?"

항쟁 끝에 마종이 자랑하는 고수 대부분이 목숨을 잃었다. 전인들도 어김없이 싸움에 휘말려 목숨을 잃었으니 수많은 비전이 동시기에 실전되고 만 것이다. 찬란했던 역사마저 퇴색한 시점에서 마종은 끝났다 해도 틀린 말이 아니었다.

혼공이 남은 자들의 구심점이 된 것도 그러한 연유에서였다. 마종이 자랑하던 상승의 무공 대부분이 실전된 지금, 기댈 곳은 혼공이 책임지고 있던 주술과 환술뿐이었다. 자연히 그것을 이용한 마인의 양산만이 마종이 가진 유일한 희망이었다. 그리고 그 정도 희망이라면 능히 통제할 수 있다고 곽추운은 믿은 것이다. 그 믿음이 맹주의 지위를 위태롭게 할 수 있는 위험부담을 안고도 원조를 계속하게끔 한 동인이기도 했다.

어쨌든 원가량이 아는 것도 딱 거기까지였다. 마인은 눈가림일 뿐, 혼공의 진정한 목적이 마신의 부활이라는 것은 몰랐던 것이다.

"우리 맹주님이 암만 악당이라도 그렇지, 설마 마신을 부활시키는 데 쓰라고 돈을 줬겠습니까?"

"…그건 그래."

묘하게 설득력 있는 말이다. 추영영은 고개를 끄덕이고, 다시 시선을 돌려 이극을 바라봤다.

"어쨌든! 그럼 넌 어쩔 건데?"

추영영의 지목을 받자 모두의 시선이 이극을 향했다. 원하지도, 의도하지도 않았지만 다들 이극을 믿고 따르는 눈치였다.

"어쩌긴? 아가씨네 오라비가 하고자 했던 대로 해줘야지."

"그게 뭔데?"

이극은 소유를 제 앞으로 끄집어내며 말했다.

"이 녀석이 자기 뜻대로 살 수 있게 도와주는 것."

하고 싶은 말이 굴뚝같아도 끝내 삼키고만 추영영의 얼굴이 눈에 선했다. 억지 부리지 말라고 일축할 수도 있었을 텐데, 그러지 않은 것은 역시 추영영이 짊어진 부채의식 때문이리라.

'그걸 알고 이용한 나도 참 나쁜 놈이지.'

이러쿵저러쿵 말이 많아도 결국 추영영은 이극이 하자는 대로 따라주었다. 사부를 잃고 지금껏 살아올 수 있었던 것도 추영영이 돌봐준 덕분이다.

제멋대로인 건 추영영이 아니라 이극 자신이었다.

하지만 새삼 느껴지는 고마움이 쑥스럽다. 절벽에 위태롭게 앉아 바람을 쐬는 추영영을 보며 뭉클해하는 자신이, 낯설기만 하고 견디기 힘들었다.

그런 이극을 가만히 보고 있던 소유가 문득 입을 열었다.

"그 말, 진심이야?"

"넌 또 무슨 소리를 하려고?"

"내가 내 뜻대로 살 수 있게 도와주겠다는 말. 그거 진심으로 한 말이냐고."

"왜? 내가 나중에 딴소리라도 할까 봐?"

이극은 장난스레 웃으며 대꾸했다. 그러나 소유는 웃지 않고 진지하게 이극을 바라보며 재차 물었다.

"마신이 되는 게 내 뜻이라면 어쩔 거야? 그래도 내가 마신이 되게끔 도와줄 거야?"

"그 얘길 왜 지금 하는 거냐?"

"그때 했으면 저 여자가 날 죽였을 거잖아."

"…사리분별은 하는군."

이극은 농담으로 응수하며 한숨을 쉬었다. 소유의 질문에 마땅한 답을 찾기 어려웠던 탓이다. 이극은 덥수룩한 머리를 마구 헝클어뜨리며 겨우 입을 뗐다.

"모르겠다."

"몰라?"

"그래. 너 설마 내가 모든 상황을 다 상정해서 이러면 이러고 저러면 저래야지, 꿰뚫어 본다고 생각하는 건 아니지?"

소유의 얼굴이 굳어지는 걸 본 이극이 쩝, 입맛을 다셨다. 마신의 그릇이라는 소유도 아직은 보통 사람과 크게 다르지 않은 감각을 가지고 있다는 생각에서였다.

이극이 무공에 관하여 이룩한 성취는 당대에 적수를 찾기 힘들 정도다. 과거 명성을 떨쳤던 적발마녀도, 무림맹이 자랑하는 고수 복지쇄옥도 이극에 비하자면 손색이 있었다. 천하제일인 무림맹주 곽추운만이 이극과 견줄 수 있는 유일한 자였다.

가히 신위(神位)라고 할 만한 이극의 무공을 눈앞에서 본 자들의 반응이 지금 소유와 비슷하다. 가공할 만한 무력으로 불가능한 일을 가능케 만들었으니 다른 면에서도 같은 능력을 보일 거라고 멋대로 믿고 전능하기를 바라는 것이다.

그러나 이극이 잘하는 것은 고작 무공일 뿐이다. 미래를 예측하거나 사물의 본질을 꿰뚫어 보는 따위의 일에서는 보통 사람과 크게 다를 바 없다. 물론 한 분야에서 극에 달하였으니 남다른 통찰과 직관이 있지만 어디까지나 보통 사람보다 조금 나은, 딱 그 만큼에 불과한 것이다.

"뭘 기대했는지 모르지만 난 특별할 거 없는 보통 사람이야.

너처럼 말이지."

"뭐……?"

소유가 발끈하자 이극은 절로 웃음이 나왔다. 마신의 그릇이라는 이름에 가려져 있었지만, 역시 눈앞의 소년은 사람이 확실하다.

어쩐지 유쾌해져서 절로 미소가 지어졌다. 자신을 놀리는 줄 알았는지, 소유가 다시 화를 냈다.

"뭐가 웃겨서 웃는 거야?"

"아니, 아무것도 아니야."

이극은 웃음으로 얼버무렸다. 유순흠이 왜 너를 데리고 도망쳤는지, 그 마음을 알 것 같아서라고 솔직히 얘기하기엔 낯짝이 두껍지 않아서였다.

이극은 시간이 더 흘러서야 겨우 웃음을 그치고 말했다.

"네가 마신이 되기를 원한다면 어떻게 해야 할지, 그건 나도 모르겠어. 확실한 건 그래도 난 널 죽이지 않을 거고, 또 널 죽이려는 모든 시도를 막을 거야."

"…왜지?"

"마신이 되기 전에는 어쨌거나 사람일 테니까. 죽이려거든 마신이 되고 난 후에 죽여도 늦지 않을 거 아니냐."

"풋!"

이극의 말이 농담처럼 들렸는지, 소유가 웃음을 터뜨렸다.

"내가 마신이 되면 건드릴 수나 있을 줄 알아?"

"너도 잘 생각해. 마신이 되면 아가씨가 너한테 눈길 하나

줄 것 같아?"

"뭐?"

"잘 생각해. 네가 정말로 아가씨를 원한다면, 먼저 반할 만큼 멋진 사내가 되라고. 마신의 힘으로 어떻게 할 생각 말고. 쪽팔리지도 않냐?"

이극은 소유의 어깨를 툭 치고 자리에서 일어났다. 소유는 무슨 말을 할 기세였지만 이내 입을 다물고 생각에 잠겼다.

일행은 짧은 휴식을 마치고 다시 걸음을 옮겼다. 조능설의 인도에 따라 산 깊은 곳으로 들어가기를 몇 시진. 드디어 혼공의 본거지가 그들 앞에 나타났다.

3

혼공의 본거지는 주변을 각종 진법으로 둘러쳐 노출을 막고 있었다. 따라서 보통 사람이라면 나무만 무성하지, 한 꺼풀 안쪽에 거대한 규모의 군락이 자리 잡고 있는 줄은 꿈에도 모를 것이다. 설령 그 위치를 안다 해도 눈으로 볼 수 있을 만큼 다가갈 수도 없었다. 판단을 흐리고 눈과 발의 혼란을 유발하기 위해 교묘히 안배된 지형 탓이다.

조능설을 굳이 앞장서게 내버려 둔 것도 그런 연유에서였다. 이극이나 유서현이 위치를 기억한들 찾아갈 수는 없었으니까.

"이럴 줄 알았지."

눈앞에 가득한 마인들을 보며 이극은 중얼거렸다.

혼공이 정직하게 거래에 응하지 않으리라는 것은 충분히 예상했던 일이다. 이쪽도 소유를 순순히 넘길 생각은 없었으니 누굴 탓하고 욕할 문제는 아니었다.

"야, 이건 너무 많잖아?"

추영영의 불평이 귀를 때렸다. 이극은 그녀를 돌아보며 머리를 긁적였다.

"난들 알았나?"

혼공이 약속을 지키지 않고 무력을 행사하리란 것은 예상 범위에 들어 있었지만, 동원할 수 있는 마인의 수가 이 정도일 줄은 몰랐다. 주변에 가득한 마인의 수가 얼추 눈대중으로만 세 자리를 훌쩍 넘기는 것이다.

이극과 추영영의 시선이 원가량을 향했다. 원가량은 억울해하며 항변했다.

"아니, 나는 실무자가 아니라고요. 마인이라는 걸 육성한다고만 알지, 수가 몇이나 되는지 그런 걸 어떻게 압니까?"

"어쨌든 다 너 때문이야."

"참 너무하시네."

몇 마디 더 할 법도 하건만 원가량은 서운하다는 투로 한마디 하고 입을 다물었다. 추영영과 다투는 모습을 유서현에게 보이고 싶지 않아서일 것이다.

천하의 번천검랑이 순순히 물러나는 광경이 혼자 보기 아까워, 마침 옆에 있는 자들과 감상이라도 나누고 싶지만 그럴 계제가 아니다. 마인이 너무 많다고 불평이라도 할 수 있는 것은 이극과 추영영, 원가량까지 세 사람뿐이었다. 유서현과 조능설, 남궁상겸은 사색이 되어 입도 뻥긋 못 하는 실정이었다.

어차피 추영영과 원가량은 걱정할 대상이 아니다. 이극은 놀라 굳어버린 세 사람을 보고 속으로 혀를 찼다.

'그러게 밖에서 기다리라니까. 쯧쯧.'

유서현이나 조능설은 그렇다 쳐도 남궁상겸은 왜 여기까지 따라왔는지 이해할 수 없었다. 속사정이 어떻든 공식적으로 남궁상겸은 이극에게 납치당한 처지다. 그가 잘못되기라도 한다면 책임은 모두 이극이 떠맡아야 할 것이다.

'에이, 몰라!'

이극은 머리를 세차게 흔들었다. 여기까지 온 마당에 남궁상겸을 걱정할 여유도 없다. 이극은 옆에 서 있는 소유의 가는 목을 쥐고 소리쳤다.

"쥐새끼처럼 숨어 있지 말고 나와! 소중한 그릇에 금이 가야 얼굴을 보이겠나?"

말이 끝나기 무섭게 정면에 있던 마인들이 양쪽으로 갈라지고 혼공이 모습을 드러냈다.

"그래. 그래야지."

이극은 비로소 웃으며 고개를 끄덕였다. 마인들 사이를 빠져나와 적당한 거리에 멈춰 선 혼공이 눈살을 찌푸렸다.

"원 호법?"

맹주의 호법이 이극과 함께 있으니 당황스러울 만도 했다. 반면 원가량은 거리낌 없이 손을 흔들었다.

"혼공! 여기서 보니 신선하군요!"

'미친……!'

혼공은 욕이 튀어나오려는 걸 간신히 참고, 애써 침착하게 물었다.

"원 호법께서는 무슨 일로 오셨소? 맹주의 명이라도 받고 오신 것이오?"

"난 신경 쓰지 마십시오. 공무로 오거나 한 게 아니고, 휴가차 돌아다니다 우연히 따라온 거니까요."

"그랬소? 그것참 안 됐군."

"예?"

"여기서 죽어주셔야겠소."

혼공은 엄숙한 얼굴로, 죄인에게 판결을 선고하듯이 말하고 손을 들었다. 이극은 흠칫 놀라 소유의 목을 죄며 말했다.

"이 녀석이 잘못돼도 상관없다는 건가?"

예상과 달리 돌아온 것은 싸늘한 눈초리뿐이었다. 당황한 이극의 귀에 소유의 목소리가 들려왔다.

"또 만들 작정인가 보군."

"뭐?"

"내가 날 때부터 마신의 그릇이었겠나? 날 마신의 그릇으로 만든 건 혼공이야. 하나 더 만들겠다고 작심했다면 판 자체가 엎어지는 거지."

소유는 비릿한 웃음을 머금은 채, 마치 자기 일이 아닌 것처럼 담담히 말했다. 이극은 황당해하며 다그쳤다.

"야! 그런 건 진작 말했어야지!"

"말한다고 뭐가 달라지나?"

"널 데려오지는 않았을 것 아냐."

"……?"

소유의 눈이 휘둥그레졌다. 이극의 말이, 소년이 예상했던 어떤 반응과도 달랐다. 놀라서 말을 잃었던 소유가 다시 무언가를 말하려던 순간, 이극이 소년을 잡아서 뒤로 던졌다.

"녀석을 지켜!"

소유를 받은 남궁상겸에게 외치고, 다시 이극이 고개를 돌리며 소리쳤다.

"온다!"

유서현과 조능설, 소유와 남궁상겸을 중심에 두고 이극과 추영영, 원가량이 각기 다른 세 방향으로 한 발 나섰다. 동시에 해일이 일 듯 거대한 기운이 요동치며 마인들이 일제히 움직이기 시작했다.

두 눈과 양손에서 타오르는 자색 기운은 도깨비불처럼 허공을 어지럽히며 빠르게 다가왔다. 자색의 빛은 허무하게 사그라질 것 같으면서도 적잖은 힘이 느껴져, 웬만한 고수는 심적 압박감에 스스로 무너질 것이다.

그럴 것이라고, 추영영은 생각했다.

"눈에 불을 켜고 달려드는구나. 안타까운 자들아."

살기등등하여 달려드는 마인을 향해, 그러나 추영영은 연민의 말을 던지며 오른손을 펼쳤다. 다섯 개의 손가락 끝마다 붉은 광구가 맺히며 다섯 줄기 혈지선이 쏘아졌다.

쉬쉬쉭!

순식간에 다섯 마인의 미간에 검은 구멍이 뚫렸다. 추영영이 비틀거리는 자들에게서 눈길을 거두어들인 순간, 이극이 목소릴 높였다.

"조심해!"

목소릴 따라 반사적으로 돌아간 추영영의 얼굴이 살짝 굳어졌다. 혈지선에 꿰뚫린 마인들이 쓰러지지 않고 눈앞까지 들이닥친 것이다.

"꿰에에엑!"

정면으로 달려든 두 명의 마인이 괴성을 지르며 손을 들었다. 네 개의 자색 손바닥이 추영영을 향해 내려왔다.

"아주머니!"

놀란 유서현이 목소리를 높였다. 자색 기운으로 표출된 마인의 장력만큼은 일류고수에 버금간다. 완전히 무방비상태로, 그것도 몇 대를 얻어맞으면 추영영이라도 큰 부상을 피하지 못할 거란 걱정에 유서현의 얼굴이 파래졌다.

그러나 그 순간!

휙!

한줄기 바람이 불며 빛을 잃은 손이 정확히 네 개, 허공에 떠올랐다. 이지를 잃고 고통마저 느끼지 못할 것 같던 마인들이 잘린 손목을 허우적거렸다.

"……!"

찰나의 순간 일어난 일에 유서현은 물론 조능설과 남궁상겸도 놀라 입을 벌렸다. 뒤이어 세 명의 마인이 달려들어서야 세 사람은 비로소 직전에 일어났던 일을 재구성할 수 있었다.

추영영이 세운 검지 하나, 그 붉게 물든 손가락이 보검처럼 마인들의 손목을 자른 것이다. 화살처럼 쏘아져 먼 곳의 적을 죽이는 것 외에 또 다른 혈지선의 수법이었다.

혈지선에 꿰뚫리고도 달려들었던 마인들은 손을 잃고 비틀거리다 서로 부딪쳐 쓰러졌다. 추영영은 크게 웃으며 유서현을 돌아봤다.

"아가, 걱정했니? 내가 이런 인형들에게 어찌 될까 봐?"

"아, 아뇨……."

유서현은 두근대는 가슴을 진정시키고 겨우 대답했다. 그때 남궁상겸이 다시 외쳤다.

"선배님!"

남궁상겸이 소리치기 직전, 추영영이 훌쩍 몸을 날렸다. 동시에 쓰러져 있던 마인이 휘두른 팔이 지면 위 발목 높이를 지나쳤다.

빠각!

허공에 올랐던 추영영의 발이 쓰러진 마인의 등위에 내린 순간, 뼈 부러지는 소리가 요란했다. 징검다리를 건듯 추영영이 사뿐히 쓰러진 마인들을 한 발씩 밟고 지나가며 뼈 부러지는 소리가 이어졌다.

다섯 마인을 차례로 밟고 흙 위에 선 추영영의 미간에 노기가 서렸다. 불난 집에 부채질한다고 이극의 뒤늦은 충고가 이어졌다.

"아줌마, 이놈들 최소 팔다리는 꺾어놔야 해. 산 것도 죽은 것도 아니라 웬만하면 계속 움직이더라고. 방심했다간 골로 가니까 조심하라고!"

"썩을 놈아! 그런 얘긴 미리미리 했어야지!"

추영영은 버럭 소리를 지르며 밀려오는 마인들을 향해 뛰어들었다.

이 세상 것이 아닌 듯한 비명은 끊이지 않고 들려온다. 이지를 잃고 마종의 도구로 전락한 마인들. 두 눈에 타오르는 불꽃은 평범한 민초였던 자들에게 주어진 힘의 증거다. 마종의 비술과 닿아 있는 자색의 공력은 너무나 쉽고 빠르게 거대한 힘을 건네주었다.

그러나 마인이 된 누구도 원치 않았던 힘이다. 힘의 대가가 자아와 의지라면 누가 그것을 원하겠는가?

"꿰엑!"

이극은 빠르게 날아오는 일장을 피하며 동시에 마인의 어깨를 부러뜨렸다. 이지를 잃었어도 고통은 남는지 마인은 격한 비명을 지르며 바닥에 쓰러졌다.

'젠장!'

사람의 몸에서는 도저히 나올 수 없을 것 같은 소리지만 그 안에 담긴 고통은 생생히 전해온다. 끝없이 달려드는 마인들을 상대하며 이극은 누구도 아닌 자신을 향해 욕을 퍼부었다.

'빌어먹을 새끼!'

제 손에 팔다리가 부러지고 가슴이 파이며 쓰러지는 이들 가운데 몇몇은 인상이 낯설지 않다. 물론 정말로 어딘가에서 마주쳤다기보다는 죄책감으로 인한 착각일 것이다.

그러나 어쩌면, 일부는 그날 그 행렬에 속했는지도 모른다.

'세동이라 했던가?'

이극은 이제 얼굴도 가물가물해진 소년을 떠올렸다. 나이는 아마 소유와 비슷했을까? 잘 기억나지 않는다.

머리로는 세동이라는 소년을 기억하려 애쓰면서도 두 손은 쉬지 않고 움직인다. 왼손으로 두 마인의 공세를 와해하고 오른손으로 달려드는 마인의 가슴을 때린다.

파바박! 팍!

터지는 살과 부러지는 뼈. 손끝으로 전해오는 감각이 생생할수록 마음은 무거워만 진다.

곽추운의 이름으로 전국 각지로 보내진 항주의 수재민들. 그들 중 실종된 일부가 마인의 시험체로 쓰였을 것이다. 그렇다면 일손이 부족한 표국을 도와 수재민 호송에 참여했던 이극에게도 분명 책임이 있는 것이다.

생각이 멈춘 순간, 턱 하고 숨이 막혀왔다.

어째서일까? 한 번 막힌 숨이 다시 쉬어지지 않았다. 이극은 팔다리를 놀려 달려드는 마인들을 상대하며 필사적으로 숨 쉬는 방법을 찾았다.

그러나 숨 쉬는 방법이라는 게 어디 있단 말인가? 애초에 존재하지 않는 것을 찾는 시도가 성공할 리 없다.

"……!"

숨을 쉬지 못하는 이극의 얼굴이 파래지고 손발이 느려졌다. 몸놀림이 둔해지는 것을 느꼈는지, 달려드는 마인의 기세가 한층 흉험해졌다. 결국, 이극이 움직임을 멈춘 순간, 조금도 지체하지 않고 자색의 손바닥이 정수리 위로 떨어졌다.

캉!

금속성과 함께 불꽃이 일었다. 이극의 머리를 부수려던 손바닥과 함께 마인의 신형이 뒤로 물러났다. 더는 움직일 수 없어 무릎 꿇은 이극을 지키고 나선 것은 유서현이었다.

"괜찮아요? 갑자기 무슨 일이에요?"

"……."

혈관을 옥죄는 고통은 말로 형용키 어렵다. 아니, 말조차 할 수 없는 고통이다. 이극은 바닥에 엎드려 고개를 숙였다.

"아저씨! 아저씨!"

다급히 부르는 유서현의 얼굴이 더 사색이었다.

유서현의 눈에 이극은 항시 여유롭고, 때로는 실수도 저지르지만 대수롭지 않게 해결할 수 있는 능력을 지닌 자였다. 소녀 역시 이극이 보여주는 초월적인 무공에 사로잡혀 그를 일종의 구원자로 여기게 된 부류라고 할 수 있었다.

한데 그 구원자가 아무런 예후 없이 바닥에 쓰러져 괴로워하고 있으니 걷잡을 수 없는 두려움이 일었다. 살기가 번뜩이는 도검삼림 속에서도 느끼지 못했던 공포였다.

"유 소저!"

공포로 얼어붙은 손발을 대신해 푸른빛이 번뜩였다. 원가량의 애검 벽린이 지나간 자리에 마인들의 피가 번졌다.

단칼에 네 명이 쓰러지자 마인들의 기세가 주춤했다. 원가량은 다시금 허공을 베어 마인들이 다가오지 못하도록 경고하고 유서현을 돌아봤다.

"괜찮소?"

그러나 유서현에게 급한 것은 자신이 아닌 이극의 안위였다. 유서현은 엎어진 이극을 부축하며 소리쳤다.

"아저씨가, 아저씨가 이상해요!"

"뭐가 어찌 이상하다고… 칫!"

이극의 상세를 살피려던 원가량이 다급히 몸을 돌렸다. 두려움을 모르는 마인들이 금세 원가량을 향해 달려들었는데, 그 수가 배로 늘어났다. 원가량도 더는 여유를 부릴 수 없어, 벽린의 푸른 검광과 자색의 장력이 어지러이 흔들렸다.

"아주머니!"

원가량이 여의치 않자 유서현은 고개를 돌려 추영영을 찾았다. 그러나 추영영의 사정도 크게 다르지 않았다. 아니, 원가량보다 더 좋지 않았다. 개떼처럼 몰려드는 마인과 싸우고, 조능설과 소유를 노리는 마인을 차단하는 역할을 동시에 하고 있었던 것이다.

조능설과 유서현, 남궁상겸으로 하여금 소유를 지키게 하고 다시 그들을 중심으로 이극과 추영영, 원가량이 세 방향에서 마인을 상대한다.

그 진형이 굳건하다면 아무리 많은 적이 달려들어도 능히 대적할 수 있다. 한데 이극이 싸울 수 없는 상태에 빠짐으로써 모든 게 어긋나고 만 것이다.

이극이 감당했던 마인들이 고스란히 추영영과 원가량의 몫이 되었으니 상황은 순식간에 돌변할 수밖에 없었다. 어쩔 수 없이 남궁상겸이 돕고 나섰지만 그가 감당할 수 있는 마인은 기껏해야 두 사람. 추영영과 원가량에게 지워진 부담을 덜기엔 턱없이 부족한 숫자였다.

밀려드는 마인의 공세 속에서 일행은 어느덧 두 패로 갈리고 전황은 갈수록 불리해져만 갔다.

아저씨… 내 말 들려요……?

물속에 잠긴 것처럼 유서현의 목소리가 웅웅거리며 귓가를 맴돌았다. 고개를 들어 유서현의 얼굴을 보고 싶었지만, 도저히 그럴 수가 없었다.

사부가 그렇게 가고 난 후 이극은 내일이 없는 사람처럼 살았다. 마음이 너무 괴로워서, 일부러 육신을 학대하고 고통을 찾아다니던 시기였다.

그러나 이극의 몸에 새겨진 어떤 고통의 기억도 지금과 비교할 수 없었다. 스스로 호흡을 멈췄을 때와는 또 다른, 폐가 찢어지는 고통을 따라 이극도 몸을 웅크리고 고개를 파묻었다.

'이건……?'

뇌수에 뻗친 고통에 의식마저 희미해져 갈 무렵, 컴컴한 눈앞에 한 사람의 얼굴이 떠올랐다.

'말로만 듣던 주마등인가?'

지나온 인생을 비춘다는 주마등과는 조금 다르다. 그저 아는 이들의 얼굴만이 하나씩 떠올랐다 사라지기를 반복하고 있었다. 사부님, 추영영, 주이원, 곽추운 등 인생에 가장 깊숙이 관여한 이들의 얼굴부터 한 번 스쳐 지나갔을 뿐인 얼굴들까지.

빠르게 돌아가는 얼굴들 가운데 숯검정처럼 검은 얼굴의 소년이 있었다. 도통 기억나지 않던 얼굴. 복회라는 이름의 백의인들, 즉 혼공의 수하에게 잡혀갔던 세동이었다.

'너였구나.'

생생한 얼굴이 떠오르자 묘하게 고통이 가시며 의문이 일었다. 마인이 된 자는 모두 장성한 사내들이다. 일거리를 찾아 각지로 떠난 이들 가운데에는 세동과 같은 아이도 많았다.

'컥……!'

혼공의 손에 떨어진 아이들의 운명을 생각하자 잠시 사라졌던 고통이 다시 시작됐다.

가시덩굴에 칭칭 감긴 것처럼 온몸을 조여오는 고통. 그리고 고통보다 더 큰, 잡혀간 아이들의 운명을 확인해야 한다는 의무감이 끝 간 데 없이 이극을 괴롭히고 있었다.

'안 돼. 이대로 죽으면… 안 돼!'

때로는 저주처럼 여겨졌던 살아야 한다는 사부의 말. 그 말이 지금은 뼈에 사무쳤다.

살아야 한다. 살아서, 내가 지키지 못했던 아이들의 운명을 확인해야 한다. 적어도 이렇게 꼴사나운 식으로 죽어서는 안 된다.

'제발! 살려줘! 제발 살려줘! 누가 날 좀 구해줘! 구해달라고!'

꺼져가는 의식 속에서 이극은 손을 뻗었다. 두 손을 앞으로 뻗고 휘저었다. 지푸라기라도 잡겠다는 일념으로.

그러나 공허한 발악이었다. 발목에 돌덩일 매달고 물에 던져진 것처럼, 이극의 의식은 어둠 저 밑바닥을 향해 빠르게 침잠해 들어갔다.

끝없이 가라앉아 고통마저 희미해지고 결국 의지도 의무도 꺾이고 말았다. 허우적거리던 손도 힘을 잃고 아래로 떨어졌다.

그 순간, 떨어지던 손이 허공에 멈췄다.

번쩍.

칠흑 같은 어둠 속 먼 곳에서 한 점 불빛이 나타났다 사라졌다. 착각일까? 의심이 무색하도록 허공에 멈춘 손으로 온기가 느껴졌다. 미약하여도 존재가 분명한 따스함이 손을 타고 이극의 안으로 흘러들었다.

온기가 몸을 채우고 한번 놓쳤던 의식의 끈을 다시 잡자 고통도 되살아났다. 공기를! 오그라든 폐를 부풀리도록 숨 쉴 수 있는 공기를! 이극은 필사적으로, 위를 향해 고개를 쳐들었다.

그때, 손으로 전해오던 온기가 돌연 입술에 닿았다.

훅—

벌어진 입 사이로 불어오는 바람이 목 안을 때리고 닫혔던 숨구멍을 틔웠다.

"……!"

깊은 잠에서 깨어난 것처럼 퍼뜩 뜬 눈이 기이한 광경을 담았다. 솜털이 보이도록 가까이 다가온 흰 살결. 그것이 무엇을 의미하는지 눈을 뜨고 나서 다시 느끼는 입술의 온기가 가르쳐 주었다.

숨결은 맞닿은 유서현의 입술에서 불어오고 있었다.

第三章 참담한 각성

1

"컥! 커컥!"

이극은 유서현의 팔뚝을 잡고 저에게서 떨어뜨리며 탁한 숨을 토해냈다.

숨을 쉬지 못하는 동안이 얼마나 길었는지, 또 그간의 고통이 얼마나 컸는지 한 호흡마다 온몸이 들썩였다.

"괜찮아요? 숨 쉴 수 있겠어요?"

다급히 숨을 채우는 와중에 유서현의 목소리가 들렸다. 이극은 간신히 숨을 가다듬고 고개를 들었다.

유서현은 살짝 상기된 얼굴로 이극을 똑바로 바라보고 있었다. 커다란 눈망울에 걱정하는 기색이 역력했다.

이극은 잠시 유서현과 눈을 마주하다가 놀라 손을 뗐다. 잡았던 손에 필요 이상으로 강한 힘이 들어갔다는 걸 깨달은 것이다.

"괘, 괜찮아."

이극은 더듬거리며 고개를 끄덕이고, 다시 말했다.

"고마워. 덕분에 살았네."

"아, 아니에요. 저도 급하고 경황이 없어서, 뭐라도 해야겠다는 생각에 그만."

유서현은 고개를 돌리며 말했다. 두 사람의 시선이 엇갈리고 대화가 끊기며 잠시 어색한 공기가 돌았다.

"피하시오!"

다행이라고 해야 할까? 어색한 공기를 찢는 원가량의 목소리가 다급했다. 뒤이어 두 명의 마인이 유서현과 이극에게로 달려들었다.

쾅!

화약이 터지는 듯 굉음이 일며 달려들던 두 마인의 신형이 각기 다른 방향으로 날아갔다. 날아가는 마인은 그 자체로 거대한 힘이라, 에워싼 마인의 벽을 때리며 또 한 번의 굉음을 냈다.

미처 피하지 못한 마인들은 사방으로 나가떨어지고 포위망에 두 개의 구멍이 뻥 뚫렸다. 창졸간에 일어난 사태에 마인들조차 놀랐는지 일제히 손을 멈추고 한곳을 돌아봤다.

"너 이 자식!"

마인들에 둘러싸여 곤혹스러움을 감추지 못하던 추영영이

크게 화를 내며 소리쳤다.

아무 전조도 없이 쓰러지는 바람에 가슴이 철렁 내려앉질 않았던가? 그러고 나서 이극이 아무렇지도 않게 일어나 일장으로 무시무시한 위력을 뽐내니 반가움보다 화가 앞서는 것이다.

정적도 잠시, 마인들이 다시 움직이기 시작했다. 그러나 추영영의 움직임이 한층 빨라졌다. 얼굴은 크게 화가 나서 잔뜩 굳어 있었는데, 손놀림에서는 묘한 흥취가 느껴졌다.

자연히 팔다리가 꺾여 쓰러지는 마인의 수가 빠르게 늘었다.

"저긴 걱정 없겠군."

그 광경을 잠시 보던 이극이 중얼거리고 시선을 돌렸다. 추영영의 잔소리가 두려워 일부러 대답하지 않은 것이다.

"정말 괜찮은 거예요?"

돌아본 시선의 끝에는 여전히 걱정하는 얼굴의 유서현이 있었다. 한데 그 순간, 걱정하며 묻는 소녀의 입술이 눈앞에 한가득 들어오는 것이었다.

"괜찮지, 그럼. 방금 내가 한 거 못 봤어? 너무 빨라서 못 봤구나? 하핫!"

어찌나 당황했는지 이극은 고개를 좌우로 돌리며 헛소리를 해댔다. 하지만 고개를 돌려봤자 보이는 건 수많은 마인뿐이다.

"전혀 안 괜찮은 거 같은데요?"

"괜찮다면 괜찮은 줄 아세요. 참, 그리고 말야."

낯부끄럽기 짝이 없지만 금방 죽을 고비를 넘긴 신세다. 할 말이 있으면 즉시 해야지, 그렇지 않으면 언제 다시 할 수 있을지 모른다는 생각이 등을 떠밀었다.

이극은 유서현의 어깨를 붙잡고 똑바로 보며 말했다.

"정말 고마워. 덕분에 해야 할 일을 할 수 있게 됐어."

"그게 뭔데요?"

"그건……."

잠깐 머뭇거리는 사이, 원가량의 검을 피한 마인이 이극에게 달려들었다. 피했다기보다는 내주었다고 해야 할까? 한쪽 팔이 잘려 허공에 피를 흩뿌리며 달려드는 것이 몹시도 흉측한 광경을 연출하고 있었다.

이극은 곧장 유서현을 끌어당겨 품에 안으며 몸을 돌렸다. 하지만 그 순간, 어찌 알았는지 유서현이 이극의 손을 뿌리치고 몸을 획 돌렸다.

검광이 비스듬히 그어지며 달려들던 마인의 가슴이 쩍 벌어졌다.

"꿰엑!"

끔찍한 비명을 지르며 마인은 바닥에 쓰러졌다. 고통에 몸부림칠 때마다 가슴에서 뿜어져 나오는 피가 대지를 적셨다.

'어때요?'

마인을 벤 자세 그대로 검을 멈춘 채 돌아보는 유서현의 눈이 그렇게 묻고 있었다. 이극이 보기에도 한 점 흠잡을 데 없이 완벽한 일검이었다.

"좋구나!"

이극은 손뼉을 치며 크게 소리치고 몸을 날렸다.

유서현은 이미 한 사람 몫을 충분히 하는 고수다. 언제까지 이극의 품에서 보호받아야 할 소녀가 아닌 것이다.

그것을 안 순간 망설임이 사라졌다. 이극의 신형이 훌쩍 뛰어 허공을 날았다.

"꾸어억!"

마인들의 고개가 위로 들리며 갈퀴 쥔 자색의 손이 머리 위를 허우적거렸다. 잡힐 듯 잡히지 않는 이극의 발이 마인의 머리를 가볍게 밟았다.

겹겹이 둘러친 마인의 벽을 뛰어넘기까지 필요한 것은 불과 서너 걸음. 순식간에 포위망을 넘어 땅 위에 내려선 이극은 앞을 바라본 채 손을 뒤로 뻗었다.

자로 잰 듯, 정확하게 손바닥과 손바닥이 마주치며 폭발음이 났다. 이극의 등을 덮친 마인이 피를 토하며 나뒹굴었다.

"혼공!"

나가떨어지는 마인을 확인하지도 않고, 이극은 소리치며 앞으로 뛰었다. 포위망 밖, 한 장 높이의 단 위에서 현황을 살피던 혼공이 있었다.

"마, 막으시오!"

다 죽어가던 이극이 갑자기 되살아나 포위망을 뚫고 자신을 부르니 혼공은 혼비백산하여 외치고 단에서 내려왔다. 혼공을 향해 몸을 날리는 이극의 앞을 세 명의 노인이 가로막았다.

"멈춰라!"

"어디도 못 간다! 본 종의 원수!"

노인들은 저마다 악의에 찬 소리를 지르며 이극을 향해 살수를 펼쳤다. 이극도 감히 경시하지 못하고 자리에 멈춰 노인들의 공격을 막았다.

파바박!

한순간에 십여 초가 오갔다. 노인들의 살기등등한 공격은 대부분 와해되어 이극에게 별다른 타격을 주지 못했지만, 돌진을 막고 혼공에게 도망칠 시간을 벌어준다는 목적은 충실히 이행한 셈이었다.

"멈춰!"

멀어지는 혼공의 등을 보며 이극이 크게 소리쳤다. 그러나 노인들은 조금도 기죽지 않고 오히려 더 악을 쓰며 이극에게 달려들었다.

"죽어라!"

자신을 향한 노인들의 살기가 눈에 보일 만큼 짙었다. 이극은 숨을 크게 들이쉬며 손바닥을 내밀었다. 푸른 기운이 손목을 휘감으며 일어나 곧 손바닥 전체를 감쌌다.

쾅!

정면을 막아선 노인이 과감히 내민 손바닥이 이극의 일장과 부딪치며 폭음을 냈다. 이극의 장력을 이기지 못한 노인이 나뒹굴며 정면이 뚫렸다.

"못 간다!"

흰 수염이 수북한 두 노인이 놀라며 이극의 앞을 막아섰다. 두 노인의 눈에도 측량할 길 없는 악의가 만연했다.

"비켜!"

깨끗하게만 살아왔다고 자부할 순 없어도 생전 처음 보는 노인들에게 악의뿐인 시선을 받을 짓은 하지 않았다. 기분이 한껏 나빠진 만큼 손속에 자비도 사라졌다.

"커헉!"

"으억!"

높고 낮은 두 비명과 함께 길이 뚫렸다. 이극은 공력을 모아 땅을 박차고 몸을 날렸다. 이극의 신형이 화살처럼 일직선으로 쏘아져, 막 도망치던 혼공을 덮쳤다.

퍽!

이극의 주먹이 혼공의 등을 강타했다. 앞으로 엎어진 혼공의 몸은 달리던 방향으로 몇 바퀴나 구르고 나서야 겨우 멈췄다. 피를 토하며 벌떡 일어난 혼공의 눈앞에 이극이 서 있었다.

"너……!"

핏대 선 눈으로 노려보며 일갈하던 혼공의 말소리가 끊겼다. 이극의 손이 혼공의 가는 목을 움켜쥔 것이다.

"……!"

혼공의 얼굴이 대번에 사색이 되며 동공이 튀어나왔다. 이극은 혼공의 목을 강하게 쥐며 소리쳤다.

"움직이지 마! 한 발짝이라도 움직이면 이놈의 목을 꺾어 버리겠다!"

이극을 향해 달려들던 마인이 아닌 자들, 젊은 마종의 후인들이 급히 멈추며 일어난 흙먼지가 원을 그렸다.

"옳지."

이극은 날카로운 눈으로 주변을 한 바퀴 둘러보며 무언의 경고를 보내고, 혼공과 눈을 마주하여 윽박질렀다.

"마인들을 당장 멈추게 해. 어서!"

"끄… 끅! 이, 걸 놔야……!"

힘겹게 내뱉는 요청에 이극은 목 대신 견갑골을 잡았다. 혼공은 겨우 숨을 돌리고 수하들에게 지시를 내렸다.

곧 사방에서 시끄러운 방울 소리가 나고 마인들이 일제히 움직임을 멈췄다. 두 눈과 손에 일어나던 자색의 불길도 사그라져 잠시 얼빠진 보통 사람처럼 보이는 것이었다.

인형처럼 멈춰 선 마인들을 헤치고 유서현을 비롯한 일행이 모습을 드러냈다. 먼지를 뒤집어쓰고 옷가지가 찢어지긴 했어도 우려했던 만큼 큰 부상을 당한 이가 없는 걸 확인한 이극은 다시 혼공을 돌아봤다.

"자, 이제 정산을 해보자고. 인질을 내놔."

"……."

"뭐해? 당장 내놓으라니까!"

이극은 혼공의 멱살을 잡고 흔들었다. 그러자 주변을 에워싼 자들이 목소릴 높였다.

"불경하다!"

"무슨 짓을……!"

혼공의 생사여탈권이 이극에게 있으니 감히 다가가지 못하고 멀리서 소리만 높이는 자들은 모두 십대 후반에서 이십대 초중반의 젊은 사내였다. 처음 한둘이 낸 목소리가 점점 커지자 이극이 일갈했다.

"닥쳐!"

이극의 일갈에 좌중이 쥐 죽은 듯 조용해졌다. 혼공을 쥐고 흔들며 서슬 퍼런 시선을 보내자 모두 입을 닫을 수밖에 없었던 것이다.

이극은 시선을 돌려 에워싼 젊은이들의 면면을 살피고, 다시 혼공의 멱살을 강하게 틀어쥐며 말했다.

"싹 다 죽여 버리고 내가 직접 찾아볼까?"

"아저씨!"

유서현이 놀라 소리쳤다. 말이 험해서가 아니다. 이극의 몸에서 피어오르는 살기가 그 말이 진심이라는 걸 말해주기 때문이었다.

"크… 크큭! 큭!"

그러나 협박을 받은 당사자, 혼공은 몸을 들썩이며 마른기침 같은 웃음소리를 냈다. 혼공은 웃음을 멈추지 못해 괴로워하며 말을 이었다.

"크큭… 그래, 그럼, 원하는 걸, 큭, 주지……!"

혼공이 간신히 말을 마치고 손짓을 하자 어디선가 다시 방울 소리가 났다.

딸랑— 딸랑—

사방에서 흔들어대느라 시끄럽기만 하던 아까와 달리 한 쌍의 방울이 내는 소리는 청명하기만 했다. 그러나 어째서일까? 유서현은 방울 소리를 듣는 순간 불길하기 짝이 없는 예감에 온몸이 싸늘히 식어버릴 것만 같았다.

방울 소리를 따라 멈춰 있던 마인들이 움직이기 시작했다. 추영영과 원가량에게 당하고도 여전히 수백을 헤아리는 마인 속에서 비틀거리는 걸음으로 나오는 한 사람이 보였다.

눈 대신 자색의 불길을 담고 다가오는 한 사람.

유순흠이었다.

"유 가가……!"

누구보다 먼저 알아본 것은 조능설이었다. 자색이 기운을 눈과 손에 두르고 다가오는 유순흠을 부르며 달려나가려던 조능설을 유서현이 껴안다시피 잡았다. 조능설은 넋 나간 사람처럼 중얼거리며 유서현의 품에서 허우적거렸다.

"이거 놔요, 저기, 저기 그이가… 유 가가가 있잖아요."

"언니! 제발요!"

몸부림치는 조능설의 힘이 거세다. 거친 방법을 생각할 수도 있었지만 그러기에는 뱃속의 아이가 걸린다. 그저 꼭 잡고 있는 것 외에 방도가 없었다.

유순흠에게 달려가고 싶은 마음은 유서현도 굴뚝같다. 조능설이 없었다면 아마 달려가는 유서현을 추영영이 붙잡고 있었을 것이다.

'이런 상황에서 내가 무슨 생각을……!'

이지를 잃은 마종의 꼭두각시, 마인이 된 오라비를 보았으니 그 비통한 심정이야 오죽하겠느냐만 마음 한편에서는 객관적으로 주변을 살피는 이성이 발동한다. 유서현은 낯선 자신을 발견하고 퍼뜩 놀라며 조능설을 붙잡은 팔에 힘을 더했다.

"거 봐. 내가 뭐랬어."

날 선 유리를 맨발로 밟는 듯 긴장된 공기 속에서 유난히 명징한 목소리가 모두의 귀를 때렸다.

소유의 빈정거림을 애써 무시하고 이극은 멱살을 잡은 채로 혼공을 끌어당겼다. 이극은 숨이 닿을 거리까지 혼공을 끌어당기고 말했다.

"당장 돌려놔! 만들었으면 돌릴 방법도 있을 거 아니야?"

"크큭! 본 종의 비술이 아무리 위대해도 소멸한 혼백을 되살리지는 못한다. 멍청한 놈!"

"미친놈!"

이극은 혼공의 멱살을 두 손으로 쥐고 소리쳤다.

"네놈들이 그렇게 원하던 마신의 그릇이 우리 손에 있잖아! 그걸 되돌려받을 인질인데 그렇게 쉽게 마인으로 만드는 게 말이 돼? 그걸 나더러 믿으란 말이냐?"

"그릇이야… 언제가 되었든 다시 만들면 되지만 복수는 기회를 놓치면 언제 다시 할 수 있을지 모를 일이잖느냐."

"뭐라고……?"

"아직도 모르겠느냐? 본 종의 마지막 한 사람이 죽어 백골이 진토가 되어도 잊을 수 없는 원한! 지금까지도 저주처럼 남아 있는 이름! 박가의 제자가 눈앞에 있는데 뭔 놈의 그릇이고 뭔 놈의 인질이겠느냐!"

혼공은 얼굴을 일그러뜨리며 눈앞의 이극을 한껏 비웃었다. 이극은 뒤통수를 세게 얻어맞은 듯 멍한 눈으로 혼공을 바라만 볼 뿐, 아무 말도 하지 못했다.

충격을 받아 말문이 막힌 걸 알아본 혼공은 소리 높여 웃으며 말을 더했다.

"본 종의 밀알이 어디 우리뿐인 줄 아느냐? 비술의 전인은 나 말고도 얼마든지 있으니 그릇은 언제가 되었든 만들 수 있다! 하지만 네놈만큼은 내가 직접 죽이지 않고는 성이 풀릴 것 같지 않단 말이다!"

"듣지 마!"

이상한 낌새를 눈치챈 추영영이 대뜸 이극에게서 혼공을 떼어놓았다. 혼공은 흙바닥에 엎어져 숨을 컥컥댔다.

추영영은 이극을 붙잡고 말했다.

"이상한 생각 하지 마라. 원수든 뭐든 저놈은 약속을 지킬 놈이 아니야. 저자들은 붙잡혔을 때부터 저렇게 될 수밖에 없었던 거라고!"

"…내 탓이 아니라고?"

"그래!"

추영영은 할 수 있는 한 가장 큰 목소리로 소리쳤다. 그녀의 기백에 눌려 한발 물러선 이극이 무의식중에 돌린 시선이, 어째서인지 유서현과 마주치고 말았다.

'아니에요.'

그렇게 말하는 듯 유서현은 고개를 저었다. 그러나 소녀의 머리와 가슴이 반드시 같으리라고 누가 장담하겠는가? 터져 나오려는 울음을 필사적으로 참고 있는 얼굴이 이극을 사정없이 베고 또 베었다.

이극의 얼굴도 절로 유서현을 닮았다.

"아니야… 아저씨 탓이 아니에요."

유서현은 저도 모르게 중얼거렸다. 이극의 귀에까지 닿을는지 모를 만큼 나지막한 소리로.

그때, 느슨해진 손을 뿌리치고 조능설이 뛰쳐나갔다.

"유 가가!"

마인이 된 유순흠을 목도한 충격이 컸는지, 조능설의 정신이 온전치 못했다. 조능설은 눈과 손에 자색의 불길을 피우고 다가오는 유순흠을 향해 뛰었다.

"언니!"

유서현은 깜짝 놀라 몸을 날렸다. 그러나 조능설은 이미 유순흠의 코앞까지 다가가 그를 안으려 하고 있었다. 유순흠, 아니, 생전에 유순흠이었던 마인은 자색의 마기로 충만한 손바닥을 하늘 높이 들어 올렸다.

머리를 풍선처럼 터뜨릴 일장이 빠르게 다가오는 것을 보면서도 조능설은 마냥 웃는 얼굴이었다. 그 얼굴을 물들인 자색의 빛이 검도록 짙어진 순간.

번쩍!

조능설의 머리 뒤에서 검광이 일었다.

2

차디찬 검광은 빠르게 날아 공간을 수평으로 갈랐다.

휘리릭—

조능설의 천령개를 쳤어야 할 손이 허공을 날았다.

초점 없는 조능설의 눈앞을 지나간 것은 팔꿈치 아래를 잃어버린 팔의 단면.

관성에 못 이겨 수평으로 흩뿌려진 피가 조능설의 얼굴을 붉게 물들였다. 반쯤 벌어진 목에서도 피가 뿜어져 나와 그녀의 얼굴과 옷을 적셨다.

두 발로 선 채 피를 뿜어내던 마인의 몸은 이내 기울더니 힘없이 바닥에 쓰러졌다.

뜨거운 피를 맞아 정신을 차린 걸까? 조능설의 눈에 총기가 돌아왔다. 조능설은 여전히 안아달라며 두 팔을 벌린 채, 붉게 물든 입술을 움직였다.

"유… 가가?"

"아니에요!"

유순흠 대신 조능설을 안은 것은 유서현이었다. 유서현은 조능설이 앞을 못 보도록 가슴 깊이 끌어안았다.

"아가씨, 놔봐요! 앞에 그이가 있잖아요!"

조능설은 이해할 수 없다는 투로 말하며 버둥거렸다. 유서현은 그런 조능설을 강하게 끌어안으며 말했다.

"언니, 아니에요. 저건 오빠가 아니에요. 저건… 언니를 죽이려고 한 마인이에요."

"아가씨! 이거 놔요. 어서 놓으라고요!"

"언니! 언니, 제발, 제발요……."

유서현은 필사적으로 조능설을 붙잡았다. 그러나 어느 순간, 조능설의 팔다리에서 도저히 제어할 수 없는 거대한 힘이 나와 유서현의 손을 튕겨내고 말았다.

불가사의한 힘으로 유서현을 뿌리친 조능설의 눈앞에 마인, 아니, 유순흠의 시체가 적나라하게 드러났다. 팔의 단면과 벌어진 목에서 여전히 피가 뿜어져 나오는 유순흠의 옆에는 그를 베고 그대로 버려진 검이 널브러져 있었다.

"당신… 당신……?"

겨우 돌아왔던 눈빛이 빠르게 흐려졌다.

조능설은 힘없이 서서 당신이라는 말을 몇 차례 반복하다 발을 뗐다.

눈을 믿지 못하겠으니 손으로 만져보겠다는 의사가 분명했다. 뜨거운 피를 울컥거리는 시체에 내민 손을, 유서현이 잡았다.

"언니, 정신 차려요. 오빤 죽었어요."

"…이거 놔요."

"오빤 내가 죽였다고요!"

마른 목이 갈라지며 탁한 소리가 나왔다. 동시에 유서현의 두 눈에서 눈물이 쏟아졌다.

"……."

날벼락이라도 맞은 것처럼 조능설의 몸이 굳어 움직이지 않았다. 다만 하나, 유서현에게 잡힌 손만이 사시나무처럼 벌벌 떨고 있었다.

"아가씨……."

조능설이 자유로운 손으로 유서현의 손을 잡자 비로소 떨림이 멈췄다. 떨리고 있던 것은 유서현의 손이었다.

"언니, 언니!"

유서현은 쏟아지는 눈물을 주체하지 못하고 크게 울며 조능설의 품에 안겼다. 조능설은 망연자실한 얼굴로 유서현을 안고 눈을 감았다.

"크하하하핫! 꼴좋구나!"

모두의 눈이 순간적으로 유서현과 조능설에 쏠린 사이, 멀찌감치 몸을 뺀 혼공이 광소를 터뜨렸다.

"본 종의 행사를 방해하는 것들! 이 자리에서 죽어라!"

혼공의 피맺힌 외침이 흐려진 하늘 높이 올라갔다. 그와 동시에 사방에서 방울 소리가 시끄럽더니 멈춰있던 마인들이 움직이기 시작했다.

"어째 더 많아진 것 같지 않습니까?"

애검, 벽린을 고쳐 쥐며 원가량이 넌지시 물었다. 아닌 게 아니라 마인의 수가 현저히 증가한 게 한눈에 들어왔다.

두 사람이 쓰러뜨린 마인이 수십을 헤아렸는데 그 배 이상의 마인이 어디에선가 쏟아져 나온 것이다.

"나도 눈 있거든?"

추영영은 차갑게 쏘아붙이고 원가량의 소매를 끌어 조능설과 유서현의 곁에 섰다.

당장은 손끝 하나 움직일 경황이 없는 두 사람을 보호해야 했다. 남궁상겸도 군말없이 뛰어와 조능설과 유서현을 등 뒤에 두고 다가오는 마인들을 향해 검을 들었다.

그렇게 일행이 다시 한곳에 모인 가운데 한 사람, 이극만이 먼 곳에 떨어져 오도카니 서 있었다.

추영영이 목소릴 높였다.

"야! 뭐 하고 있어!"

수백 마인이 내는 신음이 쌓여 주변이 시끄러웠지만 추영영의 목소리는 높고 곧게 뻗어 이극의 귀에 닿았다. 이극은 문득 정신을 차리고 고개를 돌렸다. 시선이 닿은 곳에 조능설의 품에 안겨 울고 있는 유서현이 있었다.

"아가씨……."

닿지 않을 거리에 있는 유서현을 향해 이극은 손을 내밀었다. 그러나 팔을 끝까지 펴기도 전에, 이극은 주먹을 쥐고 손을 거두어들였다.

울고 있는 유서현의 모습이 흐려지고, 꽉 쥔 주먹만이 눈앞에 선명했다.

"정신 차려!"

허공에 주먹을 쥔 채 멍하니 선 이극에게 추영영이 다시 소리쳤다. 그의 뒤로 수많은 마인이 해일처럼 밀려오고 있었다.

그러나 이극은 등 뒤의 일은 관심도 없다는 듯, 꽉 쥔 제 주먹만을 바라보고 있었다.

"야! 뭐하는 거야? 야! 이극!"

빠르게 밀려온 마인의 해일은 어느새 이극의 지척에 당도했다. 추영영은 달려드는 마인의 공세를 쳐내며 다급히 소리쳤다. 그러나 여전히 이극은 미동조차 하지 않고 그저 서 있을 뿐이었다.

수십 개의 자색 불꽃이 이극에게로 꽂히는 순간, 추영영의 귓가에 전음이 들려왔다.

[아가씨 잘 부탁해.]

"…뭐?"

황당한 나머지 전음으로 답하지도 못하고 소리가 헛나온 순간, 이극이 몸을 획 돌리며 쥔 주먹을 휘둘렀다.

콰콰쾅!

돌팔매질하듯 팔을 크게 휘두른 주먹에서 굉음이 터졌다. 막 이극을 덮치던 마인 중 다섯이 뒤로 튕겨 나갔다.

꿰에에엑!

맞고 나가떨어진 마인의 비명이 아니었다. 한발 늦게 달려들다 몇 발짝 앞에서 멈춰선 수십 마인이 동시에 지른 괴성이었다.

본래 사람이니 같은 피륙으로 만들어졌을 터인데 마인의 뼈는 쇠막대기처럼 강하고 거죽은 쇠사슬을 촘촘히 입힌 것처럼 단단하다. 뿌리 깊은 마종의 비술이 만들어낸 이적. 움직임이 뻣뻣하고 단순한 장법만 쓸 줄 아는 그들이 강호의 일류고수에 견주어질 수 있는 이유였다.

한데 그리도 강력한 마인의 육신이 어디에도 없다.

이극의 주먹에 맞고 사방에 흩어진 마인의 모습이 몹시도 참혹했다. 뼈가 접히고 살이 터지며 한 뭉텅이 고깃덩이가 되어 흙바닥에 나뒹굴고 있었던 것이다.

이지를 잃고, 오로지 적을 살해한다는 명령만 머리에 남은 마인들조차 불가해한 상황에 놀라 멈춰 서서 괴성을, 아니, 공포에 질린 비명을 지를 뿐이었다.

휙!

이극의 신형이 흐려지더니 마인들 틈으로 뛰어들었다. 멈춰 있던 마인들이 놀라 허둥대며 손바닥을 내밀었다. 그러나 밀집된 진용 한가운데 나타난 이극을 향해 내민 일장들이 온전히 가 닿을 리 없었다. 서로의 어깨가 부대끼고, 팔꿈치가 부딪치며 일대 혼란이 일었다.

그 안에서 이극의 갈퀴 쥔 손가락이 붉게 빛났다. 이극은 엉망진창인 마인들의 합격을 가볍게 피하며 두 팔을 휘저었다.

촤악!

마구잡이로 휘젓는 것만 같은 두 손이 지날 때마다 뼈가 부러지고 살점이 터져 허공을 수놓았다. 갈퀴 쥔 손가락이 남기고 가는 핏빛 잔광을 마인의 피가 다시금 붉게 물들였다.

마인의 물결 한가운데, 위에서 내려다보면 둥그런 원이 생겼다. 십여 명 마인이 시체가 되어 쓰러지며 생성된 공간이었다. 그 한가운데 심지처럼 홀로 선 이극이 있었다.

퀘에엑!

저마다 조금씩 다른 괴성을 지르며 마인들이 동료의 시체를 넘어 달려들었다.

정면으로 둘, 배후에서 셋, 좌우로 하나씩 총 일곱의 마인. 그러나 열네 개의 손바닥은 이극의 털끝도 건드리지 못하고 허공을 때렸다. 선 자리에서 한 발짝도 움직이지 않은 채 이극은 마인의 공세를 모두 피하며 좌장과 우장을 안에서 밖으로 밀어냈다.

정면과 좌측으로 달려든 마인은 좌장에, 우측과 배후로 달려든 마인은 우장에 휘말렸다. 이극의 두 팔에 휩쓸린 일곱 마인은 줄 끊어진 인형처럼 힘없이 밀리며 한 점에서 충돌했다.

둔탁한 소리를 내며 부딪친 일곱 마인은 그 자리에서 겹치듯 쓰러져 작은 언덕을 이루었다. 겹쳐진 마인 하나하나가 처참한 꼴을 하고 있어, 단순히 서로 부딪쳐 쓰러졌다고 설명할 수 없었다. 손바닥에 밀쳐지던 짧은 순간, 이극이 만들어낸 수십 개 기의 소용돌이가 마인의 육신을 두들긴 것이다.

단 몇 번의 손짓으로 스물이 넘는 시체를 만든 이극은 차가운 눈으로 주변을 둘러봤다. 그 시선이 가 닿은 곳마다 뒷걸음질 치는 마인들로 인해 이극을 중심으로 한 공간이 넓어졌다.

"뭐, 뭣들 하는 거냐!"

멀찍이 도망쳐 높은 곳에서 상황을 주시하던 혼공이 소리쳤다. 두려움을 몰라야 할 마인들이 이극의 눈빛 하나에 뒷걸음질 치다니! 눈으로 보고도 믿을 수 없는 광경이었다.

"이게 대체 무슨… 헙!"

애꿎은 수하들을 닦달하던 혼공이 다급히 숨을 멈췄다. 멀리 서 싸늘한 살기가 화살처럼 날아와 꽂힌 탓이다.

온몸의 피가 얼어붙는 것을 느끼며 혼공은 살기가 날아온 곳으로 시선을 돌렸다. 움찔거리는 마인의 틈바구니에서 꼿꼿이 선 이극이 그를 노려보고 있었다.

이극이 입을 벌렸다.

"복수?"

소리는 크지도, 높지도 않았다. 누군가 앞에 앉은 이에게 던지듯 하는 말이었다.

그러나 이극의 목소리는 가까운 곳부터 먼 곳에 이르기까지 지금 이곳에 있는 모두의 귀에 똑똑히 들렸다.

"맞아. 최고의 복수였어."

이극의 얼굴은 차갑게 굳어 짧은 말조차 몇 번을 씹어서 겨우 내뱉는 것 같았다. 그러나 분노는 순수할수록 깊은 곳에서 타올라 겉으로 드러나지 않는 법이다.

"잘 봐라. 복수의 결과가 어떤 것인지."

이극의 말이 혼공의 귀에는 천둥이 치는 듯 크게 들렸다. 놀란 혼공의 얼굴에서 핏기가 썰물처럼 빠져나갔다.

혼공의 창백한 낯을 확인하고, 이극은 다시 시선을 제 주변으로 돌리며 멈췄던 손을 움직였다.

살육의 시작이었다.

이극을 죽이기 위해 혼공이 준비한 마인의 수는 사백.

중원 각지에서 암약해 온 마종의 잔당이 키워낸 전력의 절반에 해당하는 대인원이었다.

마인 육성을 마종 부활의 관건으로 판단하고 살아남은 한 줌의 역량을 집중한 지 십 년. 곽추운의 지원까지 고려한다면 사백이라는 숫자가 그리 많게 여겨지진 않는다.

그러나 마종의 비전이 대부분 실전된 상황, 물선 중원 땅에서 이목을 피해 마인을 만들어낸다는 것이 말처럼 쉬운 일은 아니었다. 생존자들이 가지고 있던 마인 육성의 비전에 숭숭 뚫린 구멍을 메우기 위해 수많은 시험체가 필요했다.

실패를 거듭하여 재정립한 비전도 평균 스무 명 이상의 시험체를 희생시킨다는 타협의 산물이었다. 시간과 자원. 지극히 제한된 조건에 강제된 결과였다.

간단한 산술로도 사백 마인의 뒤에 최소 팔천의 시험체와 그에 상응하는 금전적, 시간적 희생이 뒤따른다는 것을 알 수 있다. 이극 한 사람을 상대하기 위한 혼공의 결의가 얼마나 무거운지 가늠할 수 있는 대목이다.

하나 아무리 무거운 결의라도 힘이 뒷받침되지 않으면 가혹한 현실과 마주하게 된다.

혼공이 동원한 사백이라는 숫자는 웬만한 문파를 멸문시킬 수 있는 분명 유의미한 전력이었다. 그러나 힘이란 언제나 상대적이게 마련이다. 그것이 혼공에게는 크나큰 불행이었다.

해일처럼 몰려오는 마인을 향해 이극은 손발을 내밀었다.

무심히 내민 손가락에 살이 뚫리고, 마구잡이로 휘두른 손바닥에 목이 돌아갔다. 발을 한 번 구를 때마다 허연 뇌수가 튀었고 황톳빛 흙은 붉다 못해 검어졌다.

마음대로 내미는 손발이 곧 상승 무리에 닿아 있다.

하나하나가 곧 무림의 일류고수에 준한다는 마인이 떼로 달려들어도 이극의 머리카락 하나 어쩌지 못하고 시체로 화하는 광경은 도저히 현실이라고 믿어지지 않을 정도다. 남궁상겸은 그저 입을 벌리고 이극이 펼치는 시체의 양산을 지켜볼 뿐, 다른 생각은 조금도 할 수 없었다.

"저건……!"

원가량 역시 한동안 이극을 바라만 볼 뿐, 말을 잇지 못했다.

이극과 한 차례 검을 겨룬바, 이극의 실력은 대강 파악하고 있다고 생각했다.

자신보다 강한 것은 사실이다. 그러나 넘보지 못할 만큼 격차가 큰 것도 아니라는 게 이극에 대한 원가량의 평가였다.

하지만 지금 눈앞에서 벌어지는 광경은 그 평가를 무색하게 만들고 있었다. 이극이 보여주는 무위는 자신과 싸웠던 그자가 맞기나 한 건지 의심스러우리만치 압도적이었다.

원가량은 추영영을 돌아봤다. 그와 싸웠을 때 이극이 이만한 여력을 숨겼다고는 도저히 생각할 수 없었다. 그만큼 손속에 사정을 두었다면 반드시 알아차렸으리라.

"선배! 대체 어떻게 된 일……?"

추궁하던 말소리가 도중에 끊기고 원가량의 두 눈이 휘둥그레 커졌다. 마인을 상대로 이극이 보여주는 무위와는 또 다른 의미로 상상하지 못했던 일이 일어나고 있었던 것이다.

추영영은 울고 있었다.

방울진 눈물이 추영영의 두 뺨을 타고 흘러내렸다. 추영영의 시선이 가 닿은 곳에는 이극이 있었다.

눈물을 흘리며 이극을 바라보던 추영영이 문득 그리운 이름을 읊조렸다.

"박가야……."

"선배."

원가량의 나직한 부름에 추영영이 꿈에서 깬 얼굴로 돌아봤다. 그러나 대답보다 제 눈에서 흐르는 눈물이 먼저였다.

"어머, 나 좀 보게."

추영영은 웃으며 눈물을 닦았다. 그러나 웃음도, 눈물도 멈추지 않았다.

오래전 가버린 친구가 저기에 있었다.

주이원도 이 자리에 있었다면 기뻐했을 것이다. 그러나 추영영의 심사는 그보다 복잡했다. 이극의 모습이 꼭 반갑기만

한 것은 아니었다.

추영영은 눈물을 그치고 물었다.

"알아보겠느냐?"

"뭘 말입니까?"

"너도 보기는 했을 텐데?"

축약이 심하였으나 원가량은 추영영의 말을 알아들었다. 십오 년 전, 먼발치에서 봤을 뿐이지만 어찌 잊을 수 있겠는가?

"아!"

절로 탄성을 터뜨린 원가량의 옆에서 추영영이 중얼거렸다.

"저기 박가가 있구나."

무림에 기인이사가 별처럼 많다지만 박가의 출현은 마종과 중원무림 모두에게 크나큰 충격이었다. 추레한 노인의 손짓 하나에 추풍낙엽처럼 쓰러지던 마종의 고수들을 무슨 수로 설명한단 말인가?

지금 흉험하기 짝이 없는 마인을 볏단처럼 넘어뜨리는 이극의 모습은 십오 년 전 원가량이 보았던 그 노인과 똑 닮아 있었다.

이극의 무공은 십오 년 전 박가에 비해 손색이 없다. 그러나 박가는 이미 없는 자이니 당금 무림에서 이극과 견줄 자는 곽추운이 유일할 것이다.

경탄이 지나간 자리를 분노가 차지했다. 기만당했다는 생각에 원가량이 눈을 치켜떴다.

"저리 강했다면 왜 진작 실력을 발휘하지 않았던 겁니까!"

"녀석은 실력을 감춘 적이 없어."

추영영은 고개를 저었다. 원가량은 이해할 수 없어 소리 높여 물었다.

"그럼 항주를 떠난 그 잠깐 사이에 저만한 성취를 이뤘단 말입니까?"

"…너는 모른다."

추영영은 짧게 말하고 입을 닫았다.

곽추운을 비롯한 무림인들의 청을 수락하여 강호에 나왔던 박가는, 이미 제 모든 것을 이극에게 전수한 후였다. 토사구팽당하고 말 것이라는 제 운명을 예견한 것처럼 말이다.

하지만 그 사실을 아는 자는 아무도 없었다. 박가와 친분이 두터웠던 추영영과 주이원도 십대에 불과한 이극이 박가의 성취를 고스란히 이었으리라고는 생각하지 못했다.

추영영이 그 사실을 눈치챈 것은 십 년 가까운 세월이 흘러서였다.

그때 이극은 생에 의욕을 잃고 그저 사부의 유언 아닌 유언을 따라 죽지 못해 사는, 그런 삶을 영위하고 있었다.

그런 삶에 힘은 제 목숨을 지킬 정도면 족하다. 더구나 이극은 사부가 이용당하고 버려진 이유를 개인으로서 감당하지 못할 힘을 가졌기 때문이라고 여기고 있었다.

필요 이상으로 거대한 힘을 가진 자에게 주어지는 운명은 반드시 둘 중 하나다. 두려워하는 자들을 지배하거나, 혹은 두려워하는 자들에게 살해당하거나.

이극은 후자를 선택한 사부의 전철을 밟고 싶지 않았다. 그렇다고 전자를 선택하여 곽추운과 패권을 다투고 싶은 마음도 없었다.

그렇다면 사부처럼 강해서는 안 된다. 하지만 제 몸을 지킬 만큼의 힘은 필요하다. 그런 무의식이 이극으로 하여금 가진 바 무공을 끝까지 펼쳐내지 못하게끔 제약하는 것이리라.

이는 이극 자신도 모르는 채로, 오직 곁에서 지켜봐 온 추영영만이 짐작할 수 있는 일이었다.

이러한 사연을 어찌 원가량이 알 수 있겠는가? 설명한다고, 아니, 설명할 수도 없는 노릇이다. 애초에 추영영조차 막연히 짐작할 뿐인 일이니까.

다만 추영영은 무의식의 금제를 깨버린 이극의 운명이 박가의 그것과 닮을까, 그것이 걱정스럽고 서글펐다.

물론 거대한 힘을 가지고도 얼마든지 다른 삶을 살 수 있다. 지배하거나 살해당하거나, 둘뿐인 운명은 오로지 이극이 본 박가의 삶, 허망한 망령 같은 것이다.

그러나 예민한 시기에 일그러진 세계를 보는 눈은 좀처럼 변하지 않고 강박은 모든 가능성을 닫은 채 보이는 길만 제 운명으로 삼는다. 지배할 마음이 없는 이상, 이제부터 운명은 이극을 비극으로 인도할 것이다.

추영영의 시선이 자연히 소녀를 향했다.

그리될 것을 알고 외면했던 힘을 이극이 애써 끄집어낸 이유. 혈육을 벤 유서현은 제가 구해낸 조능설의 품 안에서 여전히 고개를 들지 못하고 있었다.

유서현도, 이극도 모두 속이 엉망일 것이다. 그를 짐작하는 추영영의 속도 참담하기 이를 데 없었다.

작업에 능숙해진 직인처럼 이극의 손놀림이 빨라졌다. 늘어나는 시체로 발 디딜 곳이 마땅치 않았고, 이극을 향해 몰려드는 마인의 벽도 빠르게 얇아졌다.

고작 향 두 대가 탈 정도의 시간.

홀로 선 이극이 손을 멈추기까지 걸린 시간이었다.

3

사지가 온전치 못한 시체들은 겹겹이 쓰러져 대지를 뒤엎었고, 한 점 흙도 풀도 드러나는 걸 허락하지 않았다. 피비린내는 대기 중에 차고도 넘쳐 이미 산 자의 코를 마비시킨 지 오래였다.

그리고 이제 막, 마지막 마인이 쓰러졌다.

"끄아아악!"

마지막 비명이 인간을 닮았지만 아무도 그에 의미를 두지 않았다. 뜻 모를 짐승의 울음소리 같았던 마인의 괴성이 사람의 단말마와 닮아진 것은 아까부터였다.

"……."

마지막 마인이 쓰러지고 이극도 움직이기를 멈췄다. 시간도 멈추었는지 사방이 온통 고요했다. 사람을 닮은 마인의 비명, 그 여운만이 허공을 맴돌고 있었다.

중원무림의 역사는 천 년을 넘었고 당대를 풍미하며 후대에까지 회자되는 고수도 여럿이다. 그런 자들의 일대기는 세월이 지나며 호사가들에 의해 각색되며 규모 또한 갈수록 커지게 마련이다.

땅 위를 달리던 자도 몇 세대만 지나면 물 위를 걷게 되는 식이다. 하여 얼추 머리가 크면 전설로 전해오는 옛 고수들의 무용담을 나름의 체로 걸러 듣게 되는 것이다.

그러나 이 순간, 살아 숨 쉬는 자는 모두 이야기 속에서나 가능한 무용담의 목격자였다. 한 치의 과장 없이도 그대로 전설과 어깨를 나란히 할 장면이 바로 조금 전까지 그들의 눈앞에 펼쳐졌었다.

하나 단순히 본 것만으로 부족하다. 본 것을 그 자리에 없던 타인에게 전해야만 비로소 목격자가 되는 것이다.

그리고 남은 자 대부분은 그 조건을 충족시킬 가능성이 희박했다. 아니, 성치 않은 몸으로 쓰러진 마인들과 같은 처지가 되어 이극이 자아낸 전설의 일부로 남을 자들이었다.

"아, 아… 으어억!"

혼공을 중심으로 모여 있던 마종의 인원 중 몇몇이 실성한 소리를 내며 뒷걸음질 쳤다. 마인의 피를 두른 이극이 그들을 향해 시선을 돌린 순간, 서너 명이 몸을 돌려 뛰기 시작했다.

"너희들!"

마종의 신도가 적을 앞에 두고 등을 보인다는 것은 있을 수 없는 일이다. 꿈에도 생각지 못한 일에 혼공이 놀라 소리쳤다. 그러나 도망치는 자들은 뒤도 돌아보지 않았다.

"이게 무슨 일이냐… 대체!"

멀어지는 수하들의 등을 보며 혼공은 믿을 수 없다는 듯이 중얼거렸다. 관자놀이에 툭 튀어나온 혈관과 부들거리는 손이 그의 심정을 대변하고 있었다.

"고정하십시오!"

"일단 자리를 피해야 합니다!"

충성심이 아직 공포보다 큰 수하들이 혼공을 달랬다. 그러나 제 말의 허망함을 그들이라고 모를 리 없었다. 도망치려거든 마인의 벽이 건재할 때 쳐야 했다.

이극은 움직이지 않고 여전히 마인의 시체 한가운데에서 혼공을 노려만 보고 있었다. 하나 그것만으로도 혼란을 주기에 충분했다. 혼공을 가운데 두고 허망한 말들이 오갔다.

"어서 도망치십시오!"

"제가 시간을 벌겠습니다!"

"아닙니다! 제가!"

혼공이 침묵할수록 오가는 목소리가 높아졌다. 그러나 그도 잠시. 수십 장 거리를 넘어 덮쳐 온 살기가 그들의 입을 멈추게 했다.

이극이 혼공을 향해 걷기 시작한 것이다.

한 걸음, 다시 한 걸음.

굳이 경공을 발휘할 필요도 없다는 듯, 이극의 걸음은 완만했다. 그러나 한 발을 뗄 때마다 거리는 착실히 줄어들고 있었다. 혼공을 비롯한 마종의 인원 모두 얼어붙은 것처럼 손끝 하나도 움직이지 못했다.

열 걸음을 남기고 이극이 멈춰 섰다. 그러자 비로소 힘이 솟았는지, 십여 명 수하가 앞다투어 혼공의 앞을 막아섰다.

"저희가 합심해서 시간을 벌겠습니다! 어서 도망치십시오!"

"너희들……!"

혼공은 말을 잇지 못했다.

목숨을 바쳐 시간을 벌겠다는 수하는 모두 이십대 초중반의 젊은이들이다. 일이 뜻대로 풀렸다면 중원을 지배하고 마신 부활에 주도적인 역할을 했으리라.

그러나 한탄할 시간도 아깝다. 마종의 염원, 중원 땅에 마신을 부활시킨다는 대의를 위해서는 그 어떤 젊음도 희생해 마땅하다.

손자뻘 되는 수하들의 비장한 등을 눈에 담고 혼공은 몸을 돌렸다. 그때, 이극의 목소리가 혼공의 귀를 때렸다.

"뛸 것 없다."

혼공과 마종의 신도들은 물론 추영영과 원가량도 놀라 이극을 바라봤다. 이극은 여전히 차가운 얼굴로, 조금의 감정도 내비치지 않고 말했다.

"넌 죽이지 않아."

"개수작 부리지 마!"

신도 중 하나가 발끈하여 달려들었다. 그러나 채 두 걸음을 걷기도 전에, 일직선으로 날아온 푸른 빛줄기가 그의 미간을 관통했다.

"……!"

혼공을 살리겠다며 치솟았던 열의가 빠르게 식었다. 비명도 지르지 못하고 쓰러진 동료를 보는 신도들의 얼굴에 다시금 공포가 서렸다.

"…저 녀석!"

추영영이 어이가 없어 중얼거렸다. 근간이 되는 내공심법은 달라도 이극이 펼친 한 수는 추영영의 성명절기, 혈지선이었다.

"저걸 가르쳐 줬습니까?"

원가량이 힐난하는 투로 물었다. 추영영은 눈썹을 찌푸리며 말했다.

"죽어도 안 쓰겠다더니……!"

박가가 살아 있던 무렵, 구결만 한 번 읊어줬을 뿐이다. 전수했으니 한번 써보라 추영영이 장난을 걸면 아직 어렸던 이극은 한사코 안 쓰겠다며 고집을 피웠다. 사마의 무리가 쓰는 악독한 수법이라는 게 이유였다.

물론 이극의 자질과 추영영이 펼치는 모습을 가까이에서 수없이 보았음을 고려한다면 놀라운 일도 아니다. 추영영도 놀랐다기보단 황당할 뿐이었다.

사소하지만, 이극이 스스로 지켜왔던 것들이 온통 무너져 내렸다는 증거였다.

"박가야……!"

추영영의 입이 절로 먼저 간 친구를 불렀다.

"목숨은 걱정하지 마라. 진정한 복수가 무엇인지 나도 이제 알았으니까."

이극은 잠시 말을 멈추고 시선을 좌우로 돌렸다. 이극의 시선이 지나갈 때마다 마종의 신도들은 두려움에 절로 어깨를 움츠렸다.

이극의 눈이 마지막으로 멈춘 곳은 다시 혼공이었다. 이극의 입가에 희미한 조소가 걸렸다.

"네놈들의 근거지가 여기만 있는 건 아니겠지? 어디든 도망치고 도망쳐라. 끝까지 살아서 네놈이 간신히 살려낸 마종이 어찌 무너지는지, 똑똑히 봐라."

말이 끝나기 무섭게 이극의 손가락에서 푸른 빛줄기가 쏘아져 나갔다.

"컥!"

"으헉!"

빛줄기에 관통당한 네 명의 젊은 신도가 짧게 비명을 지르며 쓰러졌다. 그 모습을 본 혼공의 눈에 불이 켜졌다.

"으아악!"

노성을 지르며 혼공이 신도들의 벽을 훌쩍 넘어 이극을 덮쳤다. 이극의 가슴을 향해 밀려오는 일장에는 마인의 그것보다 순도 높은 자색의 마기가 서려 있었다.

"흥!"

이극은 코웃음을 치며 일장을 마주 내밀었다.

쾅!

손바닥과 손바닥이 마주치자 굉음이 일고, 바람에 씻겨나가듯 자색의 마기가 흩어졌다.

하지만 그게 끝이었다.

장력과 장력이 정면으로 충돌하고 굉음이 났는데도 모두가 예상하는 그런 일은 일어나지 않은 것이다. 그저 충격이 파문처럼 사방에 퍼져 모두의 머리카락을 흩날렸을 뿐.

"너… 네놈……!"

강풍을 세게 맞은 듯 앞머리가 흐트러진 채 혼공이 말했다. 죽음을 각오하고 날린 일장이었건만, 그마저도 뜻을 이루지 못했다. 이극은 혼공의 장력을 와해만 시키고 그를 멀쩡히 살려둔 것이다.

잔뜩 일그러진 혼공을 향해 마주 웃으며, 이극이 다시 손가락을 세웠다.

피융!

하나만 세운 검지로부터 쏘아진 빛줄기가 혼공의 귓가를 스치고 지나갔다. 뒤늦게 반응하여 돌아본 혼공의 귀에 속이 꽉 찬 종을 때리는 듯 투박한 소리가 들렸다.

텅!

북해의 바다처럼 얼어붙어 있던 이극의 얼굴에 작은 균열이 일었다. 이극이 쏘아낸 혈지선의 공력이 중간에 방향을 바꾸어 하늘로 사라진 것이다.

털썩!

구사일생, 목숨을 건진 마종의 신도가 주저앉았다. 바닥에 앉아 올려다본 눈에 소녀의 등이 보였다. 이극의 혈지선을 막은 유서현이었다.

흙먼지와 눈물이 범벅된 얼굴이 더럽다. 얼마나 울었는지 두 눈은 터진 실핏줄로 가득했다. 그 발간 눈으로 이극을 쏘아보며, 유서현이 말했다.

"뭐해요? 죽고 싶어요?"

"……?"

"빨리 도망치란 말야!"

유서현은 쉬고 갈라져 제대로 나오지도 않는 목으로 소리를 빽 질렀다. 그러나 신도들은 주춤거리며 눈치만 볼 뿐 움직이는 이가 없었다.

"젠장!"

이들이 왜 망설이는지 이유는 자명하다. 유서현은 거센소리를 내며 앞으로 달려갔다.

"당신!"

유서현은 혼공의 팔목을 잡고 뒤로 밀치며 말했다.

"도망쳐! 저 사람들까지 다 죽는 꼴을 봐야겠어?"

혼공은 얼떨떨한 표정으로 윽박지르는 유서현을 바라봤다.

자신은 오빠를 마인으로 만들었으니 생살을 씹어 먹어도 시원찮을 원수다. 그런 자를 살리겠다고 나서다니, 돌았거나 이마저도 술책이거나 둘 중 하나라고밖에 생각할 수 없었다.

피잉―! 터엉!

망설이는 사이, 이극이 다시 혈지선을 날리고 그를 유서현이 막았다. 대열의 끄트머리를 노렸는지 손가락은 먼 곳을 향했다. 한 박자 빠르게 몸을 날리고도 모자라 어깨가 빠지도록 팔을 뻗어서야 겨우 검끝으로 막은 것이다.

"크윽!"

덕분에 검은 날아가고 호구가 찢어졌다. 유서현은 손아귀에서 피가 나는 것도 아랑곳하지 않고 재빨리 달려가 이극의 앞을 가로막았다.

"도망쳐요! 어서!"

유서현은 양팔을 벌려 이극의 앞을 막고 소리쳤다. 그제야 혼공은 수하들을 이끌고 뛰기 시작했다.

유서현의 머리 위로 멀어지는 혼공들을 보며 이극이 말했다.

"이게 무슨 짓이지?"

"그러는 아저씨야말로 뭐하는 짓이에요?"

유서현은 한발 다가서서 이극을 올려다보며 말했다.

"마인을 죽이고 그런 건 어쩔 수 없다지만, 저들은 이미 전의를 상실했어요. 그런 자들을 죽이는 건 싸움이 아니라 일방적인 살인이잖아요. 다른 사람도 아니고 아저씨가 왜 그런 일을 하는 거죠? 왜 그랬어요? 대체 왜?"

갈라진 목소리로 유서현이 울부짖었다. 그러나 이극은 소녀가 일찍이 보지 못한 얼굴로 대답했다.

"왜 안 되는데?"

"…예?"

차갑게 그리고 짧게 내민 반문에 유서현은 할 말을 잃었다. 입을 열지 못하는 유서현에게 이극이 말했다.

"전의를 잃은 적은 죽이면 안 되는 건가? 그럼 저들은 내가 졌다고, 더 싸우지 않겠다고 했으면 날 죽이지 않았을까?"

"……."

"놈들은 할 수 있는 가장 잔인한 방식으로 나에게 복수를 했고, 나는 당한 만큼 갚으려 해. 그게 잘못된 건가? 내가 강하고 저들이 약하니까? 그래서 강한 내가 참고 당해야 하는 건가?"

"복수… 라고요?"

"그래!"

이극의 얼굴을 뒤덮었던 얼음이 깨졌다. 마침내 이극은 큰 소리로 울분을 토해냈다.

"전의를 잃은 상대를 죽이면 안 된다고? 물론 그럴 수 있어. 하지만 놈들에게 그만한 자격이 있다면 원한을 내게 직접 물어야 했어! 처음부터 수백 명 마인을 동원해서 나를 죽이려 들었어야지! 하지만 안 그랬잖아? 내가 아니라 아가씨네 오라비를 마인으로 만들었어. 나 때문에 아가씨네 오라비가 마인이 됐어. 나 때문에 아가씨가 혈육을 벤 거라고!"

이극은 고함을 지르는 자신을 발견하고 말을 그쳤다. 유서현에게 소리칠 자격이 그에겐 없었다. 그래서, 이극은 입술을 깨물며 말했다.

"그게 놈들이 내게 할 수 있는 가장 잔인한 짓이었지. 의도했든, 아니든."

"아니에요."

유서현은 고개를 저었다.

"그게 왜 아저씨 때문이에요? 오빠가 마인이 된 것도, 내가 오빠를 베게 된 것도 다 내 탓이죠."

미혹이 눈물에 씻겨 떠내려간 자리에는 명확한 결론이 남아 있었다. 모든 게 내 탓이다. 내가 강했더라면 오빠가 날 구하러 왔을 때 별다른 희생 없이 빠져나갈 수 있었으리라.

그러니 당신은 괴로워할 필요가 없어. 잘못한 건 나니까.

이극의 눈 가장 안쪽을 들여다보는 유서현의 시선이 온 힘을 다해 그런 말을 하고 있었다.

그러나 소녀가 어찌 알까? 이극이 가진 죄의식의 발로가 바로 그것이라는걸. 유서현이 제 무력함을 실감하고 괴로워하는 것을 미처 막지 못했다는 것이 이극에게는 크나큰 아픔이라는 것을.

이극을 위해서 의연함을 가장하는 모습조차, 아니, 그것이야말로 이극을 가장 고통스럽게 만든다는 사실을.

그래서, 그런 마음으로 자신을 올려다보는 소녀의 눈이 심장을 꽉 쥐고 놓지 않는다. 숨을 쉬지 못할 때와는 비교도 할 수 없는 고통에 이극은 입을 벌렸다.

그때, 발밑으로 미세한 진동이 전해왔다.

대지의 울림은 머리보다 몸이 기억하고 있다. 이극은 본능적으로 유서현을 끌어안고 몸을 돌렸다.

콰콰콰콰콰쾅—!

무시무시한 굉음을 내며 건물 하나가 폭발했다. 광풍이 휘몰아치며 거대한 불꽃이 일고 잔해가 사방에 흩날렸다.

콰콰콰콰콰쾅—!

폭발은 한 번으로 끝나지 않았다. 사방에 둘러친 건물들이 연이어 폭발하며 일어난 충격파가 이극들을 휩쓸었다. 충격의 진원이 지하인지, 곧 대지가 균열을 일으키며 산재한 마인의 시체들을 집어삼켰다.

"언니! 언니!"

폭발과 균열을 피해 달리는 이극의 품에서 유서현이 미친 듯이 소리쳤다. 자신보다 조능설의 안위가 더 걱정이었다.

유서현을 안고 뛰던 이극의 발이 어느 순간 멈췄다. 폭발로부터 안전한 곳을 찾은 것이다.

"아가씨!"

다행히 조능설의 안위는 추영영이 챙긴 모양이었다. 안전지대에 먼저 와 있던 조능설이 유서현을 반겼다. 유서현은 조능설의 손을 잡고 무사를 확인한 후 고개를 돌렸다. 머릿수가 모자랐다.

"그 아이는요?"

추영영과 원가량이 서로 돌아보더니 함께 고개를 저었다. 갑작스러운 폭발에 미처 소유까지 돌볼 틈이 없었던 것이다.

유서현은 조능설의 손을 놓고 벌떡 일어났다. 소유까지 죽게 내버려 뒀다가는 유순흠이 했던 일이 모두 헛수고로 돌아간다는 생각에 마음이 급해졌다.

"…저기!"

그때, 누군가가 탄성이 모두의 시선을 한곳으로 몰았다. 연이은 폭발과 무너지는 대지 한가운데 어렴풋이 소유의 모습이 보였다.

"데려오겠어요!"

"아가씨!"

한발 늦게 뻗은 손이 허공을 짚었다. 손안을 빠져나간 유서현은 무너지는 대지 사이를 넘나들며 휘몰아치는 화염 속으로 빠르게 달려나갔다.

"빌어먹을!"

이극도 유서현을 쫓아 폭발하는 속으로 뛰어들었다.

휙!

반사적으로 목을 꺾자 주먹만 한 불티가 귓가를 스쳐 지나갔다. 빠르게 스쳐 서인지, 아니면 본래 담고 있던 불씨 탓인지 귓가가 뜨겁다.

그러나 멈춰서 화상을 돌볼 여유는 없다. 유서현은 개의치 않고 다시 몸을 날렸다.

와르르—

조금 전까지 발을 딛고 선 땅이 굳힌 설탕처럼 부서져 아래로 무너졌다. 허공에서 본 아래는 땅이 아니라 깊은 구덩이가 입을 벌리고 있었다. 혼공의 본거지는 겉으로 드러난 규모만 큰 게 아니었다. 지하에 마련한 공동이 얼마나 거대한지, 일대에 지진이 이는 것처럼 땅이 아래로 꺼지고 있었다.

조금만 발을 헛디뎌도 암석에 휘말려 어둠 속으로 떨어지고 말 것이다. 유서현은 정신을 집중해가며 뛰고 또 뛰었다.

정신없이 터지는 불꽃 틈으로 다시 소유의 모습이 보였다. 폭발 속에서도 소유는 평온한 얼굴로 가만히 서 있었다.

불꽃을 뚫고 마침내 다가간 유서현이 손을 뻗었다.

"잡아!"

그러나 소유는 말없이 웃을 뿐이었다. 유서현은 난폭하게 소유의 손을 잡아챘다.

"너 미쳤어? 죽고 싶어서 그래?"

불같이 화를 내는 유서현에게, 소유가 속삭이듯 말했다. 폭음이 사방에 가득한데도 소유의 작은 목소리가 귓가에 바로 들리는 듯 선명했다.

"이제 정말 안녕이야. 내 사람."

"뭐? 넌 어떻게 된 게 이 상황에서도……!"

기가 막혀 소리치던 유서현이 놀라며 뒤로 물러났다. 돌기

둥처럼 솟은 암반이 두 사람 사이를 가른 것이다.

"소유……!"

유서현은 소유를 부르며 암반을 피해 다가갔다. 그러나 방해라도 하려는지 연이어 기둥이 솟아나 두 사람 사이에 벽이 쳐졌다.

"거기 있어!"

솟아난 돌기둥 사이로 보이는 소유를 향해 부르짖고, 유서현은 몸을 날렸다. 그러나 도약하려는 순간, 발밑이 무너졌다.

"헉!"

밑바닥으로 떨어지려는 유서현을 잡은 것은 이극이었다. 이극은 솟아난 돌기둥의 돌기를 잡고 유서현을 끌어당겼다.

"미쳤어?"

"저기 그 애가 있다고요!"

불같이 화를 내는 이극에게 유서현이 지지 않고 소리쳤다. 동시에 돌아본 기둥 틈새로, 두 사람을 보는 소유가 보였다.

요동치는 대지 위에서 끌어안고 있는 두 사람을 보며 소유는 미소 지었다.

「운명은 거대한 화로와 같아서 어떤 불순물도 결국 그 안에서 하나가 되고 말지. 내 사람, 그대의 마음이 흔들리는 것도 잠시일 거야. 내가 잠시 흔들렸듯이.」

소리도 아니고 전음도 아닌, 소유의 의사가 곧장 두 사람의 머릿속으로 전해졌다.

「이극.」

소유의 시선이 이극을 향했다.

「네 말이 나를 주저하게 한 것은 사실이다. 하지만 이제 미혹은 없다.」

마침 불어온 광풍이 두 사람을 덮쳤다. 유서현이 고개를 반대편으로 돌리고, 홀로 눈이 마주친 이극의 머릿속으로 소유의 말이 전해졌다.

「마신이 되면 그녀를 찾으러 가지.」

콰콰콰콰콰쾅—!

다시금 굉음이 지축을 흔들었다. 흙과 돌덩이가 튀어 오르고 사방에서 불꽃이 휘몰아쳤다. 소유도, 이극과 유서현도 폭발 속에 묻혀 보이지 않았다.

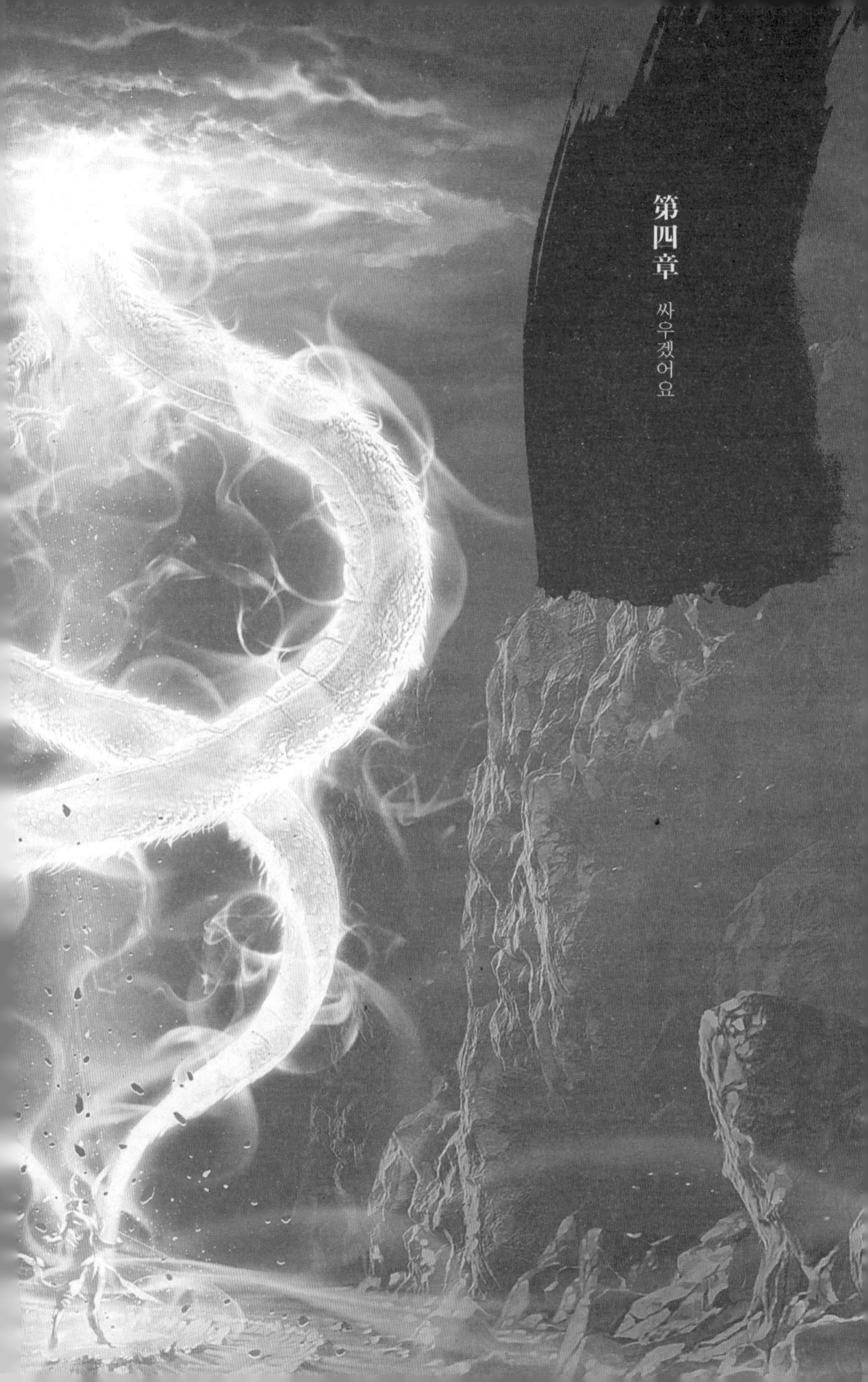

第四章 싸우겠어요

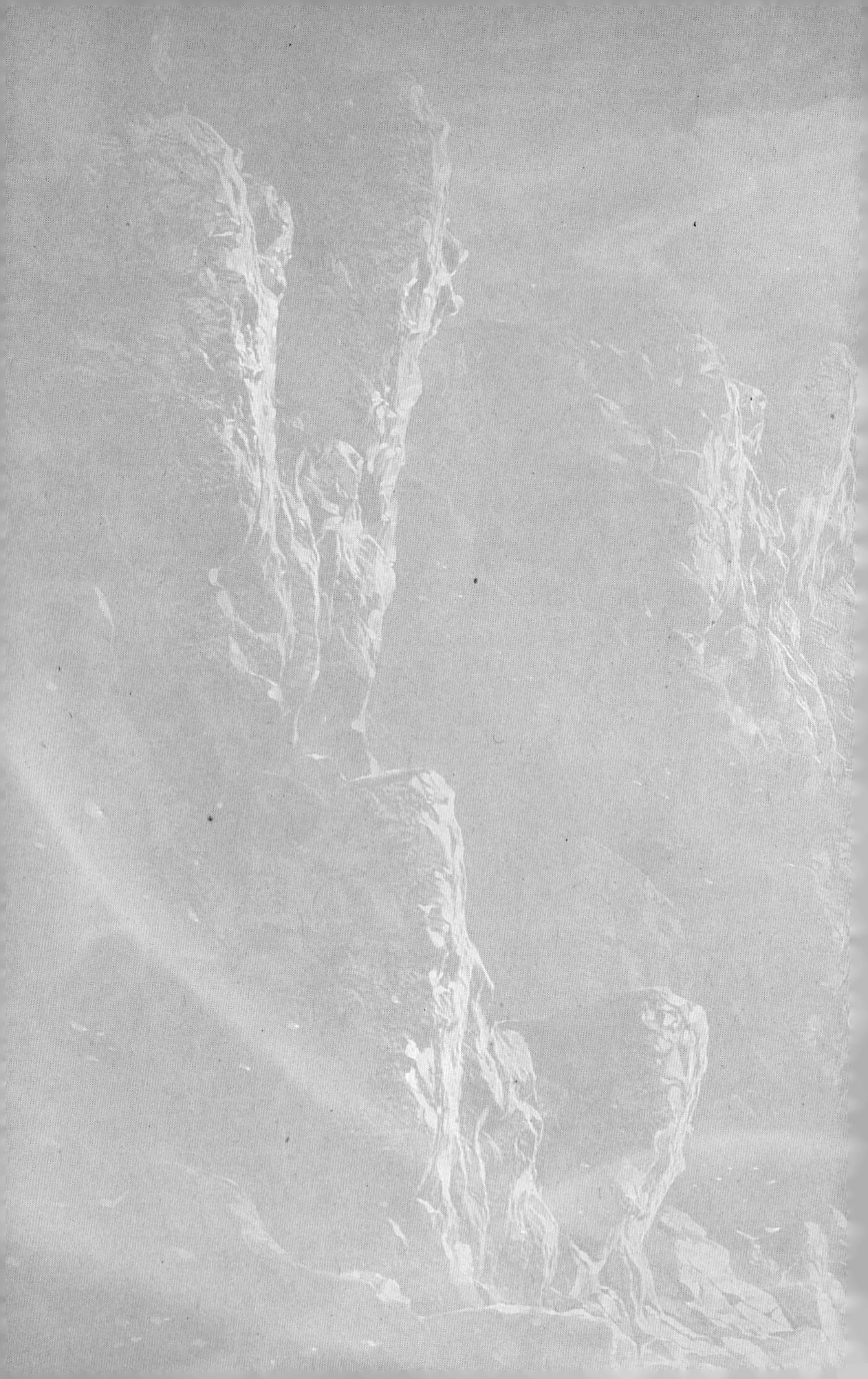

蒼龍魂 창룡혼

1

어떤 사람들에게 시간은 숫자를 타고 종이 위를 달리지만 그런 부류는 소수에 불과하다. 달의 기울기로 날짜를 셈하고 공기의 냄새로 오가는 계절을 가늠하는 게 더 익숙한 사람이 대부분이다.

여름은 막바지에 이르러 언제부턴가 조석으로 부는 바람이 서늘했다. 그러나 찬바람보다 빠르게 사람들의 옷깃을 여민 소식이 있었다.

바로 마종의 부활이었다.

마종이 휩쓸고 간 혈풍은 십오 년이 지난 지금까지 모두의 머릿속에 가장 참혹한 기억으로 생생히 남아 있었다. 무림맹이라는 유례없는 통합체의 존속도 마종의 침략이 모두의 마음에 뿌린 공포의 씨앗이 단단히 뿌리를 내린 덕분이었다.

이는 역으로 곽추운이라는 영웅으로 대표되는 무림맹의 존재가, 마종이 뿌린 공포의 씨앗을 억제하고 있다는 의미이기도 했다. 한데 여름에서 가을로 넘어갈 무렵, 억눌려 있던 씨앗이 십오 년 만에 싹을 틔우고 만 것이다.

그것도 상상할 수 있는 가장 최악의 방식이었으니, 바로 남궁세가의 멸문이라는 소식이었다.

남궁세가의 멸문!

마종과의 항쟁 이후, 무림맹이라는 단일 체계로 재편된 무림에서 가장 강력한 무력 집단을 꼽으라면 열에 아홉은 남궁세가를 제시할 것이다.

물론 실제 전력을 철저히 수치화하여 본다면 곽추운이 직접 통제하는 항주의 무림맹 본영이 우위일 터이나, 곽추운은 모두의 인식 속에서 무림맹과 동일시되는 존재였다.

그러나 실제로도 남궁세가는 무림맹 산하의 무력 집단들 가운데에서도 단연 강력한 전력을 자랑하는 곳이었다. 가주이자 무림맹 장로회의 일원인 남궁호를 필두로 내로라하는 일류고수가 별처럼 즐비했다.

무림맹은 공고해 보였지만 맹주인 곽추운은 후사가 없었다. 지금은 태양선협 상관후가 이끄는 반 맹주파의 일원이라는 위치에 충실할 따름이지만 곽추운 사후의 무림맹은 남궁세가의 인재들이 이끌어 나가리라 장담하는 자도 많았다.

그런 남궁세가가 무너진 것이다.

수백 년 전통을 자랑하는 건물들은 밤새 불타 잿더미로 변했다. 세가의 사람은 물론이고 가신, 식객, 심지어 잡일을 돕는 고용인에 이르기까지 남궁세가의 울타리 안에서 살아 숨 쉬는 모두가 죽음을 면치 못했다.

세가의 위엄을 세우던 정문은 기둥만 남았고, 그 위에 창궁검왕 남궁호의 시체가 걸렸다. 천하를 호령하던 고수가 하루아침에 저자의 구경거리로 전락한 것이다.

그러나 남궁호의 시체에 주목하는 이는 아무도 없었다. 사람들이 주목한 것은 기둥에 검붉은 피로 쓰인 네 글자였다.

마천재현(魔天再現)!

마의 하늘이 다시 나타났다는 글귀에 사람들은 하나의 이름을 떠올릴 수밖에 없었다.

대마신 철염을 내세워 진격을 거듭해 오던 광신의 마수들.

오직 마종만이 하룻밤 새 남궁세가를 멸문시킬 수 있으리라!

모두의 무의식 속에서 떠나지 않고 있던 공포의 대상이 십오 년 세월이 지난 오늘날 되살아난 것이다.

남궁세가를 제물로 마종이 되살아났다는 소식은 바람보다 빠르게 중원 각지로 퍼졌다. 소문은 발원지에서 멀어질수록 과장되고 오해를 낳게 마련이지만 이번엔 달랐다.

아무리 담이 큰 호사가라도 천하의 남궁세가가 고작 하룻밤

새 멸망했다는 충격적인 사실에 함부로 살을 붙일 수 없었다. 더욱이 그 뒤에 이어지는 말이 마종의 부활이었으니 무슨 말을 더한들 효과가 없는 것이다.

덕분에 남궁세가의 멸문과 마종의 부활이라는 소문은 가장 담백한 형태를 유지한 채로 빠르게 퍼져, 곧 천하에 그 사실을 모르는 이가 없게 되었다.

그렇게 입에서 입으로 전달된 공포가 중원을 잠식하는 사이 이목을 피해 항주로 모여드는 자들이 있었다.

곽추운의 이름으로 소집된 무림맹 장로회 소속 장로들이었다.

가을볕이 잘 드는 회의실 안에는 커다란 직사각형 탁자가 놓여 있었다. 탁자 좌우로 각각 다섯, 그리고 상석과 반대편에 하나씩 마련된 열두 개의 자리 중 채워진 것은 여덟. 아직 네 개의 자리가 비어 있었다.

회의를 소집한 장본인, 곽추운은 입을 꾹 다문 채 상석에 앉아 있었다.

미리 공지한 회의 시간보다 일각을 일부러 늦게 들어온 참이다. 한데도 네 개의 자리가 비었는데, 그로부터 일각이 더 지나도록 채워질 줄을 모르는 것이다.

자연히 곽추운은 불편한 심기를 감추지 못하고, 여파는 미리 와 있던 죄 없는 장로들의 몫이었다. 곽추운을 제외하고 채워져 있는 일곱 자리는 모두 맹주를 지지하는 장로들의 것이다. 그 가운데 소수소면 송삼정의 얼굴도 있었다.

살얼음판을 걷는 듯 아슬아슬한 시간이 조금 더 흐르자 비로소 문이 열렸다.

모습을 드러낸 것은 빈자리의 주인들. 소위 반 맹주파로 분류되는 장로들이 태양선협 상관우를 필두로 들어온 것이다.

곽추운이 자신과 마주 보는 자리를 찾아가 앉는 상관우에게 한마디 던졌다.

"많이 늦으셨군요. 무슨 사정이라도 있었습니까?"

"아닙니다. 알려주신 시간에 맞춰 왔는데 다른 분들이 먼저 와 있으니 이거 참, 당황스럽기 짝이 없군요. 헛헛!"

상관우는 흰 수염을 쓰다듬으며 너털웃음을 터뜨렸다.

'망할 늙은이!'

곽추운은 탁자 밑으로 주먹을 쥐었다.

시간을 잘못 알았을 리 없다. 그저 곽추운이 맹주의 권한으로 회의를 소집함으로써 항주까지 먼 길을 오게 한 것에 대한 불만을 드러낸 것이다.

씨알도 먹히지 않을 거짓말이지만 따질 수도 없다. 어차피 상관우의 목적은 회의에 좀 늦는들 곽추운이 뭐라 할 수 없는 자신의 위치를 참석자들에게 재확인시킴으로써 맹주의 체면을 구기는 것이니까.

참고 넘어가 주려는 곽추운을 상관우가 다시 긁었다.

"그나저나 맹주께서 앉은 자리가 참 눈에 익습니다?"

본래 장로회의 상석은 상관우의 것이다.

무림맹의 수장은 맹주이지만 장로회는 맹주의 독선을 견제하기 위한 독립 기관이다. 때문에 맹주는 장로회의 일원이 되는 것을 금하는 율령이 무림맹 발족 시 정해져 있었다. 정기적으로 열리는 회의에도 맹주는 오직 참관인의 자격으로만 참석할 뿐, 발언권이 없는 신세였다.

곽추운은 억지웃음을 지으며 대답했다.

"상관 장로께서 잠시 착각하신 모양인데 이 자리는 장로회의가 아닙니다. 제가 맹주의 권한으로 소집한 긴급회의지요."

"아이쿠! 이 늙은이가 그만 갈 때가 됐는지 요새 가물가물합니다, 그래. 맹주께서 이해해 주시구랴."

상관우는 손바닥으로 제 이마를 치며 양해를 구했다. 상관우와 함께 들어온 반 맹주파의 장로들도 따라 웃었다.

"그만들 하시오! 장난칠 자리가 아니외다!"

곽추운의 좌측에 앉아 있던 중년인이 강한 어조로 소리쳤다. 곽추운을 추종하는 맹주파 장로 가운데에서도 심복이랄 수 있는 팔선문(八仙門)의 문주 백군황(白君晃)이었다.

"장난? 지금 장난이라 했소?"

상관우의 좌측에 앉은 백발노인이 응수했다. 참마도(斬魔刀) 구승필(九丞弼), 이름난 도객을 여럿 배출한 호북패양파(湖北覇陽派)의 문주다.

"백 장로 눈에는 우리가 장난이나 치는 걸로 보이시나?"

구승필이 미간을 찡그리며 묻자 백군황이 소리를 높였다.

"설령 시간을 잘못 알았어도 늦었으면 어서 회의가 진행될 수 있도록 협조해야 할 것 아니오. 맹주님께서 무슨 이유로 평소 거들떠보지도 않던 권한을 발동해서 긴급회의를 소집했는지 아는 분들이 어찌 이러신단 말이오?"

"거 말씀 한번 잘하셨소이다."

간드러진 목소리로 끼어든 자는 상관우의 우측, 구승필의 맞은편에 앉은 중년인이었다. 얼굴빛이 검고 뺨이 쏙 들어가도록 마른 중년인은 역시 반맹주파의 일원, 과거 사파의 무리로 악명 높았던 귀면방주(鬼面幇主) 곡성망(曲成望)이란 자였다.

곡성망은 흰자위가 많은 눈을 이리저리 굴리며 말했다.

"그 이유를 아시는 분이 어찌 이런 쓸데없는 자리로 우릴 불렀는지 이 곡 모는 도통 이해할 수가 없소이다. 다른 누구도 아니오. 천하의 남궁세가가 당했는데, 총력을 기울여 흉수를 찾아내도 모자랄 판국에 우리를 항주로 부르다니요? 한시가 급한 마당에 이게 말이나 되는 일이랍니까?"

"이 사람이……!"

곡성망의 눈은 백군황을 보고 있었지만, 말이 겨누어 날아간 곳에는 곽추운이 있었다. 백군황이 기가 막히고 말문이 막혀 머뭇거리는 사이 곡성망이 말을 이었다.

"예, 맞습니다. 긴급 사안은 긴급 사안이지요. 십오 년 동안 어디 숨었는지 코빼기도 비치지 않던 마종 놈들이 나타났는데 이보다 큰일이 어딨답니까? 놈들이 다시 나타났다는 건 그만큼 힘에 자신이 생겼다는 뜻이겠죠. 그러니 천하의 남궁세가가 하루아침에 무너진 것 아닙니까! 당장 경계를 강화하고 전력을 일신해서 습격에 대비하고, 놈들을 추적해서 이번에야말로 발본색원해야 할 시간에 지금 이게 뭐하는 일입니까? 한가하게 모여서 대책회의를 할 시간이 없단 말입니다!"

"한가하게 모였다고요? 지금 말 다하셨습니까?"

"아니요! 다 못했습니다! 더 있는데 어디 계속해 볼까요?"

"이 사람이……!"

칼만 안 들었다 뿐이지 싸움판을 방불케 하는 고성이 오가며 회의는 시작하기도 전에 엉망이 되었다. 회탁이 언제 부서져도 이상하지 않을 만큼 험악한 분위기에 맹주파와 반맹주파는 물론 처음에는 한발 물러나 있던 중립파까지 휘말려 좌중은 수습하기 어려운 지경에 이르고 말았다.

회의실에 모인 이들은 한 사람 한 사람이 현 무림 판도를 움직일 수 있는 권력자였다. 그러나 회의랍시고 모여서 싸움판을 벌이는 모습은 장삼이사와 다를 게 없었다. 회의나 토론의 본질은 상대방을 설득하는 것이 아니라 내 주장을 공고히 하는 데 있다. 이것은 구성원의 품성이나 자질과 무관한, 인간 보편에 의한 원리다.

하지만 지금은 회의를 시작하기도 전에 벌어진, 반맹주파 장로들이 고의로 만든 난장판이다. 당연히 그 뒤에는 난리에 끼어들지 않고 입을 다물고 있는 상관우가 있었다.

다툼에 끼지 않고 침묵을 고수하는 자는 상관우 외에 두 사람이 더 있었다. 곽추운과 송삼정이었다.

송삼정이야 정기 장로회의에서도 최대한 발언을 자제하는 자다. 이렇게 어지러운 자리일수록 함부로 입을 열지 않는 진중함은 상관우도 익히 알고 있다.

의외인 것은 곽추운이었다.

'이놈 봐라?'

얼굴이 다소 굳어지긴 했어도 곽추운은 침묵을 고수하고 있었다. 상관우의 예상이 완전히 빗나간 것이다.

애초에 곽추운을 중원무림의 상징, 무림맹주로 만든 것이 상관우였다. 그의 눈에 젊은 곽추운은 무공에 대한 빛나는 자질 외에는 그야말로 뭐하나 쓸 만한 구석이 없는 자였다.

머리는 제법 돌아가는 편이나 말단에 집착이 심하여 대국을 판단하는 눈이 흐렸다. 옹졸하여 충고를 받아들일 줄도 몰랐고 그저 칭송의 말에만 귀를 기울였다. 자연히 그를 진정으로 위하는 친구는 멀어지고 권력의 부스러기나 먹겠다는 소인배들이 들끓었다.

하나 그 단점이 상관우의 마음에 들었다.

박가라는 은거고수의 출현으로 전황이 점차 유리해지자 상관우는 싸움이 끝난 후를 궁리하기 시작했다.

마종과의 항쟁으로 수백 년 공고했던 무림의 질서가 무너진 차였다. 태산북두라는 소림을 필두로 역사와 전통을 자랑하던 세력들 대부분이 마종과의 싸움으로 힘을 잃은 것이다. 곽추운의 곽씨세가도 그렇게 희생된 무가 중 하나였다.

그렇다면 마종을 물리친 후의 무림을 제 뜻대로 주무르지 못하란 법이 없다. 무공뿐이 내세울 게 없는 곽추운을 맹주라는 허울뿐인 자리에 앉혀놓고 자신은 배후에서 그를 조종, 진정 무림을 가진 자가 된다는 것이 상관우의 계획이었다.

그러나 현실은 보다시피 난장판이다. 계획은 실패하지 않았지만 그렇다고 성공이랄 수도 없었다. 꼭두각시여야 할 곽추운이 스스로 실을 끊고 무림맹에 대한 지분을 상관우의 품에서 뚝 떼어간 것이다.

곽추운에 대한 상관우의 평가는 대부분 정확했지만, 불행히도 두 가지 과소평가한 부분이 있었는데 바로 무공과 야망이었다.

물론 곽추운은 약관의 나이에 파검룡협이라 불릴 만큼 일찍부터 빼어난 무재를 자랑했고, 마종과의 항쟁에서도 박가를 제외하면 다섯 손가락 안에 드는 절정고수였다. 하나 곽추운이 가진 잠재력의 온전한 크기는 누구도 알아보지 못할 만큼 거대했다.

이전 세대, 감히 범접할 수 없는 경지에 올라섰던 초월적인 고수들. 대마신 철염이나 종려 선사, 혹은 무명 노인 박가와 같은 선상에 오르기까지 곽추운에게 부족했던 것은 오로지 시간뿐이었다. 그리고 그것을 증명하듯 맹주가 된 후에도 곽추운의 무공은 상승일로를 걸어 눈부신 빛을 사방에 흩뿌렸다. 군사 무유곤, 복지쇄옥 하후강 등 그 빛에 눈이 멀어 다가온 인재도 늘어났다.

그러나 곽추운의 안에는 무공의 자질보다 더 큰 야망이 있었다. 소탐대실할 소인배라는 상관우의 평이 틀린 것은 아니었지만 그렇다고 머리가 나쁘지도 않았다. 상관우가 자신을 이용하는 만큼, 곽추운 역시 그를 이용해 맹주의 자리에 오른 것이다.

맹주와 반맹주파의 반목은 그렇게 무림맹이 세워지기 전부터 시작된 것이었다.

상관우가 아는 곽추운은 이런 상황에서까지 자제심을 발휘할 수 있는 자가 아니었다. 곽추운이 자제심을 잃고 화를 터뜨림으로써 회의를 망치는 것이야말로 상관우가 바란 일이었다.

그런데 상관우가 시간에 늦고 맹주의 권위를 부정해 가며 회의를 엉망으로 만드는데도 곽추운은 묵묵히 사태의 추이를 지켜볼 뿐, 폭발할 기미를 보이지 않았다. 상관우가 놀라는 것도 무리가 아니었다.

곽추운이 침묵을 지키고 상관우도 덩달아 끼어들지 못하고 있으니 소요는 곧 사그라졌다. 회의에 참석한 자들 가운데 사십대는 곽추운뿐이고 나머지 대부분은 오십대 후반에서 칠십대 사이. 어르신들이 혈기방장해 봤자 불길이 오래 탈 수는 없는 노릇이었다.

"다들 하시었소?"

달아올랐던 공기가 급속히 식어버린 찰나를 놓치지 않고 곽추운의 목소리가 울려 퍼졌다. 각자 다른 생각을 품은 자들의 시선이 한순간 곽추운을 향했다.

모두의 시선을 확인한 곽추운은 흡족해하며 말을 이었다.

"덕분에 여러분의 의사를 날것 그대로 확인할 수 있었소. 뜻하지 않게 바람직한 시간을 가졌소이다. 하면 이제 회의를 시작합시다."

반맹주파 장로들의 얼굴이 벌레를 씹은 것처럼 일그러졌지만 달리 할 수 있는 일이 없었다. 곽추운은 두 손을 깍지 껴 탁자 위에 올려놓고 곧바로 본론을 꺼냈다.

"다들 짐작하셨다시피 오늘 회의를 소집한 이유는 단 하나. 마종 부활에 관한 건을 의논하기 위해서요."

무림맹을 완전히 장악하지 못했다 한들 맹주는 맹주였다. 곽추운의 입에서 나온 순간, 확인되지 않은 마종의 부활이 기정사실이 된 것이다.

그를 짚을 수 있는 유일한 자. 상관우가 손을 들었다.

"맹주께서는 말씀을 가려 하셔야지요."

"말을 가리라니요! 상관 장로야말로 맹주께 그 무슨 불손한 발언이오! 당장 사죄하시오!"

곽추운은 발끈하고 나선 백군황을 진정시키고 상관우에게 직접 물었다.

"제 말의 어디가 문제인지 알려주시겠소?"

기다렸다는 듯, 상관우가 말했다.

"남궁세가 멸문에 관해 확실한 사실은 흉수들이 남기고 간 네 글자뿐이오. 싸움의 양상을 명확히 본 증인도 나타나지 않는 마당에, 어찌 심중이 간다 한들 맹주께서 쉽게 마종을 운운하신단 말입니까? 맹주의 한마디가 갖는 무게는 필부의 그것과 비할 수 없다는 걸 맹주께서도 아시겠지요?"

"맞소."

뜻밖에도 곽추운은 지적을 시원하게 받아들였다. 곽추운은 웃음 띤 얼굴로 상관우를 바라보며 말했다.

"하여 쭉 담아두었다가 이 자리에서 꺼내지 않았소? 이 자리에서 한 말이 밖으로 새어 나가 혼란을 조장할 리 없을 테니 말이오."

상관우를 비롯해 반맹주파 장로들의 얼굴이 굳었다.

"그리고 상관 장로께선 설마 제가 뜬소문을 믿고 함부로 마종 운운한다고 생각하시는 것은 아니겠지요?"

"허헛… 어찌 그런 말씀을……."

상관우가 웃어넘기자 곽추운이 말했다.

"남궁세가가 멸문했다는 소식은 내게도 크나큰 슬픔이고 놀라움이었소. 하여 사건의 전말과 흉수의 정체를 밝히는 데 본영의 모든 역량을 쏟았소이다. 남궁세가를 습격한 자들이 그간 본 맹의 눈을 피해 암약해 온 마종의 잔당임은 이미 확인된 사실이오."

곽추운의 입에서 믿기 힘든 말이 나오자 모두 놀라 말을 잃었다. 마종이라는 두 글자가 무림맹 최고 권력자들이 모인 이 회의실마저 공포로 뒤덮은 것이다.

"그게… 사실입니까?"

힘겹게 말을 꺼낸 것은 반맹주파의 일원, 현청문주(玄清門主) 조웅선(趙雄宣)이었다. 곽추운은 조웅선의 눈을 보며 고개를 끄덕였다.

"사실이오."

말을 마치고 곽추운은 한 손을 들었다. 그게 신호였는지, 곽추운의 한 발 뒤 양옆에 서 있던 무유곤과 하후강이 움직였다.

"이게 뭡니까?"

구승필은 무유곤이 놓고 간 한 뭉치 서류를 들고 말했다. 실로 엮어 놔서 얇은 책자라고 하는 편이 어울릴 서류는, 그 자리에서 훑어보는 게 무리일 만큼 장마다 작은 글씨로 빽빽이 채워져 있었다.

제자리로 돌아온 무유곤이 곽추운 대신 입을 열었다.

"부활한 마종에 대응하여 본 맹이 취해야 할 행동과 근거, 그리고 조직 재편에 관한 명령입니다. 무엇보다 긴급을 요하는 상황이므로 장로회의 인가를 득하지 아니하고 맹주의 권한으로 발동하오니 모두 충실히 따라주시기 바랍니다."

필요 이상으로 강압적인 무유곤의 말에 상관우가 눈썹을 세웠다. 받아 든 서류뭉치를 빠르게 훑어본 곡성망이 벌겋게 달아오른 얼굴로 소리쳤다.

"말도 안 되는 소리!"

"뭐가 불만이신지?"

무유곤이 짧게 물었다. 내용을 보지 않은 상관우와 다른 장로들의 시선이 곡성망을 향했다. 곡성망은 자리에서 벌떡 일어나 좌우를 둘러보며 외쳤다.

“모두 찢어버리십시오! 이건 볼 가치도 없는 명령입니다!”

“대체 무슨 내용이길래……!”

그제야 종이를 넘기며 중얼거리던 조웅선의 표정이 험악해졌다. 내용을 확인하는 자들에게 무유곤이 말했다.

“어차피 명령서의 세부 사항은 실무자들의 몫이니 이 자리에서 제가 여러 장로님께는 간략히 정리해 드리겠습니다. 여러분이 아셔야 할 사항은 크게 다음의 두 가지입니다. 하나. 장로회 장로들이 이끄는 무림맹 각 지부는 현 시간부로 운영 권한을 본영에 이관하고 맹주 직속 기관으로 전환한다. 둘. 각 지부의 무력 집단을 모두 해산하고 해당 인원은 모두 본영으로 전속, 맹주 직속 부대로 재편한다. 이상입니다.”

쾅!

무유곤의 말이 끝나기 무섭게 상관우가 자리를 박차고 일어났다. 상관우는 매서운 눈으로 곽추운을 노려보며 말했다.

“맹주! 방금 군사가 한 말씀이 모두 사실이오?”

“한 치의 틀림도 없소.”

곽추운은 한결 여유로운 태도를 보였다. 상관우는 다시 한번 탁자를 치며 말했다.

“아무리 마종이 나타나고 남궁세가가 멸문하였대도 이것은 말도 안 되는 처사요!”

“그래서 지금 명령을 거부하시겠다?”

“당연하지! 이런 말도 안 되는 명령을 누가 듣는단 말이오?

안 그렇소?"

상관우는 당당히 외치며 주위를 둘러봤다. 그러나 반맹주파 외에 다른 장로들은 딴청을 부리며 상관우의 시선을 피하는 데 급급했다.

외면하는 자들을 보며, 상관우는 무유곤의 말을 들은 후에도 반맹주파 네 사람과 다른 장로들의 온도 차가 확연했던 걸 떠올렸다.

"다른 분들… 설마 이 명령에 응할 생각이오?"

곽추운이 장로들을 대신해 대답했다.

"늦으시길래 우리끼리 먼저 회의를 끝냈소. 사태의 심각성과 긴급함에 많은 장로님께서 공감하시고 기꺼이 지지해 주신 덕분이오. 상관 장로님들께서도 뜻을 함께해 주시리라 믿소."

곽추운은 상관우를 향해 한껏 미소를 보냈다.

"싫어도 네 명으로는 어쩔 수 없겠지만 말이오."

"불가하오!"

상관우는 딱 잘라 말하고 반맹주파 세 사람을 일으켜 세웠다.

"우리가 불참한 사이 정해진 안건을 따를 이유는 없소! 마종 놈들에 대해서는 우리가 알아서 할 터이니 그리 아시오! 뭣들 하는가? 어서 돌아가세!"

상관우는 노기를 감추지 못하며 걸음을 옮겼다. 그러나 회의실 문을 어느새 하후강이 막고 있었다.

"썩 비키게!"

상관우가 눈을 부라리며 일갈했다. 그러나 하후강은 석상처럼 버티고 서서 조금도 움직이지 않았다.

"이자가 지금……! 어서 비키지 못할까!"

구승필이 나서서 소리쳤다. 그러나 하후강은 꿈쩍도 하지 않고 그저 한쪽 입가를 실룩일 뿐이었다.

"맹주!"

상관우가 돌아봤지만 곽추운은 그를 무시하고, 자리에서 일어나 말했다.

"마종이 다시 나타난 이상 매 순간이 전시(戰時)고 어디든지 전장(戰場)이라 할 수 있소. 백 장로! 전시, 전장에서 가장 큰 죄가 무엇이오?"

"명령 불복종입니다!"

"그 죄는 무엇으로 다스리겠소?"

"명령에 따르지 않는 병사는 반드시 참하고 효수하여 본보기로 삼습니다."

곽추운은 크게 기꺼워하며 고개를 끄덕였다.

"옳소! 더구나 이 명령은 나 개인의 결정이 아니라 많은 장로님께서 공감하시고 대의를 위해 희생하신 덕분에 내릴 수 있는 명령이었소. 이를 무시하겠다는 것은 본 맹의 근간을 흔들겠다는 처사이니 도저히 간과할 수 없군! 우호법!"

곽추운이 일장 연설을 마치고 하후강을 불렀다. 석상 같던 거인이 고개를 돌렸다.

"하명하십시오."

"당장 저들을 잡아 투옥하라! 처분은 그 뒤에 내리겠다!"

"존명!"

하후강이 크게 외치고 문을 열자 무기를 든 자들이 줄지어 들어왔다. 들어온 자들이 좌우로 갈라지며 상관우들을 둘러싸 포위망을 완성하는 순간!

"어디서 개수작이야!"

상관우의 뒤에 서 있던 구승필이 손날을 세워 휘둘렀다. 자리가 자리이니만큼 빈손이었지만 참마도의 명성은 병기에 의존한 게 아니다. 검붉은 강기가 손날에 서리며 허공을 갈랐다.

"그 손 멈추시게!"

상관우가 놀라 소리쳤다. 하지만 이미 구승필이 휘두른 손날에 한 사내가 피를 뿜고 쓰러진 후였다.

그리고 그 일격과 교차하여 사나운 검기가 구승필의 가슴을 벴다. 구승필의 몸이 종잇장처럼 구겨지며 날아가 벽에 부딪혔다.

"구 장로!"

놀라 외치며 구승필에게 다가가려던 곡성망과 조웅선이 동시에 걸음을 멈췄다. 어느새 그들의 앞을 곽추운이 가로막은 것이다.

"움직이면 벤다."

낮은 목소리는 그대로 쇠사슬이 되어 장로들의 몸을 묶었다. 곽추운의 손에는 푸른 뇌전이 번쩍거리는 애검, 벽섬이 들려 있었다.

"명령 불복종도 모자라 맹우를 상하게 하였으니 즉결심판이 가능한 중죄인이다. 하나 이들이 본 맹에 세운 공도 적지 않으니 죄는 차후에 물을 터, 우선 투옥하라."

"이런 말도 안 되는!"

뒤늦게 조웅선이 분통을 터뜨렸다. 그러나 상관우가 그를 말렸다.

"경거망동 말게!"

장로회 전원이 달려들어도 곽추운 한 사람을 이길 수 없다. 무력을 쓰는 순간 누구라도 구승필과 같은 운명이 될 것이다. 그거야말로 곽추운의 바람대로 움직여 주는 일이다.

"포기가 빠르시군."

순순히 줄에 묶이는 상관우를 향해 곽추운은 아쉬운 한마디를 보냈다. 그러나 아쉬움도 잠시, 곧 곽추운의 얼굴에 미소가 번졌다. 비로소 무림맹의 전권을 손에 넣은 것이다.

무림맹주가 된 지 십오 년.

곽추운이 진정한 패자로 다시 태어난 순간이었다.

2

오랜 영화도 부질없이 남궁세가의 장원은 흉물이 되어 사람의 발길이 끊긴 지 오래였다. 도시에 가득해진 역한 냄새에 민원이 빗발치지 않았다면 관부가 나서서 시신을 수습하지도 않았으리라.

장원에 산재한 보물과 하다못해 폐자재라도 눈독을 들일 법하건만 도둑들도 근처에 얼씬거리지 못했다. 기둥에 피로 쓰인 마천재현 네 글자가 본의 아니게 방범의 효과를 발휘한 것이다.

덕분에 이극과 남궁상겸은 한결 자유롭게 폐허를 돌아다닐 수 있었다.

"지독하군."

관원을 동원하여 시신을 수습했다지만 여전히 공기 중에는 부패한 시취가 가득했다. 이극은 소매로 코와 입을 막으며 얼굴을 찡그렸다.

이극과 달리 남궁상겸은 굳은 얼굴로 무너진 건물의 잔해를 치우고 있었다. 이윽고 타다 만 나뭇조각 사이로 삐죽 솟아난 손이 모습을 드러냈다. 썩어가는 손 주위를 파리들이 빙빙 돌고 있었다.

자재들을 치우고 나니 그 아래 여인의 시신이 나타났다. 화재로 건물이 무너지며 잔해에 깔려 죽은 모양이었다.

가만히 시신을 바라보는 남궁상겸의 곁으로 이극이 다가왔다. 이극은 구더기가 들끓는 시체를 보고 절레절레 고개를 흔들며 물었다.

"아는 사람인가?"

"모르는 얼굴입니다."

남궁세가의 장원은 넓고 그 안에 상주하는 인원은 네 자리 수를 헤아린다. 시신의 복장을 봐서는 허드렛일을 하는 고용인에 불과한데 남궁상겸같이 꼭대기에 앉은 자가 기억할 얼굴은 아니다.

잔해를 마저 치우고 나니 그녀 외에도 십여 구 시신이 한데 뭉쳐 있었다. 남궁상겸은 넘어진 기둥을 발로 차며 소리쳤다.

"빌어먹을!"

수많은 건물이 불타 쓰러져서 잔해를 치우는 데에만 한세월이고 시체도 일이백 단위가 아니다. 가뜩이나 마종이 휩쓸고 간 불길한 땅인데 수습이 제대로 될 리 없다.

관부의 생리란 시대를 초월하고 풍토를 무시한다. 다른 황제를 모시고 다른 땅에서 나고 자라 다른 말을 쓴대도 관복을 입혀놓으면 보신과 편의를 찾는 것이 만국 공통이다.

제대로 된 일 처리를 바라는 게 잘못이다.

"하지만 잘만 쓰면 쓸모가 있는 것도 사실이야."

이극은 남궁상겸을 다독이며 뒤로 물러났다.

사랑하는 사람을 잃은 마음은 타인이 감히 짐작할 수 없고 위로할 수도 없다. 지금 남궁상겸에게 필요한 것은 시간뿐이다.

온전히 슬퍼할 시간.

그러나 안타깝게도 그런 시간을 줄 만큼 한가로운 처지가 아니다. 이극은 무거운 마음으로 잔해를 뒤지기 시작했다. 관원들이 수습하지 못하고 잿더미 속에서 썩어가는 시체가 줄줄이 나왔다.

"도련님! 여기, 여기!"

시신을 살펴보던 이극이 문득 남궁상겸을 불렀다. 잠시 후 다가온 남궁상겸에게 이극이 한 시체를 가리키며 물었다.

"이 사람, 아는 얼굴이야?"

이극이 가리킨 것은 평범한 장년 사내의 시체였다. 남궁상겸은 말없이 고개를 저었는데, 순간 목과 옆구리에 난 검상이 눈길을 잡아끌었다.

"이건……!"

남궁상겸은 신음 비슷한 소리를 냈다. 몰라보려야 몰라볼 수 없다. 사내를 죽음에 이르게 한 검은 바로 남궁세가의 검, 창궁제룡검의 일 초식이었으니까.

"그쪽 집안에 당한 거 맞지?"

"예."

"역시."

강한 의혹과 사실 사이는 가깝고도 멀다. 남궁상겸에게 확인을 받고서야 비로소 단정을 짓게 된 것이다.

"그때 우리가 싸웠던 놈들이 전부가 아니었군."

"이게 마인의 시체란 말입니까?"

"잘 봐. 뭐 이상하지 않아?"

이극의 물음에 남궁상겸은 눈살을 찌푸리며 시체를 살폈다. 시체는 비교적 깨끗해, 두 개의 검상 외에는 별다른 훼손이 없었다. 남궁상겸은 이극이 무엇을 말하는지 알 것 같았다.

"너무 깨끗하군요."

사인이 되는 검상 외에 시체는 생전의 상태를 거의 유지하고 있었다. 피부의 빛깔이 다소 어두워진 것을 제외하면 오랫동안 방치됐다고는 믿을 수 없을 정도였다.

이극은 손바닥을 펴서 시체의 가슴에 댔다. 잠시 후, 희미하게 자색의 기운이 일어났다가 사라졌다.

"잔존해 있던 마기가 부패를 막고 있었군."

"열흘이 넘은 시체인데 공력이 남아 있을 수 있단 말입니까?"

"수련으로 얻은 공력이 아니라 외부에서 주입된 마기라니까. 마인들 기억 안 나? 저들 조종하기 쉬우라고 멀쩡한 사람을 데려다 숨만 쉬는 시체로 만들어놓은 게 마인이야. 주인이 죽어도 흩어지지 않는 게 이상한 일은 아니지. 물론 시간이 더 흐르면 완전히 사라지겠지만."

"으음……."

이극의 설명을 듣고 자색의 마기를 눈으로 확인까지 하니 절로 신음이 났다. 남궁상겸에게는 원수이겠으나 그 또한 마종에 희생된 피해자다. 살아서도 모자라 죽어서까지 쉬이 흙으로 돌아가지 못하는 모습이 실로 참담했다.

이극은 허리를 펴고 일어났다. 남궁상겸은 입을 다문 채 가문을 짓밟은 자의 시체에서 눈을 떼지 못하고 있었다. 마인을 확인한 이상 남궁상겸을 부를 이유가 없다. 이제 그에게 마음껏 슬퍼할 시간을 줄 때다.

"이만 헤어지지. 몸 축나지 않게 조심해."

이극은 남궁상겸의 어깨를 두드리고 몸을 돌렸다. 그런데 몇 걸음 못 가 뒤에서 남궁상겸의 목소리가 들렸다.

"이제 어떻게 하실 겁니까?"

"찾아야지."

이극은 다시 몸을 돌려 남궁상겸을 봤다. 남궁상겸은 이극에게 다가갔다.

"어떻게 찾으실 겁니까?"

"그것까지 알려줄 이유는 없는데?"

"보십시오."

남궁상겸은 두 팔을 벌렸다. 남궁상겸을 중심으로 폐허가 된 장원이 펼쳐졌다.

처음 볼 때와는 또 다르다. 수습하지 못한 수백 구 시신이 폐허 곳곳에 방치되어 썩어가고 있음을 알았으니 같은 풍경이라도 달리 보이는 게 당연하다.

"저도 놈들에게 모든 걸 잃었습니다. 복수는 선배의 것만이 아닙니다."

세가의 멸문만이 아니다. 친부인 오자곤 역시 십오 년 전 항쟁에서 대마신 철염에게 당했다. 남궁상겸도 따지고 보면 마종과의 원한이 결코 이극에 뒤지지 않았다.

남궁상겸이 다른 곳도 아니고 남궁세가였던 잿더미 위에서 결연히 말하니 이극도 말릴 수 없었다. 이극은 어쩔 수 없다는 듯이 고개를 끄덕이고 말했다.

"좋아. 하지만 목숨은 본인이 챙겨."

"걱정하지 마십시오."

이극이 마지못해 허락하자 남궁상겸은 기꺼워하며 그의 뒤를 따랐다.

장원을 빠져나오며 남궁상겸이 물었다.

"이제 알려주십시오. 놈들을 찾을 방법이 뭡니까?"

"내가 왜 흉수가 마인인지 확인하려 했을까?"

남궁상겸이 묘한 표정을 짓자 이극은 실수를 깨달았다.

질문에 바로 대답하지 않고 반문함으로써 생각의 여지를 주는 것은 유서현을 대할 때 쓰던 화법이다.

소녀는 이극이 주는 것이라면 무공이든 지식이든 가리지 않고 흡수했다. 바탕이 탄탄하고 자질이 뛰어나니 성장 속도가 눈에 띄도록 빨랐다. 오랫동안 무료한 삶을 영위하던 이극에게 유서현은 존재 자체로 자극이었고 즐거움이었다.

"미안. 내가 실수했군."

이극은 영문을 모르는 남궁상겸에게 사과하고 품고 있던 생각을 간단히 말했다.

"남궁세가를 하룻밤 새 무너뜨리려면 마인이 얼마나 있어야 할까? 나야 잘 모르지만 최소 삼백은 필요할 것 같은데."

"아마 그럴 겁니다."

"그렇게 많은 수의 마인이 합비 안에 있는 남궁세가의 장원을 습격했는데 아무리 해가 지고 나서라지만 본 사람이 없다는 게 이상하지. 그놈들, 눈에 안 띌 수가 없잖아? 야밤에 단체로 성벽을 넘었을 리도 없고."

"화물로 가장해서 성안에 들여오는 수밖에 없겠군요."

"그 정도 양이라면 들여오거나 나가는 걸 못 볼 수가 없지."

"화물의 경로를 탐색해야겠군요."

급히 결론을 내리고 뛰려는 남궁상겸을 이극이 말렸다.

"헛심 쓰지 마."

그럼 어쩔 작정이냐는 남궁상겸의 물음에 이극은 가만히 미소를 지었다. 항주의 뒷골목, 어둠의 권력자들이 꿈에 볼까 몸서리치는 악명 높은 미소였다.

"……? ……!"

얼굴이 터지도록 안간힘을 써도 목소리는 나오지 않는다. 합비의 통상(通商)을 총괄하는 경사관 종위는 포기하지 않고 집무실 밖에 있을 경비병들을 불렀다. 하지만 재갈이라도 물린 것처럼 낑낑대는 소리만 나올 뿐이었다.

목소리만 안 나오는 게 아니다. 겉보기엔 멀쩡히 의자에 앉아 있을 뿐인데 손발도 움직일 수 없는 신세다.

"미안합니다. 금방 풀어드릴 테니 가만 계십시오."

대낮부터 봉변을 당한 종위에게 연신 미안하다고 고개를 숙이고 남궁상겸은 고개를 돌렸다.

"좋은 계획이 이거였습니까?"

들썩이는 책상 아래에서 이극의 목소리가 나왔다.

"합비에 표국이 몇인데 그걸 언제 다 뒤지게? 이럴 땐 윗대

가리를 조지는 게 최고야. 그나저나 도련님 이름값 좋은데? 말만 하니까 경사관 나리가 바로 만나주고 말이야."

"사기꾼이라고 쫓아내지나 않을까 걱정했습니다."

"그런 것치곤 문 앞에서부터 많이들 알아보더만. 덕분에 편하게 왔어. 몰래 숨어들 생각부터 했는데."

남궁세가의 영향력은 합비라는 대도시와 주변을 포괄하였고 특히 교류가 많은 관원 중에서는 남궁상겸을 몰라보는 자가 드물었다.

그런 제 면식을 이용해 만든 자리에서 경사관을 점혈하고 뻔히 보는 앞에서 방을 뒤지다니, 세가의 명성에 먹칠을 해도 유분수다. 하기야 이제는 먹을 뒤집어쓸 명성도 없어진 신세지만.

쓰게 웃는 남궁상겸의 눈앞에 이극이 목을 내밀었다.

"찾았다."

책상 위로 나온 이극의 손에 한 권의 책이 들려 있었다. 이극인 미리 책상에 올려놓은 책과 함께 두 권을 내밀었다.

"비교해 봐."

두 권 모두 같은 시기를 기준으로 합비를 드나든 화물의 목록대장이다. 같은 시기에 작성된 문건이 두 부 존재한다는 것은 망실을 대비한 보존용이거나 혹은…….

"이거군요."

빠르게 검토하던 남궁상겸이 이극을 불렀다. 그의 손가락이 두 대장에서 중복되지 않는 몇몇 이름 가운데 하나를 지목하고 있었다.

"원가표국?"

"안휘성 일대에서 세 손가락 안에 들어갈 정도로 큰 표국입니다. 삼사 년 사이 갑자기 성장한 곳이죠."

"좋아. 가서 확인해 보자고. 혹시 모르니까 장부는 챙기고."

"경사관은 이대로 놔둘 겁니까?"

"저절로 풀리니까 괜찮아."

"풀리고 나서는요?"

이극은 종위를 향해 웃으며 말했다.

"공적 문서를 위조하는 건 엄벌로 다스릴 중죄인데 설마 자원봉사하진 않았겠지. 백번 양보해서 쌀 한 톨도 안 받았다고 치자. 마종을 도와서 남궁세가를 멸문시켰는데 아무 대가도 안 받았으면 사람들이 뭐라고 생각하겠습니까? 경사관 나으리?"

남궁상겸이 정색하여 말했다.

"종위님만큼 백성을 위하는 훌륭한 관원이 있는 줄 아십니까? 그런 분이 마종의 끄나풀이었다니, 믿을 수 없습니다."

"그러니까."

이극은 종위를 향해 한쪽 눈을 찡긋하며 장난스레 말했다.

"입 다물고 넘어가는 게 누이 좋고 매부 좋은 일인 거 아시겠지."

사색이 된 종위를 홀로 놔두고 이극과 남궁상겸은 관부를 빠져나왔다. 이극은 팔꿈치로 남궁상겸의 옆구리를 치며 묘한 웃음을 지었다.

"고지식한 도련님인 줄만 알았는데 연기도 제법인걸? 경사관 놈 얼굴이 아주 흙빛이 됐던데."

철모르는 유력가문의 공자라는 시선은 어딜 가도 꼬리표처럼 따라붙었다. 본래 가주의 적통도, 남궁씨도 아니었다는 사실을 일일이 설명할 마음은 없어 남궁상겸은 역공을 펼쳤다.

"선배야말로 괜찮습니까?"

"뭐가?"

"유 소저 말입니다. 인사도 안 하고 헤어졌다면서요."

"내가 안 했나? 자기가 안 받겠다고 했지."

이극은 투덜거리며 걸음을 빨리해 앞서 나갔다. 지금 자신이 어떤 얼굴을 하고 있는지 거울이 없어 볼 수는 없었지만 남궁상겸에게 보이고 싶지 않았다.

마인이 된 오빠를 스스로 베어도 유서현은 의연하기만 하다. 하나 그것은 소녀의 의지가 강해서이지, 상처받지 않아서가 아니다. 드러내지 않은 상처는 억누른 만큼 깊고 오래 남는다. 언제가 되었든 어떤 방식으로든 상처는 반드시 제 존재를 드러내게 되어 있다.

'하지만 내가 해봐서 아는데… 그런 말을 할 순 없잖아.'

위로나 배려의 말은 어렵기만 하다. 십 년이 넘게 남을 속이거나 조롱하기만 했던 이극에게는 더더욱.

'아줌마가 잘 돌봐주시겠지.'

겉으로 드러내지는 않았지만 현시점에서 이극이 가장 신뢰

하는 자가 추영영이다. 그녀가 아니었다면 이극 자신도 일찌감치 망가졌을 것이다.

지금처럼 해야 할 일이 생기지도 않았으리라.

"난 내 일이나 잘할 궁리를 해야지."

"예?"

어느새 뒤쫓아 온 남궁상겸이 나란히 걷고 있었다. 이극은 혼잣말이라고 얼버무리고 인파 사이를 빠르게 헤쳐 나갔다.

* * *

폭발은 혼공의 본거지에 그치지 않고 주변의 산까지 번졌다. 며칠은 족히 꺼지지 않을 것 같은 산불 앞에서 사람의 힘은 무력하였고 이극들은 겨우 목숨을 보전하는 데 만족해야 했다.

혼공과 수하들은 놓치고, 마인이 된 유순흠도 죽었으며 그가 목숨 바쳐 지키려 했던 소유는 불길 속에 사라졌다. 함께 마인이 되었던 동승류는 찾을 엄두도 못 냈으니 모든 게 실패로 돌아간 셈이었다.

목숨을 건졌어도 문제가 되는 것은 조능설이었다.

절대적인 안정을 취해야 할 시기에 감당하기 어려운 충격을 연이어 받았으니 자연 상태가 좋지 않았다. 빠져나온 직후 가까운 의원을 찾았지만 호전될 기미가 없어 결국 도시의 큰 의원으로 옮겨야 했다.

수일 만에 면회를 허락받고 만난 조능설은 얼굴에 생기가 돌아 이리저리 의원을 찾아 돌아다닐 때와는 딴판이었다. 산모와 아기 모두 안정을 찾았다는 의원의 말에도 불편했던 마음이 조능설을 직접 만나서야 비로소 편안해졌다.

"고생했어요, 언니."

조능설은 빙그레 웃으며 유서현을 가까이 오라고 손짓했다. 조능설은 자신이 누운 침상 옆에 걸터앉은 유서현의 뺨을 어루만지며 말했다.

"얼굴이 왜 이렇게 상했어요? 밥은 잘 먹는 거예요?"

아닌 게 아니라 당장 낯빛만 보면 침상에 누워 있어야 할 이는 유서현이었다. 복숭아처럼 발그스레하던 뺨은 흙빛이었고 눈 밑에 그림자가 짙게 드리웠으니 병자까지는 아니어도 당장 휴식이 필요해 보였다.

"난 괜찮아요."

유서현은 힘없이 웃으며 제 뺨을 어루만지는 조능설의 손을 잡았다. 잡은 손이 따뜻하니 절로 미소가 떠올랐다. 의원을 찾아 전전하며 마차 안에서 찬 손을 얼마나 주물렀던가?

"다른 분들은요?"

"저 멀쩡한 거 보세요. 다들 무사해요."

"그분… 이극이라는 분은요?"

조능설의 입에서 나온 이름이 뜻밖이라, 유서현은 잠시 할 말을 찾지 못했다. 조능설이 걱정스럽단 투로 말을 이었다.

"누워 있는 내내 아가씨와 그분이 걱정됐어요. 물론 저 같은 게 걱정할 필요 없는 굉장한 고수지만… 마인과 싸우는 모습이 굉장히 힘들어 보였거든요. 몸이 아니라 마음 말이에요."

"아저씨 그렇게 약한 사람 아니에요."

유서현은 두 손으로 조능설의 손을 감싸 침상 위에 내려놓았다. 그리고 떼려던 손을, 조능설이 다른 손으로 잡았다.

"아가씨."

촉촉해진 눈으로 유서현을 올려다보며 조능설이 말했다.

"이제 괜찮아졌으니까 내 걱정은 그만하세요. 그이의 아이도 내가 꼭 무사히 낳을 테니까."

"……."

"그러니까 아가씨는 자신부터 돌보세요. 어떻게 된 게 지금 나보다 더 병자 같잖아요."

손등을 두드리는 온기가 가슴으로 전해왔다. 유서현은 힘없이 웃으며 손을 뺐다.

"알았어요. 알았으니까 괜한 데에다 마음 쓰지 마요."

일어나려는 유서현을 조능설이 붙잡았다.

"그리고 그분도 걱정해 줘요."

"예?"

"남자란 정말 어리석은 동물이지 뭐예요. 걱정하고 돌봐주지 않으면 결국 이렇게 떠날 거면서 끝까지 큰소리죠. 그러니까 아가씨, 잃어버리기 전에 그분을 걱정하세요."

"…쉬세요."

유서현은 조능설의 눈길을 애써 뿌리치고 방을 나왔다. 그러나 조능설의 말과 수백 마인을 홀로 상대하던 이극의 모습이 계속 머릿속에 남아 지워지지 않았다.

3

조능설이 다시 먼 여정을 견딜 수 있기까지는 십여 일이 더 필요했다. 하나 유서현이 향후의 행보를 결정하기에는 결코 긴 시간이 아니었다. 도중에 전해 들은 남궁세가의 멸문 소식은 안 그래도 조급한 마음을 더욱 재촉했다.

"살아남은 자가 없다더라. 거기 잡혀 있던 자들도 다 같은 운명이었겠지."

모르는 자의 죽음을 말하는 추영영의 목소리가 냉랭했다. 그럴 때마다 유서현은 추영영이 적발마녀라는 별호로 더 유명한 전대의 마두임을 실감하곤 했다.

"선열대도 이제 한 사람만 남은 거군요."

맞은편에 팔짱을 끼고 앉은 원가량이 고개를 끄덕이며 덧붙였다. 추영영이 사나운 눈으로 그를 노려보며 말했다.

"그래서 좋다는 거냐? 하나만 제거하면 곽가 놈 발 뻗고 잘 수 있겠다, 싶으냐?"

"이거 왜 이러실까? 전 그 일에는 관련이 없다니까요."

"그리고 너 왜 아직도 붙어 있어? 이러고 돌아가도 자리가 남아 있어? 아주 철밥통이구먼?"

추영영이 계속 쏘아붙이자 원가량은 억울하다는 투로 호소했다. 그러면서 슬쩍 유서현을 보자 유서현은 당황하며 시선을 돌렸다.

"유 소저의 처지가 이런데 제가 어딜 갈 수 있겠습니까? 힘이 닿는 한 온 힘을 다해 도와드려야죠. 그래야 고백도 하고 또 차이기도 하고 그럴 거 아닙니까. 하하핫!"

원가량은 탁자를 두드리며 크게 웃었다. 그의 상태가 정상이 아니라는 건 누구보다 원가량 자신이 잘 알고 있었는데, 되레 그것이 마음에 들었다.

맹주의 좌호법으로 살아온 세월은 편안했지만 대신 혼이 썩어가고 있었다. 사랑의 열병을 앓는 지금이 되레 자신의 본성을 따르는 것 같아 더없이 흡족했다. 몇 번이고 부딪치면 상대의 마음을 가질 수 있다는 하후강의 충고에 따라 여기까지 왔지만 이제 유서현의 마음을 가질 수 있는지는 부차적인 문제가 된 것이다. 그저 유서현에게 미쳐 있는 지금을 즐길 뿐이었다.

"하, 이 미친놈……."

추영영은 유서현의 눈치를 살피며 한숨을 쉬었다.

그녀 역시 무서울 것 없이 제멋대로 천하를 주유하며 갖은 소리 듣던 때가 있었지만 원가량의 경우는 뭐랄까, 근본적인 곳이 뒤틀려 있는 느낌이다. 무공도 추영영에 비해 손색이 없는 절정고수이니 힘으로 어쩔 수도 없었다.

"그리고 자리 걱정은 마십시오. 대외적으로는 휴가라고 하지만 실은 맹주께 은밀히 임무를 받고 나왔으니까요."

"뭐?"

처음 듣는 소리라 추영영과 유서현이 눈을 크게 떴다. 유서현의 시선을 돌리는 게 목적이었는지 원가량은 기뻐하며 말했다.

"유 소저를 척살하라는 명이었죠."

팍!

말이 끝나기 무섭게 원가량이 탁자 위에 올려놨던 추영영의 손목을 잡았다. 혈지선의 공력이 붉게 빛나는 손가락과 원가량의 팔뚝이 부들부들 떨렸다.

"너 이 미친 새끼, 이거 못 놔?"

"선배님이야말로, 사람 말 제대로 안 듣고 손부터 나가는 습관 좀 고치시죠?"

"뭐야?"

"제가 죽이려 들었으면 백 번도 더 죽였습니다. 그런데 아니잖아요. 그리고 뭐 하러 본인 앞에서 말을 합니까?"

놀랍게도 원가량의 말이 논리적이었는데, 추영영은 그래서 더 의심을 거두지 못했다. 그러나 바로 옆에 있는 유서현이 휘말릴 가능성도 무시할 수 없어, 결국 힘을 거두었다.

추영영은 유서현을 끌어당겨 제 뒤에 두고 말했다.

"좋아. 어디, 그 말이란 거 제대로 들어보자. 허튼수작 부렸다간 그 잘난 얼굴에 구멍을 수십 방 뚫어주겠어."

"아무렴요."

원가량은 허리에서 검을 풀어 탁자 위에 올려놓고, 두 손도 펼쳐서 허공에 들었다.

"유 소저는 제가 태어나서 처음으로 사모하고 정을 품은 사람입니다. 그런 사람을 제가 왜 죽이겠습니까?"

"그럼 곽가 놈을 배신하겠다는 소리냐?"

"흠… 그런 생각은 안 해봤는데요. 전 그냥, 유 소저가 살아 있는 한 저는 계속 임무를 수행 중인 거고 따로 명령이 없는 한 복귀할 필요가 없죠. 지금 휴가를 지내는 게 아니라 일하는 중이니까 자리 걱정은 하지 않으셔도 된다는 겁니다."

"미친놈……!"

"자주 좀 불러주십시오. 오랜만에 들으니 좋네요."

추영영은 질린 얼굴로 넉살 좋게 웃는 원가량을 바라봤다. 광인의 머릿속을 들여다보는 건 의미 없는 짓이다. 결국 추영영은 한숨을 쉬며 시선을 돌렸다. 원가량을 신뢰할 수는 없지만 그를 어떻게 할 수 있는 것도 아니었다.

그사이 앞으로 나온 유서현이 입을 열었다.

"조 언니의 안전을 어떻게 확보하느냐가 시급해요. 아시다시피 아이가 있어 거동도 불편하고, 양쪽 다 위험해질 수도 있으니 가족분들을 빼돌린 곳으로 모실 수도 없고요. 출산할 때까지는 편히 머물 수 있는 곳이면 좋겠는데……."

"그거라면 마땅한 곳이 있어."

"어딘데요?"

추영영은 잠시 저어하다 힘겹게 말을 뱉었다.
"산동송가(山東宋家)."

*　*　*

산동성(山東省) 제남(齊南)에 위치한 산동송가는 대대로 정파의 명숙을 배출한 명망 있는 무문이다. 특히 마종과의 항쟁에서 많은 공적을 남겨 산동성뿐만 아니라 중원 전역에서 그를 칭송하는 목소리가 높았다. 그리고 그 중심에는 현 가주인 소수소면 송삼정이 있었다.

"언제고 찾아올 거라고 생각은 했지만, 이렇게 일찍 올 줄은 몰랐다네."
"시끄러워요."
추영영은 송삼정의 말을 일축하고 고개를 돌렸다.
곽추운으로부터 주이원을 인도받아 치료 중이라는 소식은 일찌감치 접했었다. 하지만 송삼정에게 감사를 표하거나 하지는 않을 작정이었다. 애초에 항주를 빠져나가는 과정에서 송삼정이 끼어들지만 않았으면 주이원이 곽추운에게 당하는 일도 없었을 테니까.
"말해두겠는데 주 선배 건은 내가 부탁한 것도 아니고 그쪽이 멋대로 한 거니까 행여 생색내거나 고맙단 소리는 기대도 하지 마요."

"아무렴."

추영영이 뭐라고 하건 송삼정은 싱글벙글 웃는 낯이었다. 송삼정의 옆에 서 있던 청년이 포권의 예를 취했다.

"송교헌이라고 합니다. 직접 뵙게 되어 영광입니다."

"내 아들일세."

"아들?"

추영영은 미간을 찌푸리고 송교헌을 아래위로 훑어봤다. 나이는 삼십대 중후반. 체구가 당당하고 외모가 준수하나 어딘가 모르게 날카로운 인상이다.

추영영의 속을 짐작했는지 송삼정이 덧붙였다.

"제 어미를 많이 닮았지."

"아, 그래……."

추영영은 고개를 끄덕이고 입을 다물었다.

송삼정이 일찍이 부인과 사별하고 오랫동안 재취하지 않고 지낸 것은 강호의 미담으로 유명하다. 산동송가는 명문이고 가주는 영웅이니 삼처사첩도 흉 될 게 없건만, 측실도 얻지 않고 아들 하나만 키우며 살아온 것을 사람들은 부인에 대한 정이 깊어서라고 이야기하고 있었다.

그러나 진실은 세간에 알려진 것과 다른 얼굴을 하고 있다. 조능설과 원가량을 향한 말이었지만 송교헌의 날 선 시선은 쭉 추영영을 향해 있었다.

"두 분은 제가 안내하겠습니다. 따라오십시오."

송교헌을 따라 두 사람이 사라지자 송삼정이 말했다.

"원래 저런 놈이 아닌데, 미안하네. 대신 사과하지."

"쓸데없는 말 말고, 어서 주 선배나 보여줘요."

추영영의 말이 평소보다 냉랭했다. 송교헌이 아주 잠깐 드러낸 적대적인 태도에서 송삼정의 지난 세월을 엿본 것이다. 겸연쩍어하는 송삼정을 앞세우고 뒤따르며 추영영이 유서현에게 속삭였다.

"대신 사과는 개뿔. 자기가 가정에 소홀한 거 원망은 내가 듣게 생겼는데 자식 잘못으로 돌리는 꼴 봐라. 사내란 게 다 저 모양이란다."

"예……."

사내란 게 다 저 모양이란 말에는 심정적으로 반발이 일었지만 유서현은 맞장구를 쳤다. 추영영과 송삼정 사이에 무슨 있었는지도 모르거니와 마땅히 반대할 근거가 되는 사내도 모르기 때문이다.

'오빠나 아저씨는 안 그럴 텐데.'

확신이 없는 말은 입 밖에 꺼내지도 말아야 한다. 유서현은 입을 다물고 귀로는 송삼정의 흉을 들으며 발로는 송삼정의 뒤를 따랐다.

구불구불하니 미로 같은 원림을 지나 도착한 곳은 작은 별채였다. 담쟁이로 세운 벽을 끼고 돈 순간, 별채의 앞뜰에 나와 볕을 즐기는 주이원이 보였다.

"주 대가!"

반가움이 앞서 소리치며 유서현이 달렸다. 주이원이 소리를 듣고 고개를 돌렸을 땐 이미 당도한 후였다.

"괜찮으신 거예요? 저랑 추 아주머니랑 많이 걱정했어요."

"괜찮고말고."

주이원은 천천히 고개를 끄덕였다.

"그나저나 아가야, 얼굴이 안 좋구나. 무슨 일 있었느냐?"

"저요?"

"다 그럴 만한 사연이 있었답니다."

한발 늦게 도착한 추영영이 투덜거리며 주이원에게 다가왔다. 주이원의 주름진 얼굴에 화색이 돌았다.

"자네도 무사했구먼."

추영영은 두 팔을 벌려 앉아 있는 주이원을 안았다.

"살아 있어서 정말 다행이에요."

"다 소수소면 덕분이지."

주이원은 한 손으로 추영영의 등을 두드리며 말했다. 추영영은 얼굴을 찡그리며 떨어져서 말했다.

"나 보면 그렇게 말하라고 시켰나요?"

"추 소매, 날 도대체 어떻게 보고 그런 소리야?"

주이원은 반발하는 송삼정을 힐끗 보고 농을 쳤다.

"티 많이 났나?"

"엄청나게 났죠."

"주 선배!"

송삼정을 놀리며 추영영과 주이원이 기분 좋게 웃는 가운데 유서현은 어찌할 바를 모르고 웃음을 참았다. 세 사람의 나이를 합치면 족히 이백을 헤아린다. 스무 해도 못 산 유서현을 앞에 두고도 젊은이들처럼 서로 놀리고 웃는 모습이 흐뭇해 절로 미소가 피어나면서도 대선배들에게 결례를 범하는 걸지도 모른단 생각이 앞섰던 것이다.

"바람이 좀 세군. 안으로 들어가세."

주이원은 무릎에 올려놨던 종을 흔들었다. 그러자 별채에서 한 사내가 나와서 주이원을 안아 올렸다. 주이원은 놀람을 감추지 못하는 유서현에게 고개를 끄덕이며 말했다.

"내 거동이 좀 불편해서 소수소면이 붙여준 자란다. 노인네 수발드는 일이 보통 힘든 게 아닌데 불평 한마디 없이 아주 성실한 총각이지. 그러고 있지 말고 들어오너라."

주이원이 별채로 들어가 보이지 않자 추영영이 송삼정을 붙잡고 물었다.

"다리까지 못쓰게 됐다는 얘긴 없었잖아!"

곽추운의 일격에 한쪽 팔이 잘리고 단전까지 파괴되었다는 것은 이미 알고 있었다. 하지만 멀쩡히 붙어 있는 두 다리마저 못쓰는 줄은 듣지도 못한 이야기다.

"좋지도 않은 일인데 굳이 알릴 필요 없다고 굳이 부탁하셨네. 나도 어쩔 수 없었어."

"그렇다고 나한테까지 숨겨?"

"추 소매, 내 생각도 해줘. 숨겨서 좋을 게 뭐 있다고 숨겼겠어? 주 선배가 두 다리까지 못쓰게 됐단 걸 알면 추 소매가 당장 제남으로 달려올 텐데, 나야 알려주고 싶지. 하지만 때가 되면 어련히 오겠느냐며 끝까지 다리 얘기는 함구하라시니 나도 어쩔 수 없었다고."

"암만 그래도!"

언성을 높이며 말다툼을 하는 두 선배에게 유서현이 다가갔다. 유서현은 차분히, 그러나 활활 타오르는 눈으로 물었다.

"어쩌다 저리되신 거죠? 그때 성문에서 우릴 돕다가 다리까지 당하신 건가요?"

송삼정은 간신히 추영영을 떼어내고 대답했다.

"아니다. 맹주와 싸워서 잃은 건 한쪽 팔과 단전뿐이었지, 다리는 멀쩡했단다."

"그럼 왜죠?"

결례를 무릅쓰고 추궁했지만 송삼정은 말하길 꺼리는 눈치였다. 그러나 바로 옆에서 추영영이 눈을 부라리니 결국 입을 열 수밖에 없었다.

"팔이 잘리고 나서 제대로 된 치료도 못 받은 것 같고, 이런저런 이유가 있겠지만 내 생각엔 아무래도 투옥된 동안에 고문을 당한 것 같더구나."

"고문이라니요?"

유서현이 놀라 되물었다. 송삼정은 침울한 얼굴로 고개를 저으며 말을 이었다.

"주 선배에게 물어봐도 답을 주지 않아서 짐작만 할 뿐이지만… 처음 신병을 인도받을 때에는 상태가 여간 끔찍하지 않았단다. 고문이라고 말은 했지만 실제로는 간수들의 일방적인 폭행이었을 테지. 주 선배에게 뭐 캐낼 게 있다고 고문을 했겠느냐? 간수들이야 투옥된 자들을 대상으로 폭력을 행사하는 게 소일거리 겸 본분이니 설마 이리될 걸 모르진 않았을 테고. 그저 괴롭히겠다는 목적으로 묵인해 준 거겠지."

송삼정의 장황한 말에는 주어가 없었다. 하지만 말과 말 사이에 들어가야 할 이름을, 유서현은 쉽게 알 수 있었다.

"개자식!"

추영영은 짧게 내뱉고는 유서현을 데리고 별채 안으로 들어갔다. 유서현은 길길이 날뛰지 않는 추영영이 이상했지만, 한편으로는 이해가 갔다. 분노가 강할수록 머리는 차가워지는 것이다. 바로 지금 유서현이 그랬다.

"…그리된 게야."

송삼정의 말이 끝나자 유서현과 추영영이 동시에 깊은 한숨을 내쉬었다. 추영영은 한숨을 내쉬고는 눈을 치켜뜨며 송삼정을 다그쳤다.

"곽가 놈이 사고를 쳤다고만 싶었는데, 송 오라버니가 원흉이었군요. 대체 왜 그놈 편을 들어서 이 사달을 낸 거예요?"

"주 선배를 구하기 위해선 어쩔 수 없었어. 조금만 더 지체했더라면 지하감옥에서 돌아가셨을 거야."

"마음만 먹었으면 힘으로 빼내 올 수도 있었으면서!"

"억지 부리지 마!"

추영영과 송삼정이 다시 말싸움을 벌이고 이야기의 흐름이 끊겼다. 그러나 주이원은 시종일관 흐뭇한 표정으로 나이를 잊고 다투는 두 사람을 바라보다 몸 둘 바를 몰라 하는 유서현에게 말했다.

"다 늙어서 주책이라고 흉보지 마라. 수십 년 전에도 저랬고, 아마 앞으로도 계속 다투기만 할 사람들이니까."

"아니에요. 흉을 보긴요."

주이원은 빙그레 웃고 유서현의 머리를 쓰다듬었다.

"손뼉 좀 쳐 주겠느냐?"

하나뿐인 손을 내밀며 하는 말에 유서현은 냉큼 손바닥이 저리도록 손뼉을 쳤다. 짝짝 소리가 크게 나자 비로소 추영영과 송삼정이 말을 멈추고 고개를 돌렸다.

"사랑싸움은 둘만 있을 때 하게들. 이 아이 보기 부끄럽지도 않은가?"

"사랑싸움? 선배, 미쳤어요?"

"자중하겠습니다."

"얼씨구? 혼자 멋대로 인정하고 있어?"

끝까지 티격태격 대니 유서현도 참지 못하고 피식 헛웃음을 터뜨렸다. 두 사람이 그제야 헛기침을 하며 말을 그치자 비로소 주이원이 입을 열었다.

"작금의 상황을 어찌 한 사람의 탓으로 돌리겠는가? 소수소면이 날 구하기 위해 어려운 결단을 내렸지만 곽 맹주가 은밀히 마종을 키운다는 사실은 몰랐지. 알았다면 날 죽게 내버려 두었을지언정 곽 맹주가 멋대로 하게끔 힘을 실어주는 일은 하지 않았을 게 아닌가?"

송삼정은 쓰게 웃으며 고개를 저었다. 추영영에게 잘 보이고 싶은 마음이 암만 간절했어도 곽추운의 속셈을 알았다면 굳이 주이원을 구하지 않았을 것이다.

주이원은 하나뿐인 팔로 수염을 쓰다듬으며 말했다.

"어쨌든 좌시할 일은 아니야. 이대로 있다가는 마종을 이용해서 곽가가 무림을 몽땅 집어삼킬 게 아닌가?"

십오 년이란 시간이 흘렀어도 마종에 대한 공포와 적개심은 상상을 초월한다. 더구나 본영을 제외하면 최강이라는 말이 아깝지 않은 남궁세가가 하룻밤 사이 잿더미로 변했으니 위협은 이미 사실이 되어 코앞에 다가왔다.

공포로 사람들의 눈과 귀를 막고 무림의 패자가 된다. 무림맹과 마종, 두 현장을 겪은 당사자의 말을 종합하니 곽추운의 목적이 명약관화했다.

"마종 놈들은 신경 꺼요. 이극, 그 아이를 건드렸으니까."

추영영이 단언하자 송삼정은 고개를 갸웃거렸고 주이원은 탄식했다.

"항주에서 봤잖아요? 박가의 전인."

추영영의 설명에 송삼정이 탄성을 터뜨리다, 이내 어두운 표정이 되었다.

"그자의 실력은 나도 알고 있네. 놀라운 성취를 이룬 것은 분명하네만 남궁세가를 무너뜨린 마종과 어찌 상대가 되겠는가?"

"송 오라버니가 제대로 몰라서 그래요."

"녀석을 건드렸으면 대가를 톡톡히 치르겠지."

"그자가 항주에서는 실력을 숨겼단 말입니까?"

"숨겼다고 하기는 좀 그렇고… 그런 게 있어요. 어쨌든 지금 녀석은 제 사부와도 능히 견줄 수 있는, 아니, 어쩌면 그 이상일지도 모르는 고수라고요. 마종 놈들만 뭐 된 거죠."

송삼정은 선뜻 믿을 수 없었다. 그가 아는 이극의 성취만으로도 열 손가락 안에 능히 들 수 있었는데, 그조차 본 실력을 다한 게 아니라고 누가 순순히 믿을까?

그러나 천하의 적발마녀와 괴형노인이 입을 모아 단언하니 믿지 않을 수도 없다. 송삼정이 말했다.

"그 정도라면 마종이 아니라 차라리 우리와 함께 곽 맹주를 치는 게 낫지 않겠나?"

"그건 안 돼요."

뭐라 말을 하려던 추영영이 입을 다물고 시선을 돌렸다. 대선배들이 의견을 나누는 내내 듣고만 있던 유서현이 입을 연 것이다.

"송 선배님께서 말씀하시는 '우리'가 누구죠? 아니, 누구라도 상관없어요. 곽 맹주와 싸운다는 건 단순히 목숨만 건 게 아니잖아요. 승패가 어찌 되었든 관건은 곽 맹주가 가지고 있는 권력이 될 텐데, 아저씨더러 그런 싸움을 하라는 건 너무 잔인한 처사예요."

유서현의 입에서 나온 말이 강호에 명성 높은 소수소면을 침묵하게 했다. 이극의 사부, 박가를 이용하고 버리는 일에 가담했던 자신의 죄가 소녀의 입에서 되살아난 것이다.

추영영이 말했다.

"그래도 어쩔 수 없어. 주 선배야 다 늙어서 그랬다지만 나나 송 오라버니도 곽가 놈을 이길 자신이 없단다. 설령 힘을 합친대도 말이야."

"맹주의 성취는… 아마도 왕년의 철염이나 박가의 경지에 올랐을 것이오."

송삼정까지 거들고 나서니 유서현도 반론의 여지가 없었다. 추영영은 유서현의 어깨를 감싸 안으며 소녀를 위로했다.

"너무 마음 쓰지 마라. 네가 생각하는 것보다 강한 녀석이야."

"하지만……."

안타깝기는 마찬가지여도 추영영이라고 뾰족한 수가 없었다. 그때, 주이원이 입을 열었다.

"네가 직접 하면 어떠냐?"

"…예?"

유서현은 눈을 크게 떴다가, 좌우를 둘러보았다. 그러나 주이원의 시선은 정확히 소녀를 향해 있었다.

유서현은 주이원과 눈을 맞추고 조심스럽게 말했다.

"제가… 곽 맹주와 싸우라고요?"

"그래."

주이원이 확인해 주자 추영영이 목소리를 높였다.

"선배, 돌았어요? 왜 말도 안 되는 소릴 하고 그래?"

"맞습니다. 선배님, 저 아이더러 곽 맹주를 상대하라니요? 차라리 저희가 싸우고 죽는 게 낫지요."

"자네들은 이럴 땐 또 죽이 척척 맞는구먼. 하지만 내가 물어본 건 저 아이지, 자네들이 아니잖나."

주이원은 두 사람을 무시하고 고개를 돌렸다. 다시 시선이 마주치자 유서현의 입술이 조심스럽게 열렸다.

"…할게요."

"뭐?"

추영영은 못 볼 것을 봤다는 듯 놀란 얼굴로 소리쳤다. 송삼정도 크게 다르지 않은 표정으로 유서현을 바라봤다.

유서현은 마른침을 삼키고 결연히 말했다.

"주 대가께서 하신 말씀이니까, 이런 저라도 곽 맹주와 싸울 수 있는 방도가 있다는 뜻 아닐까요? 그게 뭔지 모르겠지만 하고 싶어요. 아뇨. 꼭 할 거예요."

第五章 할 수 없는 일

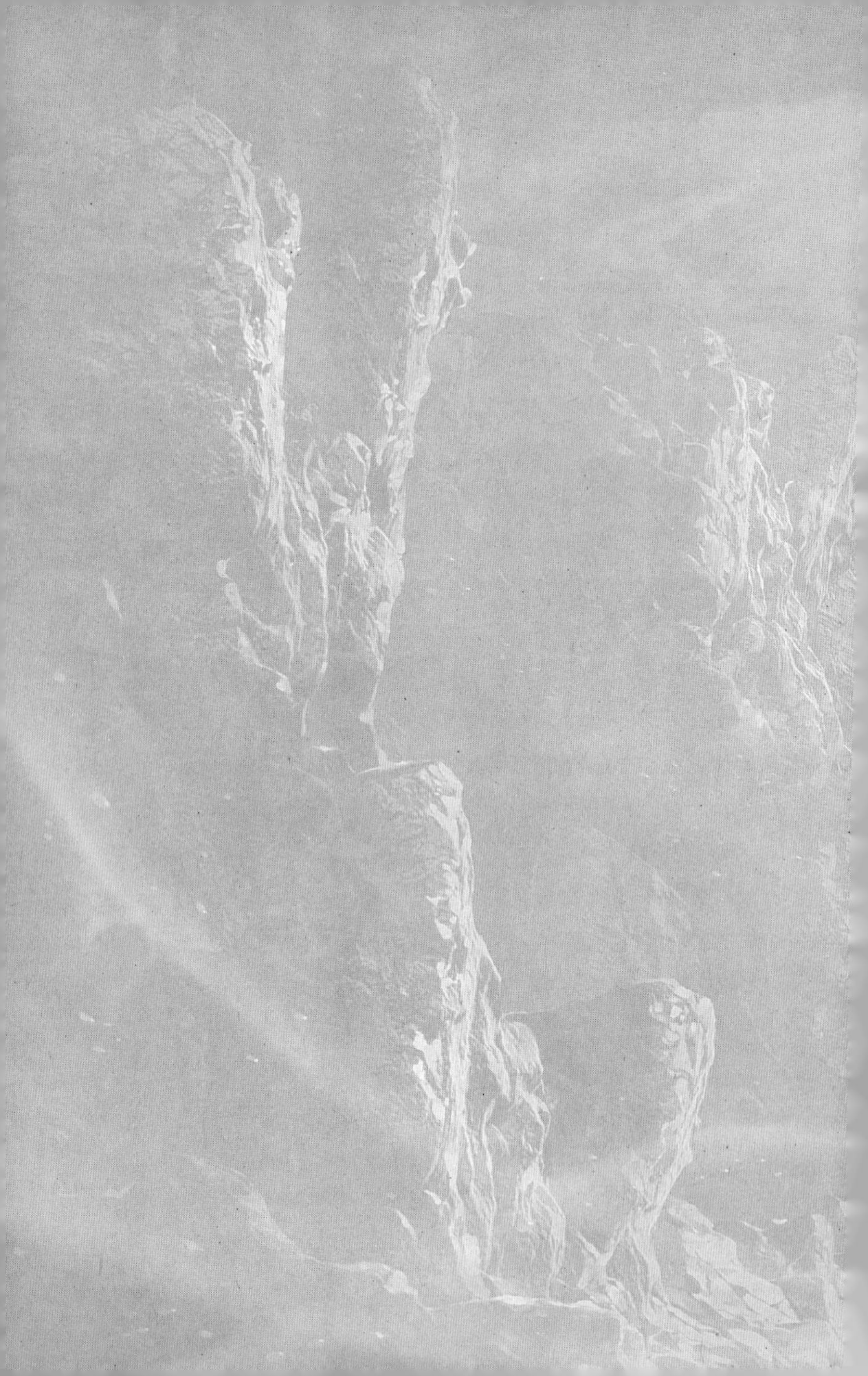

蒼龍魂 창룡혼

1

겨울은 여느 해보다 춥고 모질었다.

남궁세가의 멸문으로 부활을 알린 마종이 무림맹 유력 지부들을 차례로 무너뜨리며 기치를 높이 올렸지만 정작 무림맹의 대응이 지지부진했다. 부활한 마종을 효과적으로 제압하기 위한 체제 개편이 늦어지면서 도리어 제대로 대응하지 못하게 된 것이다.

그러다 보니 무림맹을 둘러싼 말이 많았다.

특히 장로회 및 각 지부로 분산되었던 권력을 맹주 한 사람의 것으로 집중한다는 개편의 골자가 알려지자 의문을 표하는 목소리가 높아졌다.

마종을 핑계 삼아 무림맹주 곽추운이 무림맹을 사유화하는 게 아니냐는 내용이었다. 특히 평소 맹주와 사이가 좋지 않은 것으로 알려진 태양선협 상관우의 가문, 상관세가가 마종의 표적이 되어 멸문한 것이 소문에 불을 지폈다.

그러나 소문은 오래가지 못했다.

무엇보다 사람들이 아는 곽추운은 그런 공작을 할 만큼 음습한 자가 아니었다. 그는 대마신 철염의 목을 베고 중원무림을 구한 영웅이었고, 맹주가 되어서는 관부도 외면한 수재민 구제에 앞장선 성인이었다.

상관우와의 대립도 무림맹의 예산을 백성 구제에 쓰는 문제로 의견이 엇갈렸기 때문이란 증언이 어디선가 흘러나와 사람들 사이로 퍼져 나갔다.

정파무림의 대표 인사이자 수년간 중립을 고수해 온 송삼정이 마종의 출현 이후 빠르게 지지의사를 표명한 것도 곽추운에게 큰 힘이 되었다. 송삼정과 함께 중립파를 형성하던 한 장로도 해당 문파가 마종에게 당해 초토화되었으니 상관세가가 마종에 당하기를 기다렸다는 소문은 곧 꼬리를 감추었다.

그러나 어떤 소문이 나타나고 사라지며 사람들의 마음을 무슨 색깔로 물들이든 무림맹이 마종에 대하여 그럴듯한 대응을 못 하고 있다는 사실에는 변함이 없었다.

그러는 사이 희생자는 늘어만 갔다. 마종의 공격 대상은 여전히 무림맹 지부에 국한되었지만, 일전이 벌어진 날을 전후하여 실종자가 다수 발생한 것이다. 마종의 공세가 있을 때마다 해당 지역에서 아버지나 장성한 아들이 사라지는 일이 빈

번했다.

실종자 대부분이 마종에 납치되어 사술의 제물로 쓰였다는 것에 의심을 품은 자는 없었고, 불안과 공포는 마른 들에 불길이 일듯이 빠르게 번졌다.

소용돌이치는 불기둥이 수백 개, 대지를 뚫고 용오름 쳤다. 어두운 하늘에 뇌전이 번쩍였고 천둥과 우레가 허공을 찢었다. 바야흐로 종말이 도래한 듯 세상이 요동치는 가운데 거대한 그림자 하나가 산처럼 우뚝 솟아 있었다.

"마신이시여!"

혼공은 무릎을 꿇고 그림자를 향해 두 팔을 벌렸다.

저 거인의 그림자가 마신이라는 것에 의심의 여지도 없다. 혼탁한 세계를 피로 씻어 내리고 마종의 천하를 건설하실 분. 아버지의 아버지, 또 그 아버지의 아버지로부터 이어져 온 믿음의 주인.

혼공은 벅차오르는 감동을 주체하지 못하고 눈물을 흘렸다. 혼공은 눈물을 닦으며 마신을 향해 고개를 조아렸다.

동지들의 죽음에 눈 감고 곽추운의 밑에 들어가 겪어야 했던 수모와 고통이 이 순간 모두 사라졌다. 살아서 마신의 부활을 목도했다는 사실만으로 수십 년 인생을 보상받은 것이다.

오로지 이 순간을 위한 삶이었다.

"……?"

기이한 일이다.

다시 고개를 든 순간, 멸천(滅天)의 광경이 온데간데없이 사라졌다. 아니, 사라진 것이 아니다. 시간을 되돌린 것처럼 파괴의 과정이 역으로 감겨 고스란히 온전한 상태로 돌아가고 있었다.

대지는 하늘까지 가 닿았던 불기둥을 집어삼켰고 뇌전을 머금은 구름이 흩어지며 빛이 내려왔다. 머리 위로 파란 하늘이 드러나고 지평선 끝까지 피 아닌 초목이 가득했다.

당황한 혼공이 시선을 돌렸지만 역시나 마신의 모습도 간데없었다. 대신, 마신과 비교도 할 수 없이 작은 존재가 그곳에 있었다.

혼공이 만들어낸 마신의 그릇. 소유라는 이름의 소년이었다.

"너, 너……!"

혼공은 흐느끼는 듯이 소유를 부르며 그에게 다가갔다. 그러나 채 몇 걸음을 옮기지 못하고 발길이 멈췄다.

흰 가슴에 솟아난 붉은 점이, 빠르게 번져 꽃을 피웠다. 가슴 가득 혈화를 품은 소유의 몸이 허물어져 바닥에 쓰러졌다.

"……!"

혼공은 제자리에 못 박힌 듯 서서 충혈된 눈을 크게 떴다. 쓰러진 소유의 뒤에 누군가 서 있었다.

그의 얼굴을 확인한 순간, 발밑이 무너졌다. 혼공의 몸은 바닥없는 어둠, 가장 깊은 곳을 향해 끝없이 떨어져 갔다.

눈을 뜬 혼공의 몸은 전력질주를 반복한 것처럼 땀으로 흥건했다. 가쁜 숨과 낙하하는 감각에 붙잡혀 꿈의 경계에 머무르던 혼공은 한참이 지나서야 겨우 현실로 돌아올 수 있었다.

"헉! 허억!"

숨을 몰아쉬며 뛰는 가슴을 진정시켜도 손발에 새겨진 공포는 어쩔 도리가 없다. 혼공은 두 손을 맞잡으며 어금니를 꽉 다물었다. 그러지 않으면 이끼리 부딪쳐 깨어질 터였다.

누군가 문을 두드렸다. 잠결에 지른 비명이 문밖까지 들린 모양이었다.

괜찮다며 사람을 물렸지만 손발의 떨림은 멈추지 않았다. 그날, 이극 한 사람에게 수백 마인이 짓밟히는 모습을 보고 난 후부터 반복되는 악몽이다.

으드득!

이 가는 소리와 함께 절로 주먹이 쥐어졌다. 압도적인 공포에 가렸지만 분노와 슬픔도 엄연히 존재한다.

사제가 대를 이어 마종과 척을 졌으니 그 원한은 어느 한 사람의 목으로 갚을 수 있는 무게가 아니다. 과거에 박제된 사부와 달리 제자는 혼공의 손발을 자르며 매 순간 죄를 더하고 있다. 벌써 여러 곳의 은신처가 쑥대밭이 되었고 차후 마종을 이끌어 갈 젊은이 여럿이 목숨을 잃었다.

그러나 가장 혼공을 비참하게 만드는 것은, 그가 되살려 놓은 마종이 하나하나 무너지는 모습을 뜬 눈으로 지켜볼 수밖에 없다는 사실이었다. 이극은 혼공을 몇 번이나 붙잡았지만 손끝 하나 건드리지 않고 풀어주었다. 그리고 그가 보는 앞에서 십여 년 공들여 세운 은신처와 마종의 전력들을 복구할 수 없도록 완전히 파괴했다.

그렇게 비참한 목을 붙이고 도주할 때마다 혼공은 이극의 말을 떠올려야 했다. 진정한 복수가 무엇인지 알았다는 그 말.

마종에게 이극이 그렇듯, 그가 혼공에게 품은 원한 또한 목숨 하나로 다할 수 없도록 무거웠다. 이극의 복수는 혼공이 이룬 모든 것, 남은 마종 모두가 사라질 때까지 계속될 것이다.

'그리 내버려 둘 것 같으냐!'

혼공은 의복을 갖춰 입고 방을 나섰다. 문을 열고 채 세 걸음을 떼기 전에 좌우로 수하들이 붙었다. 혼공은 시선을 앞으로 둔 채 걸으며 물었다.

"준비는?"

혼공의 바로 옆에 붙은 사내가 대답했다.

"진행되고 있습니다. 한데 문제가……."

"문제?"

"조건에 맞는 시험체 수량을 맞추기가 쉽지 않습니다. 당장 내달에 쓸 시험체 수도 절반에 미치지 못하는 실정입니다."

사내의 말이 끝나자 혼공이 제자리에 섰다. 수하들도 일제히 걸음을 멈추자 혼공이 그들을 돌아보며 말했다.

"시험체 수가 부족하다니?"

"예. 그렇습니다."

"닥쳐라! 당장 백 보만 걸어도 중원인들이 우글거리거늘! 시험체가 부족하단 소리가 입에서 나오느냐?"

혼공이 엄중히 꾸짖었다. 사내는 고개를 조아렸다.

"하오나 혼공이시여! 금번에 지정하신 조건들이 지극히 까다로워 지금 할당된 인원만으론 기한까지 수량을 맞출 수 없는 게 사실입니다. 이곳에 남은 신도들도 당장 처리해야 할 일이 산적해 시험체 수집에 추가 인원을 배정할 수도 없습니다."

"네가 감히!"

혼공은 발끈하여 들었던 손을 그대로 멈추고 사내를 내려다봤다. 고개를 조아리고도 바른말을 하는 사내였다.

마인은 조건만 맞으면 몇이고 만들 수 있지만 사람은 그렇지 않다. 빼어난 자질을 가졌다고 해서 반드시 꽃을 피우란 법이 없다. 대부분은 자질을 만개하지 못하고 시들게 마련이다.

빼어난 아이 백 명 중 한 명이라도 비범한 어른으로 자라면 다행이다. 인재를 키운다는 것이 그만큼 어려운 일이다. 특히나 중원의 그늘에 숨어 지낸 마종, 그 폐쇄된 환경에서 쓸 만한 재목을 키우기란 쉬운 일이 아니었다.

"으음……."

혼공은 나직이 신음하며 올린 손을 그대로 내렸다. 그리고 사내를 일으켜 세우며 말했다.

"절반은 채울 수 있겠느냐?"

"시일까지는 가능하겠지만, 그래도 괜찮겠습니까?"

"모자라는 것은 곽 맹주에게 요구해야지."

"예? 하오나, 지금으로썬……."

"수집 인원에게 변경 사항이나 알리거라."

사내가 우려를 표했지만 혼공은 무시하고 걸음을 재개했다.

말이야 수집이라고 하지만 그 실상은 마인의 재료가 될 사람을 납치하는 것이다. 혼공의 말은 마인을 만드는 데 필요한 수량을 이전처럼 곽추운을 통해 얻겠다는 것인데, 마종의 출현이 표면화되고 무림맹이 체제 개편으로 어수선한 작금의 상황에서는 부담스러울 수 있는 요구였다.

하나 어쩔 수 없다.

'어차피 같은 배를 탄 신세다. 무리라 해도 놈은 우리 요구를 들어줄 수밖에 없어.'

마종의 존재는 무림맹을 장악하기 위해 곽추운이 휘두르는 전가의 보도다. 그러나 효과가 좋은 만큼 치러야 할 대가도 큰 법. 그늘에 숨어 곽추운이 던져 주는 먹이나 받아먹던 때와는 입장이 다르다. 관계가 드러났을 때 파멸을 면치 못하는 것은 같다. 하지만 무림맹을 장악한 곽추운과 여전히 바닥을 기고 있는 마종, 어느 쪽이 더 몸을 사릴지는 자명하다.

"신기(神器)는 어찌 되었느냐?"

"아직 뚜렷한 성과는 없습니다."

사내의 대답은 혼공의 예상을 벗어나지 않았다. 혼공은 씁쓸한 얼굴이 되어 걸음을 재촉했다.

소유.

혼공이 만들어낸, 중원 땅에 나타날 마신의 그릇.

곽추운의 개가 되어 온갖 굴욕을 감내하며 혼공은 마신의 그릇을 만들었다. 그것은 인간의 육신을 하고 있지만 언젠가 나타날 마신의 다른 얼굴이 되어 구세계를 피로 씻고 마종의 천하를 열어줄 것이다.

그러나 혼공은 그 그릇을 버렸다.

어차피 마신을 담지 않은 이상 그릇에 불과하다. 언제든 버릴 수 있고, 다시 만들 수 있다. 불구대천의 원수, 이극의 제거라는 명분 앞에서 소유의 존재는 이미 처분된 것이나 마찬가지였다.

마신을 담지 않았을 때, 소유의 육신은 병약한 소년에 지나지 않는다. 그날, 혼공이 일으킨 폭발에 휘말렸으니 살점 하나도 남지 않았으리라.

'쉽게 버리지 말았어야 했나.'

후회하며 나아가던 혼공이 문득 걸음을 멈췄다.

좁은 복도 전방으로부터 피비린내가 강하게 풍겨오고 있었다.

"무슨 일이냐?"

혼공이 묻자 사내들도 영문을 모르겠다는 듯 굳은 얼굴로 고개를 저었다. 피비린내의 발원지, 혼공의 목적지는 신기의 제조실. 마신의 그릇이 되기 위한 아이들의 수용도 겸하고 있다.

불길한 예감에 혼공의 걸음이 빨라졌다. 제조실이 가까워질수록 피비린내도 강해져, 코끝이 마비되는 것만 같았다.

쾅!

큰 소리를 내며 열어젖힌 문 안쪽에는 예상과 크게 다르지 않은 광경이 펼쳐져 있었다.

생명을 잃은 고깃덩어리들이 층층이 쌓인, 말 그대로의 육탑(肉塔)이 몇 개나 세워져 있었다. 꼭대기로부터 흘러 아래에 고인 핏물은 넓은 제조실 바닥을 뒤덮고 있었다.

"이, 이게……."

놀란 나머지 말을 잇지 못하는 혼공의 앞에, 크고 작은 인영 몇 개가 나타났다. 혼공의 얼굴이 경악으로 물들었다.

"오랜만이야."

거대한 소년, 흑성의 어깨 위에 걸터앉은 소유의 인사말에 혼공은 대답하지 못하고 입만 벌린 채였다. 소유는 대답 없는 혼공을 향해 웃으며 말을 이었다.

"뭐야? 설마 놀란 거야?"

"……."

"새삼스럽게 놀라긴. 얘네들, 어차피 신기 하나만 나오면 다 폐기할 거였잖아? 귀찮을 것 같아서 내가 해줬어. 어때?"

소유는 두 팔을 벌리며 칭찬을 바라는 얼굴로 말했다.

그의 말대로 신기 하나를 탄생시키면 다른 시험체는 모두 폐기할 예정이었다. 하지만 이렇게 참혹한 형태로 이루어지지는 않는다.

"너, 너… 대체 어떻게?"

혼공이 중얼거린 뜻 모를 말을 알아들었는지 소유가 싱긋 웃었다.

"어떻게 살아 있느냐고? 그런 질문이 어디 있어? 마신이 되는 게 당신이 내게 준 운명인데, 죽을 리 없잖아."

소유는 자신을 짊어진 흑성의 머리를 쓰다듬었다.

"이 아이들이 구해준 거지만, 그 또한 정해진 수순이지."

소유의 손길이 마치 개를 칭찬하는 듯 굴욕적이었지만 흑성의 시선은 아까부터 혼공을 향해 고정되어 있었다. 살기 충만한 눈빛이 혼공으로 하여금 소년의 정체를 떠올리게 만들었다.

당장의 전력으로 삼을 수 있도록, 통제하기 쉬운 마인을 만들기 위해 겪었던 시행착오들. 폐기했어야 마땅한 실패작들 가운데 행방에 묘연한 개체가 더러 있었다.

괴물 같은 소년이 그중 하나임을, 혼공은 어렵잖게 알 수 있었다.

"여, 여봐라!"

그제야 혼공은 뒤돌아 수하들을 불렀다. 그러나 뒤따라왔어야 할 수하들의 모습이 보이지 않았다.

흑의에 복면을 한 자들이 수하들 대신 혼공의 뒤를 막고 서 있었다. 개중 한 걸음 앞서 있는 여인, 달라붙은 흑의 위로 육체의 굴곡이 가감 없이 드러낸 황이령이 눈웃음을 쳤다.

"……!"

말이 탁 막히는 것을 느끼며 혼공은 고개를 돌렸다.

다시 혼공과 눈이 마주친 소유가 흑성의 어깨 위에서 내려왔다. 첨벙, 첨벙. 빗속에서 뛰노는 아이처럼 소유의 경쾌한

발걸음이 핏물을 튕겼다.

다가오는 소유를 향해 혼공은 무릎을 꿇었다. 머리의 지시 없이 몸이 스스로 취한 행동이었다.

무릎에 이어 혼공의 두 손이 핏물 고인 바닥을 짚었다. 덥고 끈적한 핏물이 손목까지 차올랐다.

걸음을 멈춘 소유는 허리 숙여 혼공과 눈높이를 맞췄다. 그리고 혼공의 귓가에 속삭였다.

"혈천(血天)을 열어주마."

혼공은 고개를 들고 소유를 바라봤다. 그의 두 눈이 조금 전과는 다른 감정으로 일렁이고 있었다.

2

눈은 세상을 하얗게 물들이고 싸움마저 잠재우는 듯했다. 발광하듯 곳곳에서 쟁투를 벌이던 마종도 혹한을 이기지는 못하는 눈치였다.

짧게나마 찾아온 평화는 사람들의 지친 마음을 달랬지만 한편으로 또 다른 걱정거리를 안겨주었다. 산발적으로 일어났던 국지적 분쟁이 어쩌면 더 큰 규모로 번질 항쟁의 전조에 불과할지 모른다는 불안이었다. 십오 년 전 마종이 일으켰던 참극의 공포가 그토록 컸다.

따라서 흔들리는 무림맹을 향한 원망의 목소리가 갈수록 높아졌다. 사람들은 이런 비상시국에까지 권력을 탐하는 장로회를 성토했고, 장로회의 반대에 부딪혀 체제 개편에 난항을 겪고 있는 곽추운을 안타까워했다.

마종의 움직임이 더뎌진 지금, 무림맹 내의 정쟁이 하루빨리 마무리되었으면 하는 것이 모두의 바람이었다.

그러나 얼음이 덮은 것이 수면에 불과하듯, 아무도 모르는 곳에서 싸움은 계속되고 있었다.

쾅! 콰콰쾅!

산이 무너지는 굉음, 불붙은 화약의 폭음이 한데 뒤섞여 청각을 마비시킨다.

아니, 마비라기보다는 해방이라고 해야 어울릴까? 꽉 찬 소리가 귀를 틀어막아 눈앞에 펼쳐진 것은 무음(無音)의 세상이다. 그곳에서 이극의 움직임은 오히려 더 자유로웠다.

"……!"

한 자루 평범한 청강검으로부터 손으로 전해지는 감촉이 있다. 그러나 여느 때라면 이어졌을 비명은 들리지 않는다. 화약고가 폭발하는 소리에 묻힌 것이다.

'이러다 귀머거리 되는 거 아냐?'

이극은 눈살을 찌푸리며 허리를 숙였다. 등 뒤에서 휘둘러진 날붙이가 몇 가닥 머리카락을 자르고 지나갔다.

"……!"

뒤로부터의 기습을 실패한 중년인의 얼굴이 굳어졌다. 이 악귀 같은 침입자에게 두 번의 기회는 없다. 실패한 순간, 어디에서 날아왔는지 모를 검격이 죽음을 선사한다.

검은 중년인을 베고도 멈추지 않고 허공을 가르며 두 명을 더 벴다. 아니, 벴다는 표현이 어쩐지 어색하다. 검극이 그리는 검로를 향해 그들이 뛰어든 것이라야 옳다.

죽음을 향해 뛰어드는 부나방 같은 자들. 그저 살기를 최우선 과제로 삼아온 이극으로선 이해할 수 없고, 이해할 마음도 없다. 원한다면 줄 수밖에.

절명.

인고의 세월을 견디며 마종의 천하를 기다려 온 자들에게 이극이 줄 수 있는 유일한 선물이었다.

번쩍!

종횡무진, 마종의 신도들 사이를 누비며 죽음을 선사하던 이극의 옆에서 빛이 번쩍였다. 신도 서넛이 폭발에 휘말리는 것을 보며 이극은 재빨리 몸을 날렸다.

마지막이라고 외치는 것처럼 폭발은 연쇄적으로 일어나 밤하늘 높이 올랐다. 멀찌감치 떨어진 곳에서 몸을 일으킨 이극은 폭발이 밝힌 사방을 둘러보았다.

모두 쓰러져 두 발로 선 자는 이극 한 사람뿐이었다. 마종의 지부 중 또 한 곳이 이극의 손에 궤멸당한 것이다.

사방을 둘러보던 이극이 돌연 몸을 돌리며 검을 휘둘렀다. 빠르게 나는 검은 등 뒤에 접근한 그림자를 베기 직전에 멈췄다.

[접니다.]

일 촌 차이로 목숨을 건진 남궁상겸이 두 손을 든 채로 전음을 보냈다. 그 또한 굉음에 오랫동안 노출되어 일시적으로 청각이 마비된 것이다.

[폭발량이 엄청나던데.]

검을 거두며 역시 이극이 전음을 보냈다. 남궁상겸이 고개를 끄덕였다.

[화포와 화약이 가득 쌓여 있는데, 하마터면 눈 돌아갈 뻔했습니다. 이놈들, 무림맹이 아니라 조정을 상대로 싸움을 걸 기세던데요?]

[무림맹은 이놈들 적이 아니야.]

[예?]

놀란 남궁상겸을 향해 이극이 입술에 검지를 붙였다. 어차피 말을 주고받은 것도 아니건만, 습관이란 이다지도 무섭다.

"으윽……!"

청각이 돌아왔는지, 어디선가 신음이 들렸다. 돌아본 곳에 한 노인이 시체 더미를 헤치고 나왔다.

폭발을 완전히 피하지 못했는지 노인의 행색이 형편없었다. 머리카락이 절반 넘게 타 사라졌고 열기에 노출된 두피는 우둘투둘 돌기가 나 있었다. 옷도 여기저기 타고 그을려 이만저만 낭패를 본 게 아니었다.

그럼에도 노인은 두 눈을 부라리며 이극을 향해 소리쳤다.

"네놈… 네놈이 이극이란 마귀로구나!"

"마귀? 그래, 내가 마귀다. 마종을 자처하는 너희가 만든 마귀."

"놈… 커헉!"

이극의 말이 심마가 되었는지 노인은 피를 한 사발 토해냈다. 이극은 아랑곳하지 않고 말을 이었다.

"당신 수하 중에 절반은 내가 죽인 게 아니니까, 원망도 절반쯤은 이쪽에다 하면 안 될까? 화포나 화약이나 난 보지도 못했거든."

"무슨 그런 말씀을!"

"하긴, 도련님이 당한 일을 생각하면 이 정도는 복수 축에도 못 끼지."

남궁상겸이 언성을 높이자 이극은 씩 웃으며 말하고 다시 고개를 돌렸다. 잠깐 사이 이극의 얼굴에 웃음기는 사라지고 부릅뜬 눈에는 살기가 서려 있었다.

"어쨌든 노인장, 제정신인 것 같으니 내 질문에 답도 해주셔야겠어. 혼공은 어디 있지?"

"닥쳐라! 본 종의 원수! 내 오늘 죽어간 신도들을 대신해 너를 벌하겠노라!"

노인은 일갈하고 품에서 한 자루 단도를 꺼냈다.

노인은 단도를 든 채 두 손으로 기이한 수인을 맺고 형언키 힘든 소리를 중얼거렸다. 그러자 곧 수인으로부터 거무튀튀한 기운이 일어나 소용돌이쳤다.

우우우우웅—

소용돌이는 곧 거센 바람을 일으켜 거무튀튀한 기운을 사방으로 흩뿌렸다. 그 어느 때보다 불길한 예감이 남궁상겸의 폐부를 찔러왔다.

"기다려."

막 몸을 날리려던 남궁상겸을 이극이 막았다. 남궁상겸이 의아해하며 물었다.

"지금 치지 않으면 귀찮아질 것 같은데요?"

그의 말대로 노인을 중심으로 사방에 퍼지는 거무튀튀한 기운에서 악의와 힘이 고조되어 가고 있었다. 놔두면 뻔히 귀찮아질 텐데 이극의 의도는 이랬다.

"귀찮아도 내가 하지, 도련님한테 미루진 않을 거니까 걱정하지 마세요."

"화약고는 대문 열어놓고 손님 맞은 줄 아십니까?"

원가표국을 족쳐서 알아낸 마종의 근거지를 하나하나 파괴해 가며 알아낸 공통점은 이들이 최악의 사태를 대비하여 흔적을 지우기 위해 상당량의 폭약을 절묘하게 배치해 놨다는 것이다. 혼공의 본거지가 그랬던 것처럼.

그래서 이번에는 아예 자폭의 수단으로 안배해 놓은 폭약을 역이용했다. 이극이 정면으로 들어가 이목을 끈 사이 남궁상겸이 침투해 폭약을 터뜨린 것이다.

물론 작은 산 하나쯤 날려 버릴 위력만큼 단속도 철저하게 마련이다. 남궁상겸이 폭약의 배치를 알아내고 다량의 화포까지 적재된 창고에 불을 붙이는 동안 마종이라고 가만히 있었을 리 없다.

"그건 그거고."

말이 궁색해져 대충 얼버무린 이극에게 고맙게도 노인의 주술이 끝난 것 같았다. 남궁상검이 한마디 더하지 못하고 고개를 돌리자 마침 노인이 수인을 풀었다.

손에 들린 단도가 노인의 다른 손목을 벴다.

촤악!

단도가 지나간 손목으로부터 핏물이 뿜어져 나왔다. 아니, 물처럼 뿜어져 나왔다기보다는 고정된 형체를 가진 실처럼 뽑혀 나왔다고 해야 할까? 손목에서 뿜어져 나오는 핏물의 모양이 실로 괴이했다.

먼저 흩뿌려진 검은 기운과 그 위에 덧댄 핏물. 노인을 중심으로 그려진 검고 붉은 소용돌이를 따라 시체들이 일어난다. 두 발로 선 시체들은 가까운 동료를 붙잡고, 마치 처음부터 하나였던 것처럼 서로 뒤엉켰다.

"저, 저런……!"

놀란 나머지 말도 제대로 나오지 않는다. 이극을 따라다니며 마종과 싸우는 동안 상상도 할 수 없던 기괴한 꼴을 무던히도 봤다고 여겼건만, 지금 눈앞에 펼쳐진 광경에 비하면 차라리 귀엽다 할 것이다.

뒤엉킨 시체 더미가 산을 이루고, 뒤이어 점토를 주무르듯 특정한 형상을 갖추기 시작했다. 점토를 이루는 부분, 시체와 같이 사지를 갖춘 사람의 형상이었다.

이윽고 시체로 만든 거인이 대지 위에 두 발로 섰다. 머리만 없을 뿐 사람의 형상을 한 거인의 그림자가 이극과 남궁상겸을 뒤덮었다.

"죽여라! 놈들을 죽여!"

노인의 일갈이 거인을 움직였다. 거인의 팔, 팔다리를 굳게 엮은 시체들이 지면을 쓸며 날아왔다.

"흡!"

남궁상겸은 대경실색하여 헛숨을 들이켜고 몸을 날렸다. 그러나 팔이라고 불러야 할 그것의 길이는 족히 석 장을 넘었고, 속도는 남궁상겸보다 빨랐다.

미처 피하지 못할 것을 직감한 남궁상겸은 호신강기를 끌어올리며 팔을 가슴팍에 붙였다.

퍽!

주먹이라고 해야 할까? 시체들이 고깃덩어리처럼 뭉쳐진 거인의 팔 끝이 물러나던 남궁상겸을 강타했다. 거인에 비하면 한없이 작은 남궁상겸의 신형이 바닥을 한 번 튕겨 높이 솟았다.

"크윽!"

몇 바퀴 공중제비를 돌아 안착한 남궁상겸이 고통스러운 신음을 냈다. 간신히 정타를 피했지만 스친 부위가 얼얼하다. 그러나 아픔을 돌볼 새도 없이 눈이 이극을 좇았다.

"이 선배!"

이극은 뒤로 물러나며 피한 남궁상겸과 다른 선택을 했다. 지면을 쓸어가는 거인의 팔 위에 올라탄 것이다. 대담한 선택과 과감한 행동력은 몇 번을 봐도 기이할 정도다.

이극은 빠르게 돌아가는 거인의 팔 위에서 절묘하게 균형을 잡고 섰다. 그리고 팔 위를 달려 단숨에 거인의 어깨 위로 올라갔다.

쇠파리를 쫓는 소의 꼬리처럼 거인의 두 주먹이 이극을 노렸다. 머리 위로 쏟아지는 거인의 주먹은 그러나 이극의 옷자락도 스치지 못하고 애꿎은 제 몸을 때렸다.

쾅! 콰쾅!

수백 근 철퇴를 방불케 하는 주먹이 꽂힐 때마다 덩어리져 있던 시체들이 떨어져 나갔다. 순식간에 거인의 가슴과 어깨 언저리가 허물어졌다.

벌어진 틈바구니로 짓이겨진 살점과 핏덩이, 그리고 일그러진 얼굴이 드러났다. 바로 조금 전 이극이 주었던 죽음이 무색하도록 참혹한 모습이었다.

스스로 살점을 떼어내고 휘청이는 거인의 위에서, 이극이 검을 높이 들었다. 평범한 청강검, 그나마도 군데군데 이가 빠진 검신에 푸른 기운이 어렸다.

쉐에엑!

일직선으로 내려간 푸른 섬광을 따라 거인의 몸이 둘로 갈라졌다. 그리고 뭉쳤던 과정을 역행하듯이 거인을 구성하던 시체들이 떨어져 나와 땅바닥에 흩어졌다.

흩어져 나뒹구는 시체들 한가운데 노인의 모습이 드러났다. 노인은 얼빠진 표정으로 입을 벌리고 기이한 소리만 내고 있었다.

"아… 아아……."

노인의 앞에는 시체로 만든 거인을 양분한 이극이 서 있었다. 이극은 날이 다 나가서 쓸 수 없게 된 검을 버리고 노인을 향해 말했다.

"너희가 할 줄 아는 건 망자를 능멸하는 것뿐인가."

"너, 너 이 마귀……!"

"이런 사술을 부려놓고 날 마귀라고 부르는 건 너무 염치가 없잖아. 너희에게 그런 걸 바라는 내가 이상한 건가?"

장난스럽게 받아치는 말도 잠시, 노인을 향한 이극의 눈빛이 차가워졌다.

"다시 묻지. 혼공은 어디 숨어 있지?"

"내, 내가 그걸 말할 것 같으냐?"

살기에 눌린 노인이 말을 더듬었다. 이극은 노인을 향해 한 걸음 내디디며 재차 물었다.

"내가 해코지라도 할까 봐? 걱정하지 마. 혼공의 털끝 하나도 안 건드리고 고이 살려둘 거니까."

"그게 무슨 소리냐!"

"무슨 소리긴. 말 그대로지."

압도적인 살기에 못 이겨 노인은 무릎을 꿇었다. 남궁상겸은 노인에게 다가가는 이극의 뒷모습을 보며 고개를 절레절레 흔들었다.

이극을 따라 궤멸시킨 마종의 근거지가 오늘로 일곱 곳이다. 작심한 이극의 무위가 얼마나 놀랍고, 또 손속이 얼마나 잔인한지 그만큼 봤다는 뜻이다.

경천동지할 무위도 한두 번 겪으면 놀랍지 않다. 그러나 그치지 않는 복수심과 잔인한 성정은 열 번, 아니, 스무 번을 봐도 익숙해질 수 없을 것이다. 잔인해서가 아니라 그 마음을 이어간다는 게 놀랍고 또 무섭다.

남궁상겸도 마종이 밉다. 그러나 그 마음을 어디까지 이어가느냐는 별개의 문제였다.

불길이 강할수록 연료는 빠르게 타 없어진다. 말단의 신도나 이지 없는 마인을 죽일수록 남는 것은 허탈감뿐이고 그것을 견디려면 제정신과 복수심 둘 중 하나는 놓아야 한다.

남궁상겸은 전자를 택했고, 복수만이 아닌 천하의 안위를 위해서라는 목표를 세웠기에 싸움을 계속할 수 있었다. 한데 그의 눈에 비친 이극은 여전히 복수의 일념으로 살육을 저지르면서도 제정신을 유지하는 듯이 보이니 놀라운 일이었다. 아니, 제정신을 유지한 채로 이만한 참극을 계속 벌일 수 있다는 것이야말로 이극이 제정신이 아니란 증거다.

쾅!

갑자기 터진 굉음이 남궁상겸을 일깨웠다. 고개를 드니 비틀거리며 한 걸음 물러나는 이극과 검은 기운에 휩싸인 쌍장을 내민 노인이 보였다.

"선배!"

놀라 소리친 남궁상겸이 무색하게 이극이 노인의 손목을 잡아챘다. 손목이 잡힌 노인은 온몸의 피가 빠져나간 것처럼 창백한 얼굴이 되었다.

"어, 어찌……?"

이극은 말없이 손을 움켜쥐었다.

으드득!

뼈가 부서지는 소리가 나며 노인이 비명을 질렀다. 이극은 노인을 내팽개치고 말했다.

"혼공에게 가서 전해라. 내가 알아서 찾아갈 테니 기다리고 있으라고."

노인은 고통스러워하면서도 필사적으로 뛰었다. 노인의 모습이 멀어져 보이지 않게 되자 이극은 비로소 자리에 앉았다.

"괜찮습니까?"

다가온 남궁상겸이 걱정스레 물었다. 이극의 입가에 한 줄기 선혈이 흐르고 있었다. 가슴에 격중한 노인의 쌍장이 제법 효과가 있었던 것이다.

"죽지 않으면 됐지."

이극은 코웃음을 치며 피를 닦았다.

"왜 그랬습니까?"

남궁상겸의 물음에 이극이 의외라는 듯 되물었다.

"어떻게 알았어?"

"여기다 한 방 먹이라고 가슴을 들이미는데 장님도 알겠더군요. 너무 뻔해서 때리지 않고는 못 견딜 지경이긴 했습니다만."

아무리 방심했다 한들 이극이 방금 노인에게 일격을 허용하리라고는 생각할 수 없다. 누가 봐도 일부러 때리라고 열어주었으니 함정일 수밖에 없다. 노인도 함정인 줄 알면서 죽음을 각오하고 날린 쌍장이었을 것이다.

함정이 아니어서 더 놀랐을 것이다. 하얗게 질린 노인의 얼굴을 떠올리며 이극은 쓴웃음을 지었다.

"그 노인 말이야. 이미 폭마경심환을 먹었더라고. 알아?"

"들어보긴 했습니다. 한데 그걸 알면서도 가슴을 내주었단 말입니까?"

"한번 맞아보고 싶었어."

이극은 고개를 끄덕이며 대답했다. 그리고 기가 막혀 말을 잃은 남궁상겸에게 다시 말했다.

"놈들이 내게 품은 원한… 직접 맞아본 적이 없다는 생각이 들었거든. 내가 당한 건 언제나 내가 아닌 다른 사람을 통해서였으니까."

"나 참."

남궁상겸은 어이가 없다는 듯이 내뱉었다.

"그래서, 어떻습디까?"

"아프네."

이극은 한마디로 답하고 자리에서 일어났다. 가슴팍에 시큰거리는 통증이 일어 절로 얼굴이 찡그려졌다.

상대는 항쟁에서 살아남은 마종의 장로다. 폭마경심환까지 복용해 몇 배 증강된 공력을 기울여 내민 쌍장을 맞고 버텨낼

자는 무림 전체를 통틀어도 한 손에 꼽을 수 있을 것이다.

더구나 이극은 호신강기마저 거두어들이고 맨몸으로 쌍장을 받았다. 멀쩡히 서서 아프다는 말을 할 수 있다는 게 놀라울 따름이다.

아니나 다를까, 뱃속 깊은 곳에서부터 비린내가 울컥 올라왔다. 이극은 검은 피를 한 사발 토하고 휘청거렸다.

"선배!"

놀란 남궁상겸이 이극을 잡았다. 이극은 창백한 얼굴로 쓴웃음을 지으며 남궁상겸의 어깨에 팔을 둘렀다.

"매에 장사 없다더니 맞으면 이렇게 아프구먼."

"당연하죠!"

"그래도 이게 훨씬 나아."

"뭐라고요?"

남궁상겸이 눈살을 찌푸리며 물었다. 이극은 남궁상겸에게 매달려 중얼거렸다.

"내가 맞는 게 훨씬 덜 아프다고."

"……."

이극의 정신 나간 행동이 무슨 의도였는지 비로소 짐작이 가서, 남궁상겸은 아무 말 없이 그를 부축했다. 이극은 남궁상겸에게 제 몸을 맡기고 눈을 감았다.

아무리 깊은 내상도 시간이 흐르면 낫게 되어 있다. 진탕된 내장은 언젠가 제자리를 찾고 패인 상처에는 새살이 돋는다.

그러나 마음은 그렇지 못하다. 부서진 마음은 아무리 조각을 모으고 수습해도 처음으로 돌아갈 수 없다. 항주의 뒷골목에 숨어 지낸 십오 년 세월이 이극에게 준 깨달음이었다.

그래서 지켜주고 싶었다.

부서진 마음을 숨기고 이극을 먼저 걱정하는 소녀의 모습이 감은 눈 속에 떠올랐다. 소녀는 무엇을 하고 있을까?

3

밖에서 보는 무림맹은 혼란 그 자체로, 마종이라는 대적을 두고도 내분을 거듭하는 중이었다. 그러나 사람들은 맹주의 장악력 부족이 아닌 장로회 반맹주파 세력의 제 밥그릇 챙기기에서 그 원인을 찾았다. 십 년 넘게 민심을 잡아온 행보가 일궈낸 성과였다.

마종과의 항쟁 이후 정사의 구분이 없어지고 결성된 무림맹은 거대한 기구는 전체 무림인의 구 할 이상을 포괄한다. 구 할이라는 숫자는 얼핏 많게 느껴져도 중원의 전체 인구과 비교하면 조족지혈에 불과하다. 하지만 그 한 줌에 불과한 수가 무림맹이라는 권력의 향방을 좌우한다. 상관우를 비롯해 반맹주파를 표방하는 세력의 관심은 늘 무림맹의 구성원을 향해 있었다.

반면 곽추운은 자신을 반대하는 자들과 끊임없이 대립각을 세우면서도 일반 백성을 향해서는 끊임없이 손을 내밀었다. 무림맹의 역학 관계에 아무런 영향도 끼치지 못하는 자들을 위해 무림맹의 예산과 본인의 사재까지도 아낌없이 풀었다. 덕분에 곽추운은 그저 무림인들의 수장이 아니라 천하 만민을 품을 수 있는 영웅이 되었다. 진실이야 어찌 되었든 간에 세간의 평가가 그랬다.

곧 천심이라는 민심도, 무림맹의 권력도 손안에 거머쥔 곽추운의 심사는 그러나 편치 못했다. 사정을 모르는 자의 눈에는 겨우내 한풀 꺾인 마종의 공세가 새 계절과 함께 되살아날까 걱정하는 것으로 보일지도 모른다.

하나 펴지지 않는 주름은 마종의 탓이 아니다.

천장이 높은 방을 채우는 것은 대부분 침묵이었다. 방의 주인이며 온몸으로 침묵을 자아내는 자, 곽추운은 미간을 찌푸린 채 손에 든 보고서를 읽고 또 읽었다.

침묵은 무겁게 폐를 눌러 호흡을 방해한다. 보고서를 들고 온 무림맹의 군사 무유곤은 심기 불편한 맹주가, 아니, 자신이 들고 온 보고서로 인해 심기가 불편해진 맹주를 조마조마한 심정으로 바라봤다.

맹주에게로 모든 권력을 집중시키는 무림맹의 개편은 내부적으로는 거의 완료된 상태였다. 그러나 곽추운이 원하는 것은 힘이지 과중한 업무가 아니고 의사결정에는 여전히 무유곤을 비롯한 여러 인사가 참여한다.

그러나 이 순간만큼은 맹주의 분노를 홀로 받아내야 한다. 지금 맹주를 분노케 하는 원인은 절대 외부로 나가서는 안 될, 맹에서도 지극히 제한된 인원에게만 공개된 사안이었다.

콰직!

아니나 다를까, 곽추운은 보고서를 구겨 버리고 소리쳤다.

"이극! 또 이놈인가!"

무유곤은 곽추운이 던진 보고서를 주웠다. 만에 하나라도 이 문서가 외부로 유출되면 걷잡을 수 없는 파장이 일 것이다.

"빌어먹을 놈! 언제까지 내 앞길을 막을 작정이냐!"

보고서로는 성에 안 차는지 곽추운은 눈앞에 있는 탁자를 부수고, 잔해를 발로 밟았다. 무유곤은 잠자코 곽추운이 진정하기를 기다렸다.

절대 외부로 나가서는 안 될, 무유곤이 직접 다뤄야 할 보고서의 내용은 마종으로부터 온 해명이었다. 좀 더 날뛰어서 세간에 공포를 주고 무림맹 내 불온세력을 제거해야 할 마종이 왜 잠잠한지, 그 이유가 몹시도 자극적이었다.

곽추운의 잦은 독촉에도 불구하고 겨우내 마종이 움직이지 않았던 까닭이 바로 이극이었다. 각지에 분산된 마종의 근거지가 이극 한 사람에게 차례대로 무너지면서 곽추운의 명령을 따를 수 없게 된 것이다.

집무실의 집기를 제물로 맹주의 분노가 진정되기를 기다린 무유곤이 또 다른 서류를 내밀었다.

"이건 뭔가?"

분이 덜 풀렸는지 곽추운은 달아오른 얼굴로 서류를 받았다.

"혼공에게서 온 지원 요청입니다."

"뭐? 지원?"

"예. 마인을 보충해야 한다고……."

"미친놈들!"

분노를 이극에 다 쏟았는지, 혼공의 요청에 대한 반응은 생각보다 격하지 않았다. 그러나 무유곤에게는 좋지 않은 일이다.

"어떻게 하시겠습니까?"

"뭘 어떻게 하나? 원하는 대로 해줘! 이극, 그놈에게 당했으면 형편이야 안 봐도 뻔하지."

"하오나 저들이 원하는 건 건장한 사내 수천입니다. 조달해서 보내는 것도 문제지만 당장 군역이나 노역에서 구멍이 나는데, 자칫 관부의 눈길이라도 끌었다가는……."

무유곤이 문득 입을 다물었다. 안 그래도 심사가 뒤틀린 곽추운에게는 어떤 이유를 대도 먹힐 리 없다. 누가 봐도 뻔히 불가능한 일, 하지 말아야 할 이유 수백 가지를 들어도 일단 해야 직성이 풀리는 게 곽추운의 성정이다. 그 어떤 논리와 합리도 게으른 자들의 변명으로만 듣는 맹주를 모시는 군사란 이다지도 피곤한 자리다.

"안 되는 걸 되도록 하는 게 군사의 자리 아니던가?"

곽추운의 싸늘한 시선이 폐부를 찔러온다. 퍼렇게 날이 선 서슬에 못 이겨 무유곤은 고개를 숙였다.

"대책을 강구해 보겠습니다."

"아직 타지에서 일하고 있는 자활공사단이 있지. 그들을 보내면 되지 않겠나?"

자활공사단은 지난여름 항주를 덮친 수마에 삶의 터전을 잃은 자들을 보듬기 위해 곽추운이 추진한 사업이다. 하지만 가져다 붙이면 다 말이라고, 자활공사단은 입안단계에서부터 혼공에게 보다 많은 인간을 마인의 시험체로 제공하는 것이 목적이었다.

"그리하겠습니다."

"다른 일은?"

"이외에 특별히 신경 쓰실 일은 없습니다."

"역시… 문제는 놈이군."

곽추운은 눈을 감고 이극을 떠올렸다.

오랫동안 계획했던 일이 이제 마지막을 향해 가고 있다. 하지만 톱니바퀴의 맞물림이 정교할수록 작은 돌멩이 하나에도 장치는 쉽게 부서지고 만다.

하물며 이극은 돌멩이라고 치부할 수도 없는 이물질이다.

"놈을 어쩌면 좋겠나?"

"마땅한 방책이 없습니다."

"자네의 자리가 어떤 것인지 내 금방 말했을 텐데?"

곽추운이 눈을 감은 채 말했으나 이번에는 무유곤도 할 말이 있었다.

"하오나 군사의 방책에도 한계가 있게 마련입니다. 우호법을 수 초 만에 제압할 무공이라면 그 자체로 전술이 되는 전력입니다. 이미 방책으로 어찌할 수준이 아니지요. 더 큰 무력으로 부딪치는 것밖에는요."

무유곤이 호소하자 곽추운이 눈을 가늘게 떴다. 그가 정말로 하고 싶은 이야기가 무엇인지 알아들었기 때문이다.

"내가 나서야 한단 뜻인가?"

"송구하오나 방도가 없습니다. 상황이 상황이다 보니 대규모 병력을 파견할 수도 없는 노릇이고요. 은밀히 움직이려면 규모를 줄여야 하는데, 아시다시피 웬만한 고수로는 열이나 스물이나 다를 게 없습니다."

"다른 방도는? 자네가 잘 쓰는 방법 있잖나."

"그자에게 달리 연고가 없습니다. 여자도 없고, 친구도 없습니다. 지인이라 봐야 하오문의 패거리가 전부입니다. 그나마 친분이 있는 적발마녀와 유서현은 행방이 묘연하고 괴형노인은 맹주께서 소수소면에게 넘기셨으니……."

"알았네, 알았어."

곽추운은 못 당하겠다는 듯이 두 손을 들었다.

"좋아. 내 직접 나서지."

"정말이십니까?"

흔쾌한 대답이 의외였다. 무유곤이 놀란 얼굴로 바라보자 곽추운은 코웃음을 치며 말했다.

"놈에게 가장 많이 당한 게 나야. 내 손으로 처단하지 않으면 분해서 잠도 못 잘 걸세."

아무렇지도 않게 얘기했지만 곽추운의 눈은 농후한 살기로 번뜩이고 있었다. 무유곤은 고개를 서너 번 숙이고 황급히 집무실을 나왔다.

곽추운의 집무실을 나온 무유곤은 그대로 무림맹 본영을 빠져나왔다. 좌우를 살피며 항주의 복잡한 골목을 몇 번이나 꺾은 끝에 도착한 곳은 어느 객잔이었다.

허름한 객잔은 낮부터 싸구려 술을 퍼마신 취객으로 가득했다. 시끄러운 노랫소리와 말다툼 소리를 지나쳐 무유곤은 구석의 작은 자리로 다가갔다. 기다리고 있었는지, 빈자리에 잔이 놓여 있었다.

"오느라 고생 많았네."

먼저 와 있던 여인이 웃으며 반겼다. 무유곤은 굳은 얼굴로 빈자리에 앉았다.

여인은 빈 잔에 술을 따르며 말했다.

"목이 많이 타는 것 같은데, 한잔 들지."

"가족은 무사합니까?"

다짜고짜 묻는 말에 여인은 옅은 미소를 지었다.

"그거야 다 자네 하기에 달린 거지."

여인은 술잔을 비우고, 다시 채웠다. 무유곤은 입술을 깨문 채 그런 여인을 바라보다 술잔을 들이켰다.

"맹주가 스스로 나서게끔 해놨습니다. 그자의 소재만 파악되면 당장 달려갈 기세입니다."

말을 하면서도 불안했는지 무유곤의 눈은 연신 좌우를 살폈다. 지붕도 없는 객잔, 귀가 아플 정도로 시끄러워 바로 맞은편 상대와의 대화도 귀를 기울여야 할 판이지만 무유곤은 불안감을 감추지 못했다.

경계를 늦추지 못하는 태도가 우스웠는지 여인이 코웃음을 쳤다.

"흥! 곽가 놈이 그렇게 무서운가?"

기이하게도 말하는 도중, 여인의 얼굴에 희미한 빛이 일렁이더니 이목구비가 뒤틀렸다가 다시 자리를 잡았다. 어디를 가든 한두 사람은 있을 법한 평범한 여인이 삽시간에 화려한 미인으로 바뀌었다. 눈을 씻고 봐도 모자랄 만큼 신비로운 광경이었는데, 무유곤은 기겁을 하며 소매로 여인의 얼굴을 가렸다.

"무, 무슨 짓입니까! 추 선배!"

특유의 역용술을 풀어 제 얼굴로 돌아간 추영영은 매서운 눈으로 무유곤을 노려보며 말했다.

"제 식솔 목숨은 아까운 줄 아는 놈이 선열대 애들 가족은 왜 건드리려고 했어?"

"그건……."

무유곤은 말문이 막혔다. 선열대의 존재와 그 가족을 인질로 삼으려 했다는 일까지 알고 있으리라곤 꿈에도 몰랐던 것이다.

"왜? 더러운 짓은 너희 놈들만 할 거라고 생각했나?"

"……."

유구무언이다. 무림맹이 어떻게 세워졌고 곽추운이 어떻게 맹주가 되었는지, 일련의 과정을 속속들이 아는 그로선 입이 열 개라도 할 말이 없었다.

"마종과 결탁한 순간부터 네놈들은 끝장난 거였어. 살고 싶으면 어디 붙어야 할지 잘 생각해 봐."

추영영은 차갑게 내지르고 다시 평범한 여인으로 돌아갔다. 역용의 과정에서 희미하게 빛이 났지만 햇빛에 묻혀 눈치채는 자가 아무도 없었다.

"장소는 추후에 알려주지. 다음에도 오늘처럼 각별히 주의하고, 조심해서 오라고. 곽가 놈에게 발각당해서 가족까지 다 죽게 하지 말고."

경멸 가득한 말을 남기고 추영영은 자리에서 일어났다. 무유곤은 온몸 가득 식은땀을 흘리며 자리에 남아, 그 후로도 한참 동안 술잔을 바라만 봤다.

* * *

"뭐라고요?"

"적발마녀, 그 노파가 유 소저를 내세워서 곽 맹주를 치려 한다니깐. 이봐, 여기 술 좀 더 가져오라고."

원가량은 천연덕스럽게 말하고 점소이를 불렀다. 마주 앉은 이극은 황당무계하다는 얼굴로 잠시 말을 잇지 못하다, 원가량의 손에서 술병을 빼앗았다.

"지금 그게 무슨 소립니까? 아줌마가 아가씨를 내세워서 뭘 한다고요? 맹주를 쳐?"

"그렇다니까."

원가량의 손이 허공을 휘저었다. 재빨리 술병 위치를 옮긴 이극이 추궁하듯이 날을 세웠다.

"지금 술이 들어갑니까? 자세히 얘기해 보세요. 대체 무슨 짓을 꾸미는 겁니까?"

"자네랑 헤어지고 추 선배가 나랑 아가씨를 데려간 곳이 어딘지 알아? 산동송가야."

"거길 왜 갔답니까? 소수소면이 맹주와 손을 잡았다는 소문이 파다한데요."

이극은 추영영과 송삼정 사이에 어떤 일들이 있었는지 막연하게나마 아는 자였다. 게다가 송삼정은 항주에서 추영영과 싸웠을뿐더러 장로회에서까지 맹주의 편을 들었으니 두 사람 사이는 이제 메울 수 없는 골이 파인 셈이다.

그러니 추영영이 아무리 급해도 송삼정에게는 절대로 도움을 청할 리 없다고 확신하는 것도 무리가 아니었다.

이극의 얼굴에 불신이 가득한 걸 본 원가량은 못마땅한 표정을 지으며 그의 손에서 술병을 낚아챘다. 이번엔 순순히 술병을 내준 이극이 재차 물었다.

"원 선배를 못 믿겠다는 게 아니고요. 아니, 그렇다고 믿는 건 아니지만 어쨌든… 아줌마가 산동송가로 가는 것도 그렇고, 아가씨를 내세워서 맹주를 치겠다는 게 대체 무슨 말도 안 되는 소립니까?"

"괴형노인이 있더라고."

"예? 누가 있어요?"

"산동송가에 주 선배가 있더라니까. 소수소면이 맹주와 담판을 짓고 빼내 온 모양이더라."

원가량의 설명을 듣고 나서야 이극은 일이 어떻게 돌아갔는지 알 수 있었다. 송삼정이 갑자기 태도를 바꾸어 곽추운을 지지하고 나선 이면에는 주이원을 둘러싼 거래가 있었을 것이고, 한 꺼풀 더 벗기고 나면 어떻게든 추영영의 마음을 돌리고 싶은 송삼정의 바람이 있었으리라.

"하아……."

이극은 지끈거리는 머리를 부여잡고 한숨을 내쉬었다. 원가량은 옆에 앉은 남궁상겸에게 술을 권하며 말했다.

"추 선배는 맹주를 불러다 담판을 지을 작정이야. 그것도 유소저를 내세워서. 무슨 수를 어떻게 쓴다는 건지 모르겠지만."

주거니 받거니 술을 마시는 두 사람을 내버려 두고 이극은 생각에 잠겼다. 상황이 급박히 돌아가며 곽추운의 손에 모든 권력이 들어가게 생겼으니 그전에 어떻게든 막아보려는 추영영을 이해 못 할 바는 아니다.

하지만 천하의 적발마녀도 곽추운에 비하면 달 아래 반딧불처럼 초라하다. 곽추운의 무공은 이미 하늘 아래 견줄 자가 없는 경지에 올랐으니, 설혹 소수소면이 사람을 동원하여 함께

친대도 어쩔 수 없을 것이다.

아마도 지금 곽추운과 맞설 수 있는 것은 천하에 오직 한 사람. 이극 자신뿐일 것이다.

"그래서 자넬 찾아온 걸세."

술잔을 들고 물끄러미 바라보던 원가량이 쑥 내민 말이 놀라웠다. 이극은 놀라 눈을 크게 뜨고 물었다.

"독심술이라도 쓰십니까?"

"뻔한 일에 뭐 그리 놀라나? 천하에 맹주와 싸워서 그나마 승산이 있을 것 같은 사람은 자네밖에 없는데. 남궁세가 도련님도 그렇게 생각하지?"

"전… 잘 모르겠습니다."

남궁상겸은 얼빠진 얼굴로 답했다. 자신이 당한 멸문지화가 그저 마종의 소행이라고만 생각했던 그다. 원가량의 입을 통해 그것이 곽추운의 사주일 거란 이야기를 들었으니 보통 혼란스러운 게 아니었다.

남궁상겸이 혼란에 빠져 별 반응을 보이지 않자 원가량은 시시하다는 표정을 지으며 이극에게로 시선을 돌렸다.

"어쨌든, 자네밖에 없어. 추 선배는 진지하게 유 소저가 맹주와 싸우길 종용하고 있으니까. 늙어서 치매가 왔는지, 내 진짜 어이가 없어서."

원가량은 한탄하며 독한 술을 쏟아부었다. 이극은 빈 잔에 술을 채워주며 물었다.

"아가씨는 뭐랍니까?"

"본인이야 한다고 하지. 사실 산동송가에 가서는 얼굴도 제대로 못 봤어. 무슨 꿍꿍인지 모르겠다니까."

"그럼 그러라고 하십시오."

"뭐야?"

원가량은 막 입가에 가져가던 술을 엎고, 남궁상겸은 잔이 흘러넘치는 대로 내버려 두고 이극을 바라봤다. 이극은 고개를 저으며 말했다.

"뭐라도 방도가 있으니까 그러는 거겠죠. 그 얘긴 여기서 끝냅시다."

"방도? 무슨 방도가 있어서 유 소저를 고작 몇 달 만에 맹주와 싸울 수 있는 고수로 만드는데?"

"그거야 나도 모르죠. 궁금하면 가서 알아보세요. 참고로 난 하나도 안 궁금하니까."

"이봐!"

원가량이 크게 소리치자 이극은 두 귀를 막았다.

"귀청 떨어지겠네. 아가씨가 나더러 와달래요? 도와달라고 합디까?"

"얼굴도 제대로 못 봤다고 했잖나!"

"본인이 청하지도 않았는데 내가 가서 뭘 합니까? 가봤자 왜 왔느냐고 욕이나 안 먹으면 다행이겠네."

"이런 빌어먹을 놈."

원가량은 짧게 욕하고 자리를 박찼다. 남궁상겸이 그의 뒤를 쫓았고, 이극은 홀로 남았다.

무슨 일을 꾀하든, 유서현이 곽추운을 이기는 것은 불가능하다. 추영영과 송삼정, 원가량이 함께 싸운대도 결과는 다르지 않다. 심지어 이것은 곽추운이 고립된 상태를 가정했을 때의 일이다. 무림맹주가 달리 권좌이겠는가?

그러니 마음은 이미 산동송가로 달려가고 있다. 누가 봐도 미친 짓이다. 말리지 않으면 안 된다. 말려서 듣지 않으면 이극이 직접 곽추운과 싸워야 한다.

'듣지 않겠지.'

유서현이 왜 곽추운과 싸우겠다고 나섰는지, 이극은 마치 자신의 마음인 양 훤히 들여다볼 수 있었다. 무림의 정세는 시시각각 변하고 그 모든 흐름은 곽추운의 패업을 향하고 있다. 누군가는 그를 막아야 하고, 그 누군가는 십중팔구 이극이 될 것이다.

사부가 그랬던 것처럼, 이극도 자신의 의지와 상관없이 같은 운명의 물줄기에 휘말리고 말 것이다.

그래서일 것이다. 유서현이 곽추운과 싸우겠다고 나선 까닭은. 이극으로 하여금 곽추운과 싸우게 하지 못하도록. 사부가 겪어야 했던 가혹한 운명을 대물림하지 않도록 말이다.

"젠장!"

할 수 있는 일이라고는 욕을 하는 것뿐이었다. 이극은 홀로 앉아 술잔을 비웠다.

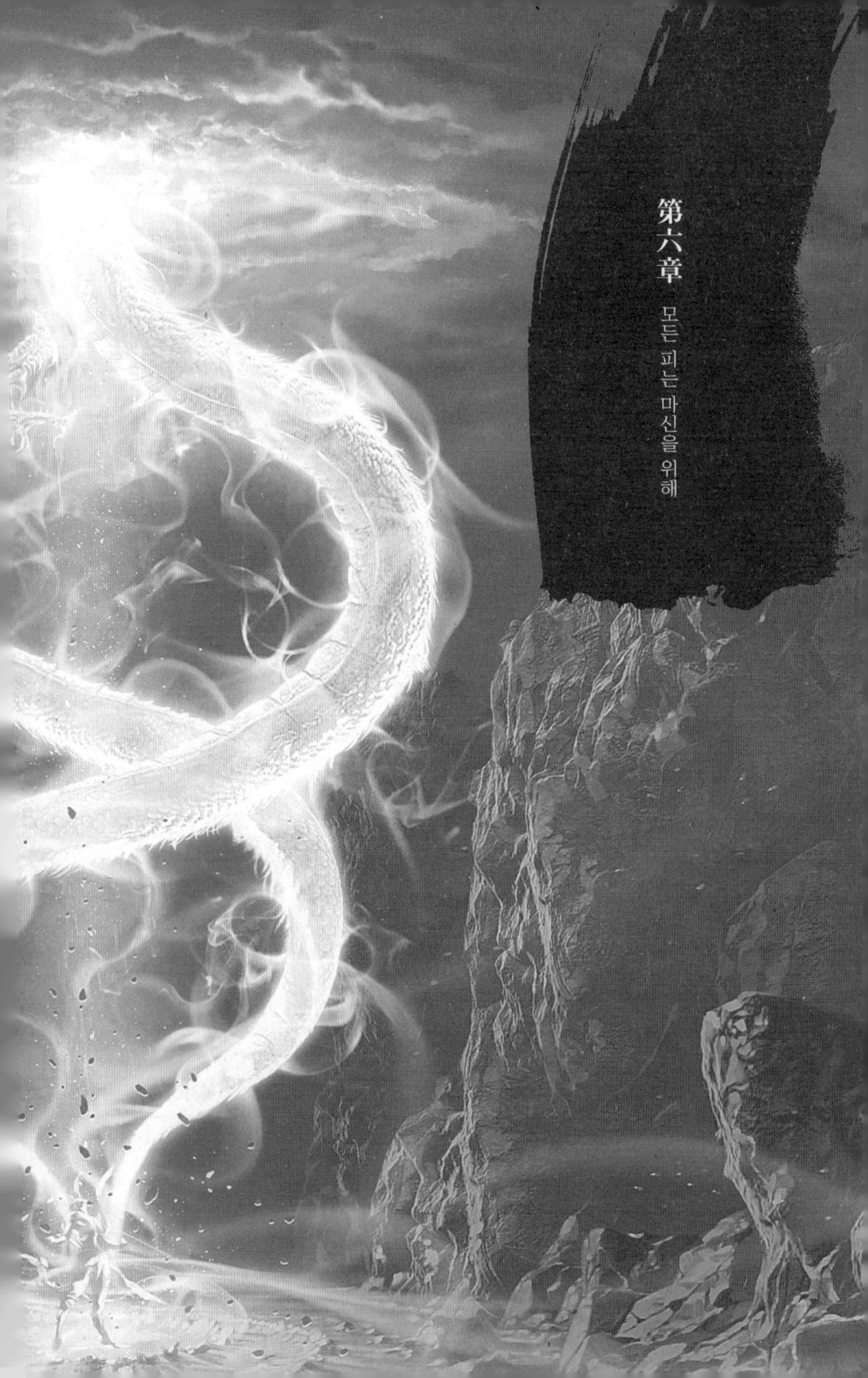
第六章
모든 피는 마신을 위해

1

단전은 펄펄 끓는 물을 담은 듯 열기로 가득 차 터질 듯 부풀어 올랐다. 위험하기 짝이 없었지만 유서현은 조치를 취하는 대신 추이를 지켜본다는 답지를 골랐다.

열기는 좀처럼 수그러들지 않고 더욱 강해졌다. 물리적으로 존재할 리 없는 단전의 팽창에 오장이 압박당하는 착각이 들 정도였다.

그러나 유서현은 열기를 해방하지 않은 채 공력을 모아 단전을 감쌌다. 두꺼운 껍질을 씌운 듯, 단전이 잠시나마 크기를 유지했다.

단전은 열기로 들끓는 반면 유서현의 몸은 얼음장처럼 차가웠다. 몸은 곧 단전 안에 가둬진 열기를 갈구하기 시작했다.

참을 수 없는, 치명적인 유혹이었다.

빼앗긴 온기를 구하는 욕망은 쉽게 물러나지 않았다.

인내는 고통이었고 시간은 느리게 흘렀다. 그러나 유서현은 포기하지도, 타협하지도 않았다. 익숙해질 리 없는 고통을 몸에 새기며 기다리고 또 기다렸다.

그리고 어느 순간, 끝이 찾아왔다.

"후……."

영원히 끝나지 않을 것 같은 고통은 어느새 사라지고 단전의 열기도 사라졌다. 열기는 오랜 시간에 걸쳐 껍질처럼 단전을 감쌌던 공력을 녹이며 고스란히 흡수된 것이다. 상쾌함과 뿌듯함, 그리고 넘치는 힘이 온몸에 번졌다.

이제야 내 것이 되었다.

유서현은 눈을 뜨고 자리에서 일어났다.

눈을 떠도 시야는 좀처럼 돌아오지 않았다. 소녀가 있는 곳은 한 점 빛도 허락되지 않은 어둠. 거대한 지하 공동이었다.

그러나 보이는 것처럼, 뻗은 손에 검이 잡힌다. 유서현은 오랜만에 잡은 검으로 허공을 베었다.

쉬익-

푸른빛이 검을 따라 어둠 위에 선을 긋는다.

그 빛을 받아 유서현의 얼굴이 어둠 속에 떠올랐다 사라진다. 초췌하지만 두 눈만큼은 형형히 빛나고 있었다.

검은 다시 어둠을 밝히고 다시 사라지기를 반복했다. 시간이 지날수록 푸른 검기는 선명하고, 더 밝아졌다.

검의 독무(獨舞)는 아름답고, 우아하며, 지극히 현묘했다. 초식을 하나하나 뜯어 보면 어딘지 모르게 낡아 시대착오적인 동작이 있음에도 불구하고 전혀 그리 보이지 않았다.

오직 유서현의 손에서 펼쳐지기 때문이었다.

"……."

불현듯 시작된 검무는 마지막도 그러했다. 유서현은 조금도 흐트러지지 않는 호흡에 스스로 놀라며 검을 내려놓았다. 그리고 검을 향해 일배를 드렸다.

"북일검문의 선조께 후생 유서현이 삼가 아뢰옵니다. 본문의 일검, 다시 백 년을 이어갈 생명을 얻으려 합니다."

북천일검은 유서현의 가문이자 문파인 북일검문의 비전. 초식이 진중하고 매 검로가 무리에 부합하여 흠잡을 데 없는 정파의 정종검법이다.

하지만 그도 옛말이라, 오랫동안 외부와 교류를 끊은 탓에 당대에 이르러서는 실전과 유리된 그저 낡은 시골 검법에 지나지 않게 되었다.

지금 유서현의 말은 그런 북천일검을 일신하겠다는 선언이었다.

북일검문이 아무리 명성 없이 초라한 시골 문파라 해도 십대 소녀에 불과한 유서현의 발언은 오만하기 짝이 없다. 그러나 겉보기와 달리 유서현에게는 그만한 자격이 있었다. 전대 문주로부터 정식으로 임명되지 못했을 뿐, 유서현은 당대 유일한 북천일검의 전수자이며 동시에 북일검문의 구성원이었다.

하나 북천일검은 백여 년 동안 일문을 떠받쳐 온 검법. 정수를 유지하면서 새롭게 하기 위해서는 일대의 종사라고 불릴 만한 능력이 있어야 한다. 유서현이 빼어난 재능과 풍부한 실전 경험을 쌓아 또래에 비할 자가 없다 해도 어디까지나 한정된 집단 안에서의 비교. 소녀에게 그만한 무학의 조예가 있던가?

그러나 의문을 제기하는 자는 없었다.

오직 유서현 한 사람만이 어둠 속에서 새로운 북천일검을 모색할 따름이었다.

* * *

양가촌은 산과 늪지대 사이에 형성된 집성촌이다. 마을로 통하는 길은 좁고 험해 일 년에 한두 명 행상인을 제외하면 외부와의 교류가 거의 없었다.

구조가 폐쇄적이고 인구도 많지 않아 관부에서도 행정상 존재만 알 뿐, 징세나 부역의 대상에서도 줄곧 제외해 온 곳이었다. 애초에 생산량이 겨우 먹고 살 정도에 지나지 않아 거두어들이는 양보다 징세에 필요한 인력 등 제반 비용이 크다는 게 이유였다.

자연히 갈수록 사람의 발길이 뜸해져 이제는 존재마저 잊힌 지 오래다. 이극과 남궁상겸은 바로 그 양가촌으로 가는 입구에 서 있었다.

좁은 길은 평지임에도 좌우로 새끼줄이 쳐 있었다. 늪지대를 통과할 수 있는 경로를 표시한 것이다. 과연 좌우가 온통 늪이었고, 길은 열 보 앞부터 흐려 보이지 않았다. 늪에서 올라오는 연기가 안개처럼 희뿌옇게 시야를 방해하는 것이다.

"정말 들어갈 겁니까?"

남궁상겸의 안색이 썩 좋지 않았다. 이극은 뭘 잘못 먹었느냔 표정으로 대답했다.

"안 들어갈 거야? 그럼 여기 있어."

"기다리십시오."

성큼 발을 내미는 이극을 붙잡고 남궁상겸이 말했다.

"이전과는 완전히 상황이 다르잖습니까. 놈들이 아주 이를 갈고 있을 텐데, 벌리고 있는 아가리에 뭐하러 머리를 들이밀어 줍니까?"

두 사람이 이 외진 곳에 찾아온 이유는 단 하나.

양가촌이라는 고립된 마을이 마종의 근거지로 쓰이고 있다는 정보를 입수했기 때문이다.

지난 반년 사이 이극과 남궁상겸은 열 곳이 넘는 마종의 근거지를 무력화시켰다. 이는 마종이 잔당이 십오 년 동안 암약하며 구축해 온 기반의 칠 할이 넘는 숫자였다.

이역만리 중원 땅에서, 그것도 그늘에 숨어 온갖 구정물을 묻혀가며 일궈낸 성과가 단 두 사람(실질적으로는 이극 한 사람)의 손에 무너진 격이다.

지금도 마찬가지로 양가촌이었던 곳에 자리한 마종의 근거지를 궤멸시키는 것이 목적이다. 하지만 남궁상겸이 이극을 붙잡는 이유는, 이곳으로 오게 된 과정이 이전과 다르기 때문이었다.

최초 원씨표국의 장부를 시작으로, 이극과 남궁상겸은 자력으로 마종의 근거지를 알아내 기습해 왔다. 몇 곳이 궤멸당한 이후로는 이극의 행적이 알려져 근거지마다 경계 태세를 강화했지만 쓸데없는 짓이었다.

무림맹의 군사 무유곤이 평했듯 이극의 무력은 그 자체로 하나의 전술로 삼을 수 있을 정도였다. 중원 침략에 실패하며 전해오던 유산 대부분을 잃어버려 변변한 고수 하나 키워내지 못한 마종으로선 방비한다고 막을 수 있는 형편이 아니었다.

그러나 이번은 다르다.

양가촌은 혼공이 직접 이극과 남궁상겸에게 알려온 곳이다.

마종을 향해 내민 이극의 칼끝은 실상 혼공을 향한 것이다. 이극의 복수는 혼공이 일궈온 모든 것을 그의 눈앞에서 부숴버리는 것이었다. 열 곳이 넘는 근거지가 무너지고 청년 신도들이 죽어가는 모습은, 혼공에게는 산 채로 사지가 뜯겨 나가는 고통이었으리라.

그런 혼공이 직접 초대장을 보냈다. 복수의 칼을 얼마나 예리하게 갈아놨을지 불을 보듯 뻔하다. 더구나 혼공은 이극의 무위를 생생히 목격하고 그 두려움을 뼛속에 새긴 바, 적이 두 사람이라 하여 방심하거나 소홀할 리 없다.

자연 저 늪지대 너머 안개 속에 무엇이 기다리고 있을지, 남궁상겸의 경계심이 하늘을 찌르는 게 당연했다.

"그럼 어쩌자고? 찾으러 나올 때까지 우리가 기다릴까?"

"무작정 쳐들어가는 것보다 그게 낫죠."

"혼공이 무슨 대책을 세웠든 날 어찌할 수 있을 것 같아?"

툭 던진 말이 남궁상겸의 말문을 막았다.

실제로 혼공은 사백에 달하는 마인을 준비하고 이극을 기다렸던 전력이 있다. 강호 문파를 멸문시킬 수 있는 사백의 마인도 그러나 이극의 앞에서는 마른 풀처럼 썰려 나갔다.

그 후로 다시 수많은 마인과 신도들이 쓰러진 지금, 혼공이 이전보다 더 강한 전력을 구축하여 이극을 기다린다고는 생각하기 힘들었다. 아니, 설령 그게 가능하다 해도 이극이라는 무소불위의 무력을 제어하기란 요원한 일이다.

작심한 이극의 무위를 지난 반년간 가장 가까운 곳에서 지켜본 남궁상겸이라서 장담할 수 있다. 또 그런 남궁상겸이라 이극이 가볍게 던진 말에 반박할 수 없기도 했다.

하나 이극이 아무리 고수라도 피륙으로 만들어진 사람이다. 남궁상겸은 잠시 생각을 가다듬고 말했다.

"놈들의 근거지마다 쌓여 있던 폭약들 기억하십니까? 그 몇 배나 되는 폭약으로 사방을 가두고 불을 붙이면 어쩌실 겁니까?"

"흠… 도련님까지 건사하긴 벅찰지도."

"저는 생각하지 마시고요. 놈들이 죽을 각오로 선배를 붙잡으면요? 하나둘 얘기가 아닙니다. 마인을 수백 명 끌어다 주변에 둘러치고 거기에 폭약을 쏟아부으면 별수 있을 것 같습니까?"

"오, 머리 잘 돌아가는데?"

"장난치지 마시고요!"

남궁상겸이 언성을 높이자 이극은 진정하라며 두 손을 아래로 내리는 시늉을 했다.

"장난 아니야. 나 지금 진심으로 감탄했다고."

"……."

"대남궁세가의 공자님이 그렇게 치사한 발상을 할 수 있다는 것 자체가 놀라운 일이지. 암."

이극의 진심 어린 찬사에 남궁상겸은 머쓱해져서 말했다.

"이 선배의 사문에 치사한 짓을 한 것도 다 명문정파의 명숙들이지 않았습니까."

"그건 하나가 더 붙어서 치졸한 짓이고."

이극은 남궁상겸의 어깨를 두드리며 말했다.

"도련님은 적어도 졸렬하진 않지."

"…무슨 차이가 있는지 모르겠는데요."

"나도 모르니까 잘 생각해 보고 알려줘."

이극은 싱긋 웃고 몸을 돌렸다. 남궁상겸은 멍하니 서 있다가, 이극의 등이 안개 속에 묻혀 희미해지는 걸 보고 황급히 뛰었다.

한 치 앞도 보이지 않는 짙은 안개가 자욱한 가운데 길은 쉽사리 끝나지 않았다. 두 걸음 간격으로 말뚝을 박고 새끼줄을 묶어두지 않았다면 얼마 못 가 길을 잃었을 것이다.

애초에 이 표시가 제대로 된 길인지부터 의심스럽긴 했으나 지금은 믿고 나아가는 것 외에 달리 방도가 없었다.

그렇게 얼마나 더 걸었을까? 문득 이극이 말했다.

"마기가 섞여 있군."

"……!"

남궁상겸은 놀라 입과 코를 닫았다. 과연, 들이쉰 숨이 저릿하게 아팠다. 이극이 전음으로 경고했다.

[마종의 비술 중 하나라고 아줌마한테 들은 기억이 있군. 숨을 쉬면 폐를 마비시키고, 숨을 멈추면 피부로 스며들어 장기를 공격하는 독이라던데.]

[이거 꽤 지독한데요?]

전음을 보내며 남궁상겸은 공력을 일으켜 체내에 침투한 마기를 해소했다. 무색무취하여 부지불식간에 침투한 마기의 양이 적지 않았다. 이극이 일깨워 주지 않았다면 심대한 타격이 올 때까지 몰랐을 것이다.

이극은 물론이고 남궁상겸도 심후한 내공의 소유자라, 의식만 하고 있으면 큰 문제는 아니다. 하지만 아무리 공력이 깊어도 무한정 숨을 멈추고 있을 수 없다. 될 수 있으면 빨리 벗어나는 게 상책이니, 전음을 주고받지 않아도 두 사람의 걸음이 동시에 빨라졌다.

곧 길이 끝나고, 짙던 안개가 옅어졌다.

아니, 옅어졌다기보다는 어느 선상을 경계로 넘어오지 못하는 것이 명확히 보였다. 마치 투명한 벽이 선 것처럼.

그 경계의 입구에 낯익은 자가 서 있었다. 익숙한 것은 얼굴이 아니라 달라붙는 흑의 위로 드러난 몸의 굴곡이다. 잘록한 허리로부터 곡선을 그리며 미끄러지는 골반이 그린 듯 아름다운 여인. 눈만을 내놓고 얼굴을 가린 황이령이었다.

"황 소저……!"

뜻밖의 만남에 놀란 남궁상겸이 그녀를 불렀다. 그러나 황이령은 눈길 한 번 주지 않고 이극을 향해 허리를 숙였다.

"기다리고 있었습니다."

"여기는 무슨 일이지?"

퉁명스런 이극의 말에 황이령은 눈웃음을 지으며 답했다.

"우리 모두 혈주의 자식이니 다툼은 하나 되기 위한 과정에 지나지 않답니다."

황이령의 눈웃음에 색기가 어리고 나긋나긋한 말소리가 귓가를 간질이니 사내는 물론 같은 여인도 홀릴 기세였다. 그러나 이극은 손을 뻗어 황이령의 목을 잡았다.

"……!"

황이령은 감히 피할 생각도 못 하고 순순히 목을 잡혔다. 놀라 커진 동공에 이극의 부릅뜬 눈이 들어왔다.

"혼공은 어떻게 했지?"

이극은 황이령과 흑성을 비롯한 흑의인들의 정체를 대강이나마 짐작하고 있었다. 마신의 그릇인 소유를 노리는 자들이니, 어쨌든 마종의 일원일 것이다. 하지만 지금껏 마종의 근거지를 파괴하고 혼공을 추적해 오면서 이들에 관한 정보는 털끝만큼도 보이지 않았다.

마종에 연원을 두고 있기는 하되 지금 중원에서 암약하는 이들을 통솔하는 혼공과는 별개의 집단. 분열되어 자라난 마종의 다른 가지일 것이다.

그 경우 대부분은 서로 증오하고, 척을 지게 마련이다. 외부의 적과는 얼마든지 화해할 수 있어도 내부의 적은 그럴 수 없다. 같은 핏줄을 타고난 자들에게는 오직 하나의 자리만이 허락되기 때문이다.

그러니 황이령이 이 자리에 있음은 혼공의 세력이 제압당했다는 뜻이다.

"혼공은 어찌 되었느냐 물었다."

옥죄는 손에 힘을 더하며 다시 물었다. 숨 쉴 수 없는 고통과 죽음의 공포 속에서도 황이령은 침착하게 대답했다.

"직접 확인하시지요."

"……."

마주친 눈은 흔들림 없이 견고했지만 광신의 빛은 찾아볼 수 없었다. 이극은 눈 안을 들여다보길 그치고 황이령을 놓아줬다.

"이 안에 혼공이 있긴 있다는 소리군."

이극은 짧게 중얼거리고 걸음을 옮겼다. 남궁상겸은 바닥에 주저앉아 격하게 숨을 들이쉬는 황이령에게 다가갔다.

"괜찮소?"

황이령은 내민 손을 뿌리치고 자리에서 일어났다. 그리고 좀 전과 전혀 다른 목소리로 차갑게 말했다.

"여긴 왜 온 거죠?"

"합비에서부터 쭉 이 선배와 동행이었소."

"돌아가세요. 이 안은 저 사람을 위해 준비된 곳이니까. 공자님이 낄 자리가 아니에요."

황이령의 어깨너머로 이극이 멀어지고 있었다. 남궁상겸은 고개를 저으며 그녀를 지나쳤다.

"나도 원한이 있는 몸. 여기까지 와서 꼬리를 말고 도망칠 순 없소."

"…그럼 그리하시지요."

미처 감추지 못한 망설임은 착각이었을까? 두 걸음을 채 가지 못하고 남궁상겸이 돌아봤을 때에는 이미 황이령은 사라져 보이지 않았다.

남궁상겸은 잠시 허공을 바라보다 곧 몸을 돌렸다.

2

코를 찌르는 농후한 피비린내가 예고했던 광경은 상상보다 참혹했다.

몇 채 안 되는 민가는 대부분 반파되어 안쪽이 훤히 들여다 보였는데, 벽이나 남은 골조들이 온통 피로 물들어 있었다.

붓 칠을 한 것처럼 빈틈없이 붉은 이유는 명확했다. 반파된 건물마다 적게는 한두 명, 많게는 너덧 명이 묶여 있었다. 헐벗은 채로 배를 열고, 온몸의 거죽을 벗긴 모습은 그들이 묶인 건물과 다를 게 없었다.

그들로부터 피가 끊임없이 흘러내려 건물을 적시고 대지를 물들이는 것이었다.

"이 무슨……!"

처참한 광경에 남궁상겸은 말을 잇지 못했다. 지금 흘러내리는 피가 그의 몸에서 나온 것처럼, 창백한 얼굴이 눈앞의 참상을 함축적으로 보여주고 있었다.

그러나 놀랄 일은 아직 끝나지 않았다. 묶여 있던 자 중 일부가 눈을 뜨고 남궁상겸을 향해 고개를 돌린 것이다.

"으어… 으어어……."

묶인 자들의 뜬 눈에서도, 소리를 내는 입에서도 피가 흘러나왔다. 그래서인지 제대로 된 말을 할 수 없었지만, 이극과 남궁상겸은 그들이 하고 싶은 말이 무엇인지 알 수 있었다.

극심한 고통 속에서도 살아 있기를 강요당하는 자들이다.

죽음만이 모두의 공통된 바람이었다.

"정신 차려."

충격을 받은 건 매한가지였지만 놀라고 있을 수만은 없다. 이극은 멍하게 선 남궁상겸을 깨우고 말했다.

"속지 마."

"예?"

"보이는 것만 보지 말고 더 안쪽까지 보란 말이야. 뭐가 이상한지 모르겠어?"

남궁상겸이 다시 주변을 둘러봤지만 처참하기만 할 뿐, 이극이 말하는 바가 무엇인지 알 수 없었다. 이극은 남궁상겸의 목에 팔을 두르고 말했다.

"잘 봐. 다들 사내놈이잖아. 이 마을 주민이 아니라고."

"……!"

"여기에 자리 잡은 게 어제오늘 일도 아닐 테고, 본래 살던 주민들이야 일찌감치 처리했겠지."

이극의 말대로 거죽을 열어 놓고 피 흘리는 외양을 걷어내고 보니 묶인 자는 모두 건장한 사내였다. 남궁상겸은 주변을 둘러보며 물었다.

"그렇다면 이들은 누굽니까?"

"기꺼이 이런 신세를 자처한 마종의 신도들이겠지. 이놈들은 이겨서 승리하는 게 목적이 아니야. 되도록 많은 피로 세상을 물들여 마신을 부활시키는 게 목적이지."

「잘 아는구나!」

어디선가 들려온 목소리에 이극과 남궁상겸이 문답을 중단했다. 그러나 두 사람이 돌아본 방향이 제각각이었다. 목소리는 들려오는 곳을 특정할 수 없도록, 사방을 감싸듯이 울려오고 있었다.

방향은 몰라도 목소리의 주인이 누군지는 어렵잖게 알 수 있었다. 이극은 하늘을 향해 소리쳤다.

"혼공!"

「크흐흐……!」

목소리의 주인은 혼공이었다. 이극이 그를 부르자, 놀랍게도 대지에서 아지랑이처럼 핏빛 기운이 피어오르더니 반구(半球) 형태로 마을을 뒤덮는 게 아닌가?

머리 위에, 핏빛 기운이 서로 뭉치더니 커다랗게 혼공의 얼굴을 그렸다. 그것은 실제 혼공인 양 두 눈으로 이극을 정확히 내려다보며 입을 움직였다.

「이 아이들은 모두 본 종의 신도다. 네놈을 죽이기 위해 기꺼이 순교의 길을 택했단 말이다!」

시야를 꽉 채운 커다란 얼굴이 굽어보며 악의에 찬 말을 내뱉는다. 수십 년을 살면서 한 번 상상조차 못 해본 광경이다. 그 기괴함은 인간에 내재한 어떤 원초적 공포를 일깨우는 것이니, 웬만한 담력으로는 제정신을 유지하기도 어려웠다.

남궁상겸도 견디기 힘들었다. 당장에라도 소리를 지르고 뛰쳐나가고 싶은 충동이 온몸을 두들겼다.

하나 충동을 억누르는 것은 그의 의지가 아니다. 이 압도적인 공포에 짓눌리지 않고, 평소나 다름없는 태도로 선 이극의 곁에 있기 때문이다.

이극은 고개를 들면서도 내려다보는 듯한 시선으로 혼공의 얼굴을 향해 말했다.

"네놈들 하는 짓이야 뻔하지. 설마 이게 다는 아니겠지? 패 있는 거 싹 다 꺼내놓는 게 좋을 거야. 나도 슬슬 이 짓거리를 언제까지 할까 고민이 드니까."

「그 기고만장한 얼굴! 박살을 내주마!」

악귀의 형상으로 일그러진 얼굴이 곧 흩어지며 하늘은 다시 붉게만 보였다. 그리고 핏빛 기운과 함께 사방에 번졌던 마기가 요동치며, 온몸이 저릿해 오기 시작했다.

이극은 등을 맞대고 선 남궁상겸에게 말했다.

"다행이군. 도련님이 걱정하던 일은 없을 것 같아."

그 말에 화답하듯 위아래 백의를 갖춰 입은 사내 수십 명이 두 사람의 눈앞에 나타났다. 이십대에서 삼십대 사이, 누구 하나 부족함 없이 출중한 기도를 자랑하니 일류의 고수가 분명했다. 지난 항쟁에서 수많은 절정고수를 잃음으로써 다양한 마공의 맥이 끊긴 마종으로선 남은 역량을 바닥까지 긁어 키워낸 인재들일 터.

수백 단위의 마인마저 홀로 전멸시킨 이극의 앞에서 그 수는 유의미한 전력이라고 할 수 없다. 자신들도 아는지, 백의 신도들의 얼굴에 비장미가 넘쳐흘렀다.

"조심해."

이보다 더 버거운 전력을 상대로도 개의치 않던 이극의 입에서 경고의 말이 나왔다. 마지막일지도 모르는 싸움이다. 혼공의 안배가 겨우 이 정도일 거라고는 이극 자신도 믿을 수 없었다.

아니나 다를까, 이변이 일어났다.

죽어야 마땅한 상태인데도 숨이 붙은 채로 피를 흘리던 자들이 복어처럼 부풀어 오르기 시작했다. 풀무질로 공기를 집어넣는 것처럼 크게 부풀어 오른 몸들은 곧 한계에 다다랐는지 큰 소리를 내며 터졌다.

펑! 펑! 펑!

부풀어 오른 몸이 터지며 피가 사방에 튀었다. 이미 많은 피를 흘려서인지 양이 적었으나 수가 워낙 많아서인지 허공이 온통 붉었다.

그러나 놀랄 일은 끝이 아니었다.

허공을 적시고 다시 대지로 떨어진 핏물은 땅 위에 기묘한 문양을 그리며 물결치듯 일렁였다. 원형을 기본으로 갖가지 도형을 조합한 문양이 만들어졌다가 바로 사라졌다. 그리고는 문양의 중심에 선 백의 신도의 발밑으로 혈기가 스며드는 게 아닌가?

백의 신도의 두 발에서 이어진 붉은 뿌리가 땅 위로 잘 뻗어나간 형국이었다. 실제로는 대지에 스며들었던 핏물이 두 발을 통해 백의 신도들의 몸으로 들어가니 보기와는 정반대였다.

얼마 안 가 백의 신도들의 옷이 피로 물들고, 손발에는 핏빛 기운이 맴돌기 시작했다. 곧 온몸이 붉어진 신도들이 눈을 뜨니 그조차 붉게 물들어 흑백이 모호했다.

조금 전과는 비교도 할 수 없이 깊고 어두운 살기가 이극을 둘러싼 수십 명에게서 뿜어져 나왔다. 어떤 비술을 썼는지, 피를 머금은 그들 하나하나가 절정의 고수로 둔갑한 것이다.

"치사한 쪽이 훨씬 낫겠는데요?"

남궁상겸의 떨리는 목소리에 이극은 실소를 머금었다. 그러나 담대하지 못하다 놀리기에는 상황이 좋지 않았다. 이런저런 마종의 비술을 많이도 겪었지만, 지금처럼 위협적으로 느껴지는 것은 처음이었다.

「놈들의 피를 혈주의 제단에 바쳐라!」

캬오오오!

혼공의 외침에 신도들이 일제히 괴성을 질렀다. 동시에 하늘과 사방을 덮은 핏빛이 더욱 진해졌다. 마치 눈동자 위에 피를 뒤집어쓴 것같이, 시야가 온통 붉었다.

진홍의 세계에서, 혼공과의 마지막 싸움이 시작되었다.

*　　*　　*

노인은 멍하니 앉아 시간을 보내고 있었다.

작은 침상과 의자, 식탁을 겸한 탁자 하나만으로 꽉 차 보이는 방이 노인의 공간이다. 노인이 앉은 방향 맞은편에 손바닥만 한 창이 하나 나 있었지만 바로 앞을 벽이 가로막고 있어 보이는 거라곤 황톳빛뿐이었다.

손발이 묶이지만 않았다 뿐이지, 숫제 죄인이나 다름없는 취급을 받고 있는 노인은 바로 반 맹주파의 수장 태양선협 상관우였다.

한데 이상한 일이다. 겉모습은 틀림없는 상관우이나 산발이 되어 헝클어진 머리와 죽은 눈빛이 저 명성 높은 태양선협과는 거리가 멀었다.

그도 그럴 것이, 이 작은 공간에서 한 발짝도 못 나가는 연금 생활이 벌써 반년이다. 분노도 절망도 모두 태워 버리고 난 지금은 그저 무력감만이 그를 지배하고 있었다.

한시가 아쉬운 노년의 시간을 그리 보내던 상관우의 눈에 초점이 돌아왔다. 하루 두 번, 그에게 허락된 유일한 자극인 식사가 들어올 시간이었다.

과연 얼마 못 가 발소리가 들리고 문이 열렸다.

"자네?"

상관우의 눈에 이채가 떠올랐다. 식사를 가져온 자의 얼굴이 여느 때와 달랐던 것이다.

"오랜만입니다."

탁자 위에 식판을 놓고 인사를 건네는 자는 송삼정이었다.

뜻밖의 출현에 놀란 상관우는, 그러나 곧 평정을 되찾고 차갑게 말했다.

"자네가 여기는 웬일인가? 맹주에게 붙어서 호의호식하느라 정신이 없을 텐데."

송삼정은 특유의 미소를 잃지 않았다. 상관우가 그를 적대시하는 건 당연한 일이다.

"몸은 좀 괜찮으십니까?"

송삼정이 날 선 말을 피해 안부를 물으니 발끈했던 상관우도 불끈 쥔 주먹을 풀었다. 상관우는 어깨를 축 늘어뜨리고 자리를 권했다. 자리라고 해도 의자를 내주고 자신은 침상으로 옮겼을 뿐이지만.

"이 모양이지. 좋을 것도, 나쁠 것도 없다네."

"공력에 문제가 없느냔 얘깁니다. 식사에 산공독이라도 풀었을지 누가 압니까?"

"그렇게 맹주를 못 믿으면서 어찌 그자의 편을 들었나?"

"그건 거래였습니다."

"거래?"

항상 미소를 잃지 않아 별호도 소수소면인 송삼정이 표정을 굳히고 딱 잘라 말하니 절로 궁금증이 일었다. 그러나 송삼정은 고개를 저었다.

"개인적인 사정입니다. 이해해 주십시오."

"그 개인적인 사정 때문에 내가 이 꼴이 되었군."

상관우가 비아냥거렸지만 송삼정은 말을 더하지 않고 고개를 숙였다. 엎지른 물은 주워 담을 수 없고 시간은 되돌릴 수 없으니 상관우도 더 추궁하지 않고 처음 질문에 답했다.

"공력은 멀쩡하다네."

대답을 듣고 다시 송삼정이 그를 살피니 연금 생활에 정신적으로 피폐해졌을 뿐, 명문 상관세가의 가주이자 절세 고수인 태양선협은 건재한 듯 보였다.

비로소 송삼정은 준비한 말을 꺼냈다.

"함께 맹주를 치지 않으시겠습니까?"

"제정신인가?"

무림의 가장 어른이랄 수 있는 상관우의 입에서 나올 말이 아니었지만 그만큼 놀랐다는 뜻이다. 송삼정은 개의치 않고 말을 이었다.

"지금 상황을 만든 게 저니까 어떻게 생각하시든 충분히 이해합니다. 하지만 그래서 더 절실합니다. 맹주를 저대로 두어선 안 된다고 말입니다."

"결자해지하겠다는 뜻인가?"

"힘을 보태주시겠습니까?"

송삼정의 물음에 상관우는 잠시 침묵을 지키다, 힘겹게 입을 열었다.

"마종이 부활한 마당에 맹주를 치는 건 명분과 실리 모두를 잃는 격일세. 설령 성공한다 해도 수습할 길이 없고, 도리어 마종에게 힘을 실어주는 꼴 아닌가? 하고 그 이전에 내가 힘을 보탠다고 맹주를 어쩔 수 있겠나?"

"그런 때라서 더더욱 해야만 합니다."

송삼정은 눈을 빛내며 말했다.

"사라진 줄만 알았던 마종이 왜 지금 다시 나타났겠습니까?

마종의 배후에 곽 맹주가 있기 때문입니다."

송삼정은 곽추운이 마종을 어떻게 지원하고 또 이용해 왔는지 간단히 정리했다. 충격을 크게 받았는지 듣는 내내 멍한 얼굴이던 상관우는 이야기가 끝난 후로도 한동안 말이 없었다.

"상관세가의 멸문도 곽 맹주의 의지였습니다."

마종의 불길은 거세게 타올라, 상관세가도 멸문지화를 피하지 못했다. 상관우가 연금되어 있는 사이 일어난 일이었다. 송삼정이 그 상처를 건드리자 상관우의 입이 열렸다.

"증거는? 어떻게 책임을 지려고 그런 말을 하나?"

"증인이 있습니다."

"증인?"

송삼정은 대답 대신 문을 열었다. 내내 문밖에 서서 감시병인 줄 알았던 그림자가 모습을 드러냈다. 무유곤이었다.

"군사……!"

상관우는 자리에서 벌떡 일어났다. 갑자기 쏘아진 살기가 얼마나 날카로웠는지 무유곤이 움찔하며 내민 발을 도로 물렸다. 송삼정은 상관우를 진정시키고 무유곤을 들어오게 하며 말했다.

"여기에 없지만 좌호법도 맹주와 마종의 관계를 알고 있습니다. 그리고… 박가의 제자도요."

"제자? 그 아이가 살아 있었단 말인가?"

"예."

"허어!"

상관우의 입에서 깊은 탄식이 터져 나왔다.

곽추운의 수족이나 다름없는 무유곤과 원가량이 증인이라면 믿지 않을 수 없다. 사실 송삼정이 지지를 철회하고 맹주를 치겠다는 것보다 확실한 증거도 없다.

더불어 자신이 곽추운과 작당하여 저지른 죄의 증거. 박가의 제자라는 다섯 글자가 송삼정의 입에서 나오니 복잡한 심사를 차마 말로 다하기 어려웠다.

"준비는 이미 끝났습니다. 곽 맹주는 우호법 한 사람만을 대동해서 은밀히 본영을 떠났습니다. 상관 선배님이 어떤 선택을 하시든, 맹주를 친다는 결정은 변하지 않을 겁니다."

상관우의 눈빛이 크게 흔들렸다.

3

이미 붉은 시야에 다시 핏물이 번진다.

단련된 손과 날 선 쇠붙이가 난무하니 이상할 게 없지만 이곳에서는 그마저도 기이한 일이 된다. 몰려드는 혈인(血人)들을 보며, 남궁상겸은 머릿속 의문을 떨칠 수 없었다.

"크아악!"

마종의 광신도들, 남궁상겸의 눈에는 그저 핏물을 뒤집어쓴 혈인으로 보이는 자들은 저마다 괴성을 질러대며 공격해 온다. 뒤집어쓴 동료의 피에 어떤 효과가 있는지, 혈인들의 공세가 위력적이기 짝이 없었다.

쾅! 콰쾅!

붉은 손바닥이 지나칠 때마다 대지가 움푹 파이고 바위가 부서진다. 속살을 드러낸 건물들이 마침내 무너져 완전한 폐허로 돌아가고야 마는 결과도 모두 혈인의 맨손에 의해서였다.

"하압!"

간신히 혈인의 일장을 피하며 남궁상겸이 기합을 질렀다. 어스름한 빛이 감싸는 검이 가슴을 벤 순간, 혈인의 몸이 큰 소리를 내며 터지고 사람의 안에 다 들어갈 리 없으리만치 막대한 양의 핏물이 사방에 튀었다.

"크윽!"

사람을 검으로 폭발시키는 재주는 없다. 혈인이 일으킨 말 그대로의 폭사(暴死)는 오직 이 붉은 공간이라서 가능한 일일 것이다. 반년간 마종의 다양한 비술과 싸워 온 경험이 남궁상겸의 가설을 뒷받침했다.

"캬악!"

새 울음소리 같은 소리를 내며 혈인 하나가 남궁상겸의 뒤를 덮쳤다. 남궁상겸은 즉시 몸을 날려 바닥을 굴렀다.

퍽!

혈인의 손이 닿은 순간 폭발이 일어나며 돌과 흙덩이가 날았다. 재빨리 일어난 남궁상겸의 앞으로 흙덩이와 함께 붉은 손바닥이 날아왔다.

남궁상겸은 검을 역수로 쥐고, 손잡이 끝을 다른 손바닥으로 누르듯이 하며 다가오는 손바닥을 향해 내밀었다. 날카로운 검기가 혈인의 장심을 꿰뚫고 검신이 쭉 뻗은 팔 속으로 파고들었다.

"끄아악!"

고통을 느끼는지, 팔 속에 검을 넣은 혈인이 비명을 질렀다. 귀를 찢는 끔찍한 소리가 싫지 않은 건 그것이 그들에게 인간성이 남아 있음을 알려주기 때문일까?

두 손으로 잡고 돌리는 검을 따라 혈인의 팔이 갈리듯이 벌어졌다. 남궁상겸의 검이 곧바로 왔던 길을 되돌아 혈인의 아랫배를 횡으로 벴다.

퍽!

예상대로 배를 베인 혈인이 폭발을 일으키고 피와 살점이 튀었다. 남궁상겸은 소매로 얼굴을 가리며 가까운 벽에 등을 댔다. 바로 그 순간, 등 뒤에서 굉음이 났다.

콰쾅!

굉음과 함께 커다란 힘이 남궁상겸의 등을 강타했다. 그 힘에 떠밀려 날아가는 짧은 순간, 돌아본 시야에 벽을 뚫고 나온 붉은 손바닥이 보였다.

'젠장!'

한순간의 방심이 화의 근원이다. 죽고 죽이는 싸움판에서 어쩌면 이리도 안일했단 말인가? 자신에게 화가 나는 동시에 극심한 고통이 밀려왔다.

바닥을 구르던 몸을 바로잡고 일어나던 남궁상겸이 다시 허리를 꺾었다. 등을 때린 장력이 가볍지 않았는지, 뱃속에서 더운 피가 확 올라왔다.

"커헉!"

피를 토하는 남궁상겸의 주변으로 혈인들이 몰려들었다. 비틀거리는 남궁상겸의 머리 위로 붉은 손바닥이 내려왔다.

"흡!"

남궁상겸은 신음을 내뱉으며 이를 악물고 일장을 내밀었다. 콰광! 손바닥을 마주 댄 지점에서 굉음이 일었고 뒤로 한참을 날아간 혈인이 폭발을 일으켰다.

동시에 붉은 손날이 남궁상겸의 허벅지를, 발등이 가슴을 때렸다. 두 팔로 가슴을 막은 대가로 허벅지에 깊은 자상이 남았다. 흐르는 피가 의지를 가진 것처럼 대지로 빨려 들어가고 발등에 밀려 몸이 다시금 바닥을 굴렀다.

"크윽!"

피를 머금어 진득한 흙을 털어내고 남궁상겸은 공력을 돋워 허벅지의 자상을 지혈했다. 그러지 않으면 이 땅이 남궁상겸의 피를 한 방울도 남기지 않고 빨아들일 것만 같았다.

그러는 사이 앞뒤로 혈인 세 사람이 포위망을 조여왔다. 남궁상겸은 공력을 끌어올리며 일어났지만, 이내 가슴을 부여잡고 한 사발 피를 더 쏟아냈다. 허벅지의 상처가 깊어 움직임도 제한된 때에, 내상도 얕지 않아 공력을 운용하기 어려웠다.

'이렇게 죽는 건가?'

처음으로, 죽음의 공포가 두 어깨를 짓눌렀다.

이제껏 위험한 고비를 몇 번이나 넘겼지만 죽음이라는 두 글자가 이토록 무겁게 느껴진 적은 없었다. 돌이켜 보면 그게 다 이극의 덕이었다. 마종과의 싸움에 있어 주체가 항상 이극이었기에 남궁상겸은 가장 위험한 곳에서는 한발 물러나 있었던 것이다.

그러나 지금은 그럴 수 없다. 혈인의 수는 기껏해야 오십여 명에 불과했지만 하나하나가 모두 절정의 기량을 가진 고수. 이지를 잃고 단선적인 움직임만 가능했던 마인과는 격이 다른 상대다. 제아무리 이극이라도 남궁상겸을 돌아볼 여유가 없을 것이다.

"젠장!"

아흔아홉 번의 옳은 선택도 한 번의 안일함을 보상해 주지 못한다. 벽을 등지고 섰다는 안도감이 남궁상겸을 죽음으로 몰아넣은 것이다.

무림인의 생이란 언제나 생사를 가르는 칼끝에 서 있음을, 너무나 압도적인 고수와 함께여서 잊었다. 자신의 한심함이 견딜 수 없어 남궁상겸은 주먹으로 땅을 쳤다.

어느새 다가온 혈인들이 손을 들었고, 남궁상겸은 고개를 숙였다. 그때, 하늘에서 떨어졌는지 검은 그림자가 갑자기 나타나 남궁상겸의 앞을 막아섰다.

"크아악!"

귀를 찢는 비명이 숙인 고개를 들게 했다. 올려다본 시야 가득 흑의여인의 뒷모습이 들어왔다.

황이령이었다.

"당신……?"

부름에 응하듯 황이령이 몸을 돌렸다. 그러나 뭐라 묻기도 전에 황이령은 남궁상겸을 감싸듯이 안았다.

곧 폭음이 나며 혈인들의 피와 살점이 황이령의 등을 강하게 때렸다. 그 모든 걸 남궁상겸은 보지 않고도 저를 품은 황이령의 몸을 통해 느낄 수 있었다.

검은 베고 손은 부순다.

초식이라는 틀을 깨고 적의 말살이라는 목표를 향해 가장 극단까지 효율을 추구하는 이극의 태도는 한결같았다. 상대가 마인이든 혈인이든, 혹은 일반 신도이든 이극이 선사하는 죽음을 피할 수 없었다.

퍽! 퍽!

피로 만들어진 공간에 영향을 받아서일까? 죽음에 직면한 혈인들은 폭약이라도 삼킨 것처럼 폭발하여 제 피와 살점을 흩뿌렸다.

그런 탓에 한 명의 혈인이 죽을 때마다 허공에 한 송이 혈화가 피어났다. 꽃잎이 크게 벌어질수록 피와 살점은 멀리까지 날았다. 그 모습이 조금이라도 먼 곳까지 씨가 닿기를 바라는 꽃과 같다고, 이극은 생각했다.

그렇다면 내가 바람이 되어주마. 기꺼이 나비가 되어 네 피를 멀리까지 던져 주마.

어울리지 않는 짓이다. 문득 떠오른 말이 소리 내어 말하지 않아도 부끄러웠다. 이극은 얼굴을 찌푸리며 이 빠진 검을 버리고 달려오는 혈인을 향해 손가락을 내밀었다.

쉬익!

빛의 화살이 날아 혈인의 미간을 꿰뚫었다. 그러나 혈인은 조금도 개의치 않고 빠르게 거리를 좁혀왔다. 이극은 뒤와 옆에서 쇄도해 오는 혈인의 공세를 흘리며 달려오는 혈인의 팔을 잡았다.

달려온 힘을 살리되 방향만 바꿔, 혈인의 손가락이 같은 혈인의 가슴팍에 꽂혔다.

"끄억!"

가슴뼈 사이로 깊숙이 들어간 손가락에 두 혈인 모두 당혹스러움을 감추지 못했다. 고양된 전의가 가라앉은 순간, 이극의 쌍장이 둘의 몸통을 때렸다.

쾅! 콰콰쾅!

팔과 가슴이 엮여 함께 날아간 혈인들이 폭발하고 두 송이 꽃이 피었다. 그 혈화가 채 지기도 전에, 이극의 손바닥 아랫부분이 낮게 덮쳐 온 혈인의 정수리를 때렸다. 목을 집어넣은 자라처럼 혈인의 머리 절반이 몸속으로 구겨졌다. 살이 짓이기고 터지며 핏물이 솟아올랐다.

푸슈슉!

더운 피가 얼굴을 적시는데도 이극은 눈 하나 깜빡하지 않고 주변을 둘러봤다. 핏물을 뒤집어쓴 이극의 모습은 혼공을 비롯해 마종의 인원들에게 각인되어 있는 악귀 그 자체였다.

혈인들이 더는 달려들지 못하고 제자리에 섰다. 시체 대신 흩어진 살점이 흙을 덮어 정확한 수는 알 길이 없고 그저 피해가 크다는 것만이 명확했다. 먼 거리를 두고 이극을 둘러싼 혈인의 숫자가 일곱에 불과했다.

"후……."

잠시 찾아온 소강상태는 이극도 바라던 바였다. 기존의 마인과는 비교도 할 수 없이 강한 적들이다. 옷이 찢어졌을 뿐 외상을 입지는 않았으나 내공의 소모가 어느 때보다 컸다.

흐트러진 호흡을 가다듬으며 이극은 남은 공력을 가늠해 보았다. 공력보다 근력이, 근력보다 심력의 소모가 더 컸다.

그러나 이극은 그런 기색을 조금도 내비치지 않고 둘러싼 일곱 혈인을 훑어봤다. 담담한 눈길이 지나갈 때마다 동요하지 않는 자가 없었다.

본래 이들은 혼공이 심혈을 기울여 키워낸 정예 중의 정예다. 불완전한 비급과 기억만으로 복원한 마공들을 익혀 젊은 나이에 일류의 성취를 이뤘으니 이들 서른두 명이야말로 혼공이 꿈꾸는 미래를 열어갈 마종의 희망이었다.

그러나 그들은 희망을 스스로 꺾었다. 지금 당장 이극을 제거하지 않으면 미래도 없다며 혼공이 흘린 피눈물에 기꺼이 고개를 숙였다. 그리고 양가촌 전체와 수백 제물과 바꾸어 만들어낸 비술, 광혼혈심마령(狂魂血心魔令)에 자신들을 바친 것이다.

양가촌 전체에 펼쳐진 혈혼진(血魂陣) 안에서 그들은 평소의 몇 배나 되는 힘을 얻었다. 죽음에 이르러 형체를 잃고 흩어지는 몸과 바꾸어 획득한 힘이다. 임무를 완수하여도 진을 거두거나 밖으로 나가면 마찬가지로 폭사하는 운명을 감수함으로써 가진 힘이다.

그토록 비장한 각오로 얻은 힘으로도 이극을 어쩔 수 없었다. 공포가 아닌 절망이, 그들이 업은 광기와 두른 혈기를 싹 날려 버리고 말았다.

남은 일곱 명은 서로가 마지막이라는 걸 확인하듯 시선만 교환할 뿐 누구도 감히 이극에게 다가가지 못했다. 이극이 보여준 불가해한 무위가 그들의 혼백을 사로잡은 광신마저 굴복한 것이다.

이극은 혈인들이 주춤거리기만 하는 것을 알아봤다. 승패가 갈리고 전의가 꺾였으니 그런 자들을 상대하는 게 무슨 의미가 있을까?

이극은 숨을 크게 들이마시고 소리쳤다.

"혼공!"

웅혼한 공력이 외침과 함께 퍼지며 공기 중에 깃든 혈기를 흩어놓았다. 눈을 가린 붉은 천을 푸른 듯 시야가 확 트였다.

"아직도 숨어 있을 텐가? 싸우겠다는 의지도 잃어버린 자들만 사지에 남겨두는 게 마종의 방식이란 말이냐? 아니면 내가 해온 일이 너에겐 아무것도 아니더냐? 네가 일궈온 모든 것이 무너져도 살아 있는 것이 기쁜 것이냐?"

"닥쳐라!"

기이한 울림이 아닌, 목에서 바로 나온 소리다. 이극은 한쪽 입가를 일그러뜨리며 소리가 나온 방향으로 고개를 돌렸다. 그곳에 혼공이 서 있었다.

"네놈 따위가 뭘 안다고… 뭘 안다고!"

혼공은 부들거리며 말을 잇지 못했다. 꽉 쥔 두 주먹에서 흘러내리는 피가 대지에 그려진 혈혼진에 빨려 들어갔다.

이극이 말했다.

"몰랐지. 그래서 보고 싶었다. 내 복수가 과연 생각대로 효과가 있었는지. 세상에 사람이 천차만별이니까… 네가 목숨을 먼저 생각하는 자였으면 내가 영 헛짓거리를 한 꼴이잖아. 한데."

이극은 말을 멈추고 혼공을 바라봤다. 멀리 떨어져 주먹보다 작은 얼굴이었지만 얼굴 근육 하나하나의 미세한 경련조차 바로 앞인 것처럼 똑똑히 들어왔다.

"그 얼굴이 말해주고 있군. 내 복수가 아주 보람찼다고."

비로소 이극의 일그러진 입가에 미소가 번졌다. 꿈속에조차 혼공을 따라왔던 그 미소. 감히 마신을 섬기며 온 땅을 시산혈해로 뒤덮겠다는 마종을 두려움에 떨게 한 원수.

"후회하게 해주마……. 살지도 죽지도 못하는 지옥에서 자책하고 너 자신을 원망하게 해주마!"

혼공이 일갈하고 두 팔을 벌렸다.

우우웅—

발밑이 흔들리더니 바람이 몰아쳤다. 이극의 사자후에 흩어졌던 혈기가 다시 돌아와 눈앞이 붉었다. 지독한 사기가 온몸을 찔러왔다.

자신을 죽이기 위한 혼공의 마지막 안배가 지금 막 시작됐다. 본능이 지르는 경고에 이극은 아랫입술을 질끈 깨물었다.

두 발을 땅에 딛고서는 볼 수 없이 거대한 진이 강렬한 빛을 뿜었다. 그 빛에 반응하며 이극을 둘러싼 일곱 혈인의 몸이 차례로 폭발을 일으켰다.

펑! 펑! 펑!

혈혼진은 그들에게서 쏟아진 대량의 핏물을 게걸스럽게 흡수하고, 다시 뿜어냈다. 사방팔방으로부터 일어난 붉은빛이 대지에 그려진 선을 따라 혼공을 향해 내달렸다.

번쩍!

먹구름 속 뇌전처럼 붉은 하늘에 핏빛이 번쩍거렸다. 대지가 구겨지고 공기가 일렁인다. 붉은 하늘로 뒤덮인 양가촌이라는 공간 전체가 고통에 몸부림치고 있었다.

"……!"

요동치는 공간에서 태연히 서서 혼공을 바라보던 이극의 눈이 어느 순간 크게 흔들렸다. 앞으로 일어날 일이, 이곳에서 이극을 기다리며 혼공이 꾸몄던 일이 예상과 전혀 다르다는 것을 직감한 것이다.

"뭐하는 짓이……!"

혼공에게 달려가려던 이극의 발을 돌풍이 잡아챘다. 몸을 가누기 힘든 바람에 버티며 이극은 두 팔로 얼굴을 가렸다. 힘겹게 뜬 눈 속에, 이 공간이 머금었던 모든 핏물이 나선을 그리며 혼공에게로 빨려 들어가는 모습이 보였다.

이윽고 거센 바람이 멈추고 사방을 물들인 핏빛도 사라졌다. 공기 중에 팽배했던 마기도 피비린내도 씻은 듯이 사라졌으니, 이 모든 게 혼공 한 사람의 안으로 들어간 것이다.

혼공이 이극에게 소리쳤다.

"눈을 크게 뜨고 봐라! 네놈의 복수란 게 얼마나 부질없었는지!"

이극은 대답도 잊고, 혼공을 그저 바라만 봤다. 혈혼진이 가시고 바람이 멈추었는데도 보이지 않는 거인이 붙잡은 것처럼 사지가 움직이지 않았다.

"혈주시여!"

혼공이 무릎을 꿇고 목 놓아 소리쳤다. 그 부름에 응하듯 커다란 그림자가 다가왔다. 거구의 소년, 흑성이었다.

"혈주시여!"

혼공은 목에 핏대를 세워가며 다시 혈주를 불렀다. 그러나 애타게 부르짖은 혈주는 흑성이 아니었다.

"너……!"

처음부터 흑성의 위를 보고 있던 이극이 말했다. 들릴 리 없이 작은 소리였지만 흑성의 어깨에 앉아 있던 소년이 고개를 돌렸다.

무기질 같은 눈이 이극의 눈과 마주쳤다.

흑성의 어깨 위에 앉은 소유는 이극에게서 눈길을 거두어 혼공을 내려다봤다. 그의 유리안(琉璃眼)에 희열에 찬 혼공의 얼굴이 비치었다.

혼공은 무릎을 꿇은 채 웃옷을 벗었다. 앙상한 몸통 가운데 맥동하는 진홍빛 심장이 드러났다. 혼공은 두 손을 제 가슴에 넣어 심장을 꺼냈다.

가슴에 구멍이 뚫렸지만 한 방울의 피도 흐르지 않았다. 혼공의 몸에 흐르던 모든 피, 더하여 광혼혈심마령과 혈혼진이 거두어들인 수백 명의 피가 주먹만 한 그 심장에 응축되어 있었다.

혼공은 제 심장을 조심스럽게 올리며 말했다.

"오랜 기다림을 끝내고 피의 하늘을 여실 본 종의 주인이시여! 오늘에 이르러 천 년의 한을 모아 그대에게 바치오리다!"

소유는 대답 대신 손을 내밀었다. 그러자 심장이 혼공의 손 위에서 둥실 떠올라 소유의 손안에 들어갔다.

진홍빛 심장을 손에 쥐고, 소유가 말했다.

"이제 열릴 피의 하늘이 너를 기억할 것이다."

"감사합니다. 감사합니다."

이극의 귀에는 싸늘하기 짝이 없는 말이었지만 혼공은 크게 감격한 눈치였다. 혼공의 두 눈에서 눈물이 고여 흘러넘쳤다.

소유는 손안에서 맥동하는 심장을 들고, 시선을 돌려 다시 이극과 눈을 맞췄다. 인형처럼 무심하던 얼굴에 웃음이 번지더니, 입이 열렸다.

기름칠이라도 한 것처럼, 심장은 살짝 벌어진 입술 사이로 미끄러져 들어갔다.

그와 동시에 심장을 꺼내고도 멀쩡히 말하고 눈물 흘리던 혼공이 바닥에 쓰러졌다. 쓰러지면서 몸을 비틀어, 아주 잠깐이나마 이극과 눈을 마주한 것이 그의 마지막 의지였다.

나는 모든 바람을 충족하고 스스로 죽음을 선택했다. 네가 바라는 복수는 영원히 할 수 없을 것이다.

"멍청한 놈!"

득의만만한 얼굴로 죽은 혼공을 향해 이극은 한마디를 내뱉었다.

'기껏 내 복수를 피해 도망친 게 죽음이냐?'

그저 살라고, 그거면 된다던 사부는 혼공의 선택을 이해하지 못할 것이다. 이극은 한숨을 내쉬고 앞으로 걸었다. 사지를 잡고 있던 힘은 사라진 지 오래였다.

"으음……!"

이극이 다가오자 흑성이 움찔하며 한 걸음 물러났다. 그러자 소유가 강아지 달래듯 흑성의 머리를 쓰다듬으며 말했다.

"괜찮다. 네게 손대지 못할 거다."

그사이 거리를 좁힌 이극이 일단 멈춰 서서 말했다.

"해괴한 짓거리 잘 봤다. 그걸 먹었으니 이제 그 그릇에 마신이 담긴 건가?"

소유는 흑성의 머리에서 손을 떼고 웃으며 대답했다.

"설마. 고작 수백 명의 피로 부활할 마신이었다면 일찌감치 세상이 멸망했겠지."

소유의 말이 거짓은 아니다. 수백 명 분의 피와 온갖 부정적인 감정이 응축된 심장을 삼킨 소년의 몸에서 강한 힘이 느껴지는 건 사실이지만 그저 보통의 무림 고수와 크게 다르지 않았다. 천 년을 기다린 마신이 고작 이 정도라면 죽어간 마종의 신도들이 불쌍할 지경이다.

소유는 아득한 눈으로 이극의 머리 너머 먼 곳을 바라보며 말했다.

"이제 막 눈을 떴다고 해야 할까? 아직 더 많은 피가, 죽음이 필요하다."

"그럼 지금이 아주 좋은 기회겠군."

이극은 남은 공력을 끌어 올리며 한 발 앞으로 내밀었다. 무형의 살기가 거세게 몰아치며 흑성의 거구를 압박했다.

진정 마신이 담기기 전에 그릇을 파괴해야 한다. 유서현과 죽은 유순흠에게는 미안한 일이지만, 이제는 더 미룰 수 없었다. 아니, 차라리 내가 하게 돼서 다행이라고. 내가 해야 하는 일이라고 이극은 생각했다.

"날 죽이려고? 아직 마신이 아닌 날?"

"마신인 널 죽이기보단 쉽겠지."

소유의 말을 일축하고 이극은 다시 한 걸음을 내디뎠다. 그러자 소유가 웃으며 손가락을 들었다.

"좋은 각오긴 한데, 관철할 수 있을까?"

손가락 끝을 확인한 이극이 걸음을 멈췄다. 입구에서 그를 맞이했던 흑의여인, 황이령이 먼 곳에 서 있었다. 축 늘어진 남궁상겸을 안고서.

이극과 눈이 마주치자 황이령은 곧장 몸을 돌려 뛰었다. 멀어지는 황이령을 보며 소유가 말했다.

"살리고 싶으면 날 살리고, 죽이고 싶으면 날 죽여."

이극은 잠시 망설이다 몸을 날렸다. 작아지는 소유의 목소리가 귓등에 닿았다.

"기다리고 있을게. 숭산에서."

이극은 이를 악물고 속도를 높였다. 황이령을 쫓기 위해서가 아니라 소유의 목소리를 떨쳐내기 위해서.

第七章 책 속의 이야기처럼

蒼龍魂 창룡혼

1

숭산.

천하 무공의 원류 소림을 품었던 성지도 아득한 옛말이다. 중원무림의 태산북두요, 정신적 지주인 소림의 상징성을 간과하지 않은 마종은 숭산을 지독한 마기로 휩싸인 금역(禁域)으로 만들었다.

파검룡협 곽추운이 대마신 철염의 목을 베고 마종을 무너뜨렸지만 마종이 숭산에 저지른 만행은 그대로였다. 숭산 일대에 펼쳐진 마종의 진법은 복잡하고 기괴하기 짝이 없어 중원의 내로라하는 술사가 모두 모였지만 한 귀퉁이도 무너뜨릴 수 없었다. 할 수 있는 일이라고는 결계를 쳐서 마기가 외부로 퍼지는 것을 막는 것뿐이었다.

그렇게 십오육 년이 흘러 이제 숭산은 중원무림이 아닌 마종의 상징이 되었다.

자줏빛 마기에 휩싸여 생명이 배제된 그 숭산에, 드물게 사람의 그림자가 있었다.

"생각했던 것보단 상태가 양호한데요?"

원가량은 싹이 튼 나뭇가지를 꺾어 안쪽을 들여다보며 의외란 표정을 지었다. 조금 떨어진 곳에서는 송삼정이 허리를 구부리고 졸졸 흐르는 물과 그 주변에 난 풀들을 보고 있었다.

"양호한 정도가 아니라… 생명이 다시 살아나고 있군."

송삼정의 말은 과장된 게 아니었다. 수풀이 우거지고 풀벌레 소리가 시끄러울 정도는 아니었지만 봄을 맞이하여 곳곳에 생명이 피어나고 있는 게 분명했다.

추영영은 팔짱을 끼고 서서 감탄하는 두 사람에게 말했다.

"결계 안쪽이 자연적으로 되살아난 게 십 년 전의 일인데, 이제 와 놀라는 건 좀 우습지."

"하지만 다들 숭산은 생명이 살 수 없는 금역이라고 하지 않습니까? 저도 안까지 들어오기 전에는 전혀 몰랐는걸요."

원가량은 나뭇가지를 땅에 떨어뜨리고 말했다. 나뭇가지가 떨어진 곳에도 제 빛깔을 찾은 흙에서 풀들이 고개를 들고 있었다. 꺾인 나뭇가지도 곧 흙으로 돌아가 생명의 고리에 녹아들 것이다.

"그것도 무림맹이 한 일인데 네놈이 몰랐다고?"

"금시초문입니다."

원가량이 세차게 고개를 흔들었다. 추영영의 시선이 자연스럽게 옮겨간 곳에는 백발이 성성한 노인, 상관우가 있었다. 추영영은 눈썹을 세우고 상관우를 노려보며 말했다.

"그럼 저 늙은이한테 물어봐."

추영영의 말에 원가량과 송삼정이 눈길을 주자 상관우는 두어 번 헛기침을 하고 말했다.

"추… 여협의 말이 맞소. 무림맹을 세우고 나서 삼 년도 지나지 않아 마종의 진법이 힘을 잃어가고 있다는 보고를 받았소."

마종의 진법이 아무리 대단해도 사람이 만든 것이다. 정기적으로 유지 보수하지 않는 한 천 년, 만 년은커녕 십 년도 못 가는 게 당연하다. 억누르는 대상이 생명 그 자체라면 더 말할 것도 없다.

상관우의 말에 송삼정이 놀라 물었다.

"그때라면 마기가 짙어져 주변으로 확산할 우려가 있다고 발표했던 때 아닙니까? 숭산 주변에 거대한 결계를 쳐서 막는 것만이 방도라고 상관 선배가 직접 말씀하셨을 텐데요."

"그건 저도 기억합니다."

원가량이 고개를 끄덕였다. 상관우는 회한 가득한 목소리로 당시를 떠올렸다.

"그 일을 아는 자는 아마 나와 곽 맹주, 둘뿐일 것이오. 당시 우리는 숭산이 자연적으로 마종의 진법을 부수고 살아나려는 것을 알았네만, 그건 전혀 탐탁스럽지 않은 일이었지."

그 말만으로도 사정을 짐작했는지 송삼정과 원가량은 입을 다물었다. 그러나 추영영이 그를 다그쳤다.

"계속 말해."

상관우는 잠시 머뭇거렸지만 추영영의 서슬 퍼런 눈빛을 감당하지 못하고 말을 이었다.

"무림맹으로 무림을 재편했고 많은 사람의 지지를 얻었지만 확고한 것은 아니었소. 하나가 된 무림에 불만을 표하는 자들도 적지 않았지. 숭산이 살아난다면, 무림맹을 적대시하는 자들의 구심점 역할을 할지도 모른단 우려를 한 거요. 나와 곽맹주, 둘 다."

곽추운과 상관우가 주도해서 설치한 결계의 목적은 숭산의 마기를 가둬놓는 게 아니었다. 마종이 중원 한복판에 꽂아놓은 비수. 사람들로 하여금 마종이라는 공포를 잊지 못하게 하며 동시에 무림맹을 대체할 수 있는 상징으로서의 가능성을 제거하는 것이 진정한 목적이었다.

진위를 알지는 못하였으나 그 수혜는 함께 받아왔으니 송삼정은 그저 부끄러울 뿐이었다. 원가량은 그러거나 말거나 자신과는 상관없다는 입장이었지만.

"몰살당해도 할 말이 없으시구만."

"소매!"

추영영이 비아냥거리자 송삼정이 목소릴 높였다. 그러나 상관우는 힘없이 고개를 끄덕였다.

"추 여협의 말이 맞소. 따지고 보면 이 또한 내 업보지."

곽추운이 마종의 생존자를 찾아서 무림맹의 치세에 활용하겠다는 발상을 떠올리는 계기가 되었는지도 모른다. 그렇다면 오늘날에 이르러 상관세가의 멸문도 결국 상관우에게 그 책임이 있는 것이다.

그뿐이랴? 남궁세가를 비롯하여 지금 마종의 손에 멸문한 가문과 문파가 부지기수다. 이 일이 모두 곽추운의 뜻이라 해도 그 실마리를 제시한 건 상관우이니 어찌 죄가 없다고 할 것인가?

돌연 분위기가 숙연해졌다. 상관우와 송삼정이 함께 입을 다물고 있으니 추영영도 심사가 틀어졌는지 굳은 얼굴이 되었다. 한 사람, 원가량만이 입을 열었다.

"한데 추 선배는 숭산이 본래대로 돌아온 걸 어찌 아셨습니까?"

숭산은 여전히 자줏빛 마기가 짙게 끼어 있다. 안쪽이 이처럼 본래의 모습으로 돌아가는 중이라고 누가 상상이나 했겠는가?

"어떻게 알긴? 들어와 봤으니까 알았지."

"무슨 일로요?"

"효재(曉材)가 뭐라도 남겨두지 않았을까 싶었지."

"효재? 그게 누굽니까?"

처음 듣는 이름에 원가량이 고개를 갸웃거렸다. 그와 달리 송삼정과 상관우의 얼굴에는 놀란 빛이 떠올랐다.

"그와 친분이 있었단 말이오?"

"난 생전 처음 듣는 소리군. 그와 무슨 사이였지?"

"그냥 좀 아는 사이였어. 그게 뭐 그리 대단한 일이라고?"

두 사람이 앞을 다투어 추궁하듯이 묻자 추영영은 눈살을 찌푸리며 대충 대답했다. 순식간에 소외된 원가량이 불만 가득한 얼굴로 물었다.

"그러니까 그게 대체 누군데요?"

상관우가 대답했다.

"좌호법 나이면 모를 만하군. 곽 맹주 이전에 무림의 최고라고 하면 누구나 효재를 꼽았지. 자네도 아는 사람일세."

"제가 안단 말입니까?"

"종려라고 하면 알지 않겠나?"

상관우의 입에서 종려라는 두 글자가 나오자 원가량의 눈이 커졌다.

"종려 선사의 원래 이름이 효재였습니까?"

"도가 출신이니까. 불문에 귀의하기 전까지는 다들 효재라고 불렀다네."

종려 선사는 본래 도가 일맥인 현요문 출신이다. 한때 최고의 기재로 촉망받는 정파의 고수였던 그는 중년에 이르러 사문을 나와 제 무공을 마음껏 휘두르며 수많은 사상자를 내고 다녀 사파의 인물로 분류되기도 했다.

도불사, 세 영역을 넘나들었던 전력을 살펴보면 추영영이 그와 친분이 있다는 것이 이해가 갔다. 상관우와 원가량의 관심은 곧 추영영이 한 말로 옮겨갔다.

"정말 종려 선사가 남겨둔 게 있었소?"

"남겨두었다는 게 뭐 불문의 가르침이나 그런 건 아니겠죠?"

부담스러울 정도로 반짝이는 네 개의 눈을 두고 추영영은 얼굴을 찡그렸다. 무림인은 기본적으로 무공에 빠진 자들이고 그들 가운데 고수로 분류되는 자들은 존재 자체로 민폐이며 치료가 불가한 광인이다.

추영영은 그녀가 아는 가장 미친 자를 이야기했다.

"있기야 있었지. 효재는 자신이 평생에 걸쳐 얻은 것들을 글로 정리해 놨어."

"그게 무사했소?"

마종은 소림을 무너뜨리고 그 모든 흔적을 지우려 했다. 효재, 아니, 종려 선사의 심득도 이미 사라졌을 터. 그러나 추영영은 고개를 저었다.

"효재가 불문에 귀의했을 때 나이가 이미 육십이 넘었어. 게다가 사파에서도 단연 첫손가락에 꼽히는 거마인데 소림이 좋은 대접을 해줬겠나? 그를 품은 것만으로도 부담이 컸을 텐데 말이야."

스스로 머리를 깎고 의탁해 온 효재에게 소림이 내어준 것은 본당으로부터 멀리 떨어진 암자였다. 말이 좋아서 암자지, 실제로는 작은 동굴에 불과했는데 그곳에서 십 년을 면벽하자 소림은 그의 진심을 확인했다며 종려라는 법호를 주었다.

"그런 사연은 중원에서도 거의들 몰랐으니까 마종은 아예 몰랐겠지. 그리고 걔네가 부숴봤자 대웅전이네 천불전이네, 눈에 보이는 거창한 건물이나 부쉈겠지."

"그래서! 종려 선사의 심득이 어디 있다는 거요?"

다급히 묻는 상관우를 보니 절로 비웃음이 떠올랐다. 추영영은 멸시의 감정을 굳이 숨기지 않고 말했다.

"후손과 가신을 모두 잃고도 비급을 탐낼 수 있다니, 대체 어떻게 돼먹은 머릿속이야?"

추영영이 일갈하자 상관우는 다시 부끄러움에 입을 다물었다.

"알아봤자 소용없어. 그게 정말 쓸모 있었으면 내 무공이 고작 이랬을까?"

"제대로 된 게 아니었습니까?"

"완성하지 못했어. 심오하기만 하지, 귀결이 완전치 못하니 익혀봤자 주화입마만 들걸? 해볼래?"

상관우나 원가량을 두고 미친 사람 운운했지만 추영영이라고 정상인은 아니다. 그게 아니고서야 숨도 쉴 수 없는 마기를 뚫고 숭산에 들어갈 이유가 없다.

그런 추영영이 익히지 않았다면 다 이유가 있을 것이다. 원가량은 마음 깊이 수긍하고 고개를 끄덕이다가, 퍼뜩 떠오른 바가 있어 목소릴 높였다.

"그럼 유 소저는요? 종려 선사의 심득을 익히고 있는 것 아닙니까?"

"그 아이는 괜찮아."

추영영은 딱 잘라 말했다.

"너나 상관 늙은이는 이미 무공이 완성되어 있으니까. 효재가 남긴 심득은 그런 사람에게는 위험하기 짝이 없지만 서현이 경우는 다르지. 아직 꽃을 피우지 못한 아이에게는 큰 도움이 될 거야."

"그러다 유 소저도 주화입마에 들면 어쩌려고요?"

상관우도 한마디 보탰다.

"유 소저란 아이가 그만한 성취를 이룬대도 시간을 맞출 수 있소? 거사가 당장 오늘인데, 내일이 될 수도 있는 것 아니오."

추영영은 환히 웃으며 대답했다.

"그럼 우리 다 곽가 놈한테 죽는 거지."

"……."

무거운 침묵이 모두의 어깨를 짓눌렀다. 어차피 곽추운을 제거할 수 있다는 확신을 가지고 숭산에 온 것은 아니다. 그러나 추영영이 가지고 있는 한 수가 고작 유서현이라는 것이, 그리고 그마저 불확실하다는 것은 문제가 있었다.

"무서우면 지금이라도 내려가든가."

추영영은 차갑게 지르고 몸을 돌리고 원가량은 즉시 그 뒤를 따랐다. 상관우는 잠시 망설였지만 어차피 대안은 없다.

뒤늦게 추영영을 따라잡은 송삼정이 물었다.

"종려 선사와는 대체 어떤 사이였어?"

"그게 그렇게 궁금해요?"

추영영이 눈을 흘기며 묻자 할 말이 궁해, 송삼정은 입을 다물었다. 코웃음 치고 산을 오르는 추영영의 얼굴에 싫지 않은 빛이 역력했다.

*　　　*　　　*

같은 시각, 이극은 추영영들과 반대편에서 숭산을 오르고 있었다. 정상에서 기다리고 있는 소유를 만나기 위해서였다.

'지금쯤은 마신이 되었으려나?'

강림이든 자각이든, 소유는 마신이 되려 한다.

마종이 그토록 바라던 피의 하늘이란 곧 지금 두 발로 선 모두의 죽음이다. 그리고 마신의 피로 새로운 세상을 채운다는 것이다.

물론 마신이라도 사람의 육신을 가졌으니 홀로 번식하여 세상을 채울 수는 없다. 소유가 유서현을 원하는 까닭이다.

'하필이면!'

왜 유서현이어야 했을까? 물론 소녀가 아니어도 이극은 소유, 아니, 마신과 싸웠을 것이다. 하지만 이래서야 요괴에게 잡혀간 미인을 구하는 낡은 이야기의 재탕일 뿐이다.

차라리 낡은 이야기라면 나쁠 것도 없다. 주인공은 쉽게 요괴를 물리치고 미인을 구해서 오래도록 행복하게 살 테니까. 그러나 현실은 이야기가 아니고 소유는 쉽게 죽어주지 않을 것이다. 인간인 소유는 손가락만으로도 목을 비틀 수 있을 만큼 약한 존재이지만 마신도 그럴까? 손가락으로 목을 비틀리는 쪽이 이극일 수도 있다.

힘들게 산을 오르는 게 죽여달라며 스스로 목을 바치는 꼴일 수도 있다. 끓는 물 속으로 알아서 들어가는 닭이 있다면 딱 지금의 이극일 것이다. 물론 그런 닭은 없다. 이건 닭보다 멍청한 짓이다.

"휴……."

쉬지 않고 한참을 올랐더니 숨이 찼다. 이극은 잠시 멈춰서 숨을 골랐다.

제법 높은 곳까지 올랐는지 내려다보는 광경이 나쁘지 않았다. 멍하니 절경을 내려다보자니 부정적인 방향으로만 치달았던 생각에 자연히 제동이 걸렸다.

현실이 꼭 나쁘지만은 않다. 이야기 속에서 갖은 미사여구를 다 붙이는 미인이라도 유서현보다 아름답지는 않을 것이다.

"풉… 푸하핫!"

돌연 웃음이 터져 나왔다.

유서현이 아름다운 것은 부정할 수 없는 사실이다. 하지만 외모는 유서현의 여러 장점 중 하나일 뿐이며 이극은 그 이상으로 유서현의 미모를 의식한 적이 없었다.

한데 지금, 끓는 가마솥으로 뛰어드는 와중에 고작 유서현이 아름답다는 생각이나 떠올리고 있으니 절로 웃음이 났다.

'그거 말고는 뭐가 있을까?'

현실이 이야기보다 나은 점이 또 있다면 미인이 잡혀가지 않았다는 것이리라.

그래서, 찾아가지 않아도 눈앞에 나타나 줄 수 있다.

"아저씨!"

허공에서 떨어진 유서현이 상기된 얼굴로 이극을 불렀다. 이극은 난감한 얼굴로 헛웃음을 터뜨렸다.

2

머릿속에 떠오른 순간 당사자가 눈앞에 나타난다? 그것도 하늘에서 뚝 떨어져서?

'내가 이야기 속으로 들어간 건가?'

이건 장담컨대 확실히 닭보다 멍청한 소리다. 어차피 사람 머릿속에서 나오는 이야기보다 현실이 몇 배는 더 황당하고 기이한 게 당연하다.

"왜 그래요? 내 얼굴에 뭐 묻었어요?"

"아니, 그게 아니라……."

"그럼 왜 그러고 있어요? 오랜만에 봤는데 별로예요? 난 이렇게 반가운데?"

유서현이 불만에 찬 얼굴로 투정을 부리자 이극은 비로소 마음이 놓였다. 이극의 얼굴이 풀어지자 유서현도 겨우 편한 웃음을 지으며 말했다.

"농담이에요, 농담!"

이극은 뭐라 할 말을 찾지 못하고 그저 웃는 유서현을 바라보기만 했다.

"뭐라고 말이라도 좀 해봐요!"

"어, 어……."

유서현은 잠깐을 참지 못하고 이극을 채근했다. 그러나 이극은 쉬이 말을 꺼내지 못했다. 너무 당황스럽기도 했고, 반년 만에 본 소녀가 낯설기도 해서였다.

소녀는 훌쩍 여인이 되어 있었다.

어디서 무엇을 했는지, 오랫동안 해를 보지 못해 희어진 얼굴에 머금은 미소가 눈이 부셨다. 사실 그 부분이 아니면 딱히 달라진 것도 없다. 얼굴이 바뀌거나 키가 큰 것이 아니다. 하나하나 뜯어보면 유서현은 그대로였다.

변한 게 없다는 이성의 판단을 그러나 이극은 인정할 수 없었다. 달라진 건 유서현이 아니라 소녀를 보는 이극 자신이라는 뜻이니까.

'원가량, 그 작자랑 같아질 순 없지.'

원가량만큼은 아니지만 이극도 혼인을 일찍 했으면 지금쯤 유서현만 한 딸이 있을 나이다. 원가량 같은 파렴치한이 될 수 없다는 생각에 이극은 필사적으로 달라진 점을 찾았다.

"아가씨… 여기서 뭘 한 거야?"

"이제야 알아챘어요?"

이극은 어이가 없어 입만 벌린 채 말을 못 이었다. 유서현은 활짝 웃으며 고개를 들었다. 그리고 머리 위, 까마득히 높은 절벽 가운데 삐죽 솟아난 바위를 가리키며 말했다.

"저기서 뛰어내렸어요. 아저씨가 가르쳐 준 경공, 이제 제가 더 잘할지도 모른다고요."

"그러니까! 대체 무슨 조화를 부려서 이런 고수가 된 거야? 아줌마한테 그런 재주가 있었나?"

말을 되찾은 이극이 놀라워하자 유서현은 득의만만한 얼굴로 지난 반년간의 일을 설명했다.

괴형노인 주이원은 곽추운에게 한쪽 팔을 잃고 단전을 파괴당했다. 목숨이라도 부지할 수 있었던 까닭은 그가 절정의 고수인 덕분이지만, 역설적으로 그 절정 무공을 목숨과 맞바꾼 꼴이었다.

오랜 수감 생활과 고문의 후유증으로 두 다리까지 못쓰게 되어 무공이 완전히 폐지되었음을 확인한 곽추운에게 주이원의 신병과 중립파의 지지를 교환하자는 송삼정의 제안은 굴러들어온 떡이나 다름없었다. 무공을 잃은 고수는 평범한 백성보다 더 비참한 신세이고 주이원의 상태는 살아 있는 게 다행이라, 회복한대도 정상적인 생활이 가능할지 의심스러울 지경이었으니까.

하지만 곽추운은 물론 송삼정이나 추영영까지도 모르는 사실이 있었다. 곽추운이 파괴한 단전과 잃어버린 공력은 주이원이 가지고 있던 것의 일부에 지나지 않았다는 점이었다.

주이원이 오랜 시간 집착해 온 인형의 연구는 기실 표면적인 것에 불과했는데, 그가 진정으로 추구하는 목표는 영생과 불사의 비밀을 파헤치는 것이었다. 위험을 무릅쓰고 마종을 찾아간 것도 그러한 연유에서였다.

물론 마종의 중원 침략과 긴 항쟁, 그리고 오랜 지기 박가의 죽음과 새롭게 시작된 무림맹의 천하 등 격변하는 시대에 휘말려 연구는 중단되고 말았다. 그러나 중단된 연구에서도 몇 가지 뜻하지 않은 결실이 있었는데, 그 가운데에는 인위적으로 내단을 형성하는 방법도 있었다.

영생과 불사는 결국 생명 그 자체와 맞닿아 있고 인간의 생명력은 단전과 내공이라는 개념으로 구체화한다. 그러나 단전은 장기가 아니고 그들은 여전히 만질 수 없는 추상의 영역에 존재한다. 많은 무림인이 몸으로 느껴지는 공력에 안주하여 의문을 버리는 이 지점에서 주이원은 한 발 더 사고를 확장시켰는데, 바로 내단과의 비교였다.

드물지만 분명 존재하는 영물들에게서는 빠짐없이 내단이라는 것이 존재한다. 무림인이 그를 섭식하면 적게는 일 갑자, 많게는 십 갑자에 이르는 공력을 얻을 수 있으니 내단이란, 즉 영물의 체내에서 실체화된 단전의 다른 이름인 것이다.

주이원은 오랫동안 천하를 떠돌고 막대한 자금을 풀어 영물의 내단을 모았다. 그 수가 얼마나 많았던지 태반이 실패한 실험의 재료로 사라졌어도 일부가 남았고, 그들은 주이원의 인형 안에 들어가 괴형노인의 악명을 드높였다.

무림맹의 천하가 도래하여 주이원은 이름을 버리고 인형도 모두 파기한 후 은거에 들어간다. 그러나 내단만은 모종의 장소에 은닉해 두었다. 장차 이것들이 필요한 때가 오리라 예견한 것처럼.

"그래서, 그 내단들을 아가씨가 다 먹었어? 몇 개나?"

"음… 하나는 주 대가가 드셨어요. 제가 먹은 건 장강교룡(長江蛟龍) 암수 한 쌍이랑 인면홍갑주(人面虹甲蛛), 삼두백사(三頭白蛇), 대막신라응(大漠神裸鷹)……."

유서현의 입에서 생전 듣도 보도 못한 영물의 이름이 줄줄이 나왔다. 그러면서 손가락으로 셈을 하는데 두 손이 모자랄 기세였다.

"알았으니까 그만해."

이극은 계속 셈하려는 유서현을 만류했다. 그런 영물이 세상에 있는지 의심스러웠지만 반년 전에 비해 공력이 수십 배 이상 커진 유서현을 보니 믿지 않을 수도 없었다.

"빌어먹을 영감탱이! 그런 게 있으면 진작 나한테도 나눠 줄 것이지, 무슨 영화를 누리겠다고 끝까지 끌어안고 있었대? 곽추운한테 죽었으면 말짱 도루묵일 뻔했잖아!"

이극은 애꿎은 돌멩이를 차며 화를 냈다. 하지만 진심은 말과 다르다.

일찌감치 주이원이 그 내단을 취했다면 곽추운에게 죽을 뻔하지도, 팔을 잃거나 다리를 못쓰게 되지도 않았을 거라는 아쉬움을 이극 나름대로 토로하는 것이다.

그 속이 들여다보이니 웃지 않을 수 없다. 유서현의 얼굴에 절로 미소가 번지고, 이극은 눈살을 찌푸렸다.

"왜 웃어? 뭐, 그건 됐고. 정말 여긴 왜 온 거야?"

이극의 물음에 유서현은 눈을 동그랗게 뜨고 되물었다.

"그건 제가 할 말이에요. 전 여기 온 지 넉 달째인걸요?"

"넉 달?"

그 말을 듣고 다시 안력을 돋우어보니 유서현의 몸에서 흐르는 기운의 질이 전혀 달랐다. 단순히 내단을 취해서 공력이 깊어진 것만으로는 설명할 길이 없었다.

"추 아주머니께서 절 이곳에 데려다 주셨어요. 종려 선사님이 남기신 심득이 있으니, 어떻게든 내 것으로 해보라면서요."

"미치겠네."

유서현의 입에서 나오는 말마다 뒤통수를 치는 격이다. 미치겠다는 소리 외에 달리 나올 말이 없었다.

유서현이 말로 푸니 간단해 보이지만 내단을 취하는 일이나 종려의 심득을 얻는 일이나, 뭐하나 쉬운 일이 없었다.

내단을 취하여도 그 공력이 곧장 내 것이 될 리 없다. 직접 해보지 않았으니 짐작만 할 뿐이지만, 유서현이 그 많은 내단을 녹여내 제 것으로 만들기까지 얼마나 힘들고 고통스러웠을지 눈에 선하다. 웬만한 내가 고수도 실패하여 주화입마에 들 가능성을 염두에 두어야 하는 과정을 어찌 여린 소녀의 몸으로 견뎌냈단 말인가?

종려의 심득도 매한가지다. 일세를 풍미한 최고의 고수가 남긴 깨달음이다. 구결마다 머리가 아득해지도록 현묘한 의미를 담고 있을 것이다. 지엽적인 뜻에 마음을 빼앗겨도, 한 줄이라도 허투루 알고 넘어가 전체를 파악하려 해도 종국은 주화입마로 귀결되는 게 오히려 순리다.

'이거야 아가씨가 오히려 유리할 수 있겠지만.'

유서현은 정종 무학을 뿌리 삼아 기초가 탄탄하나 높은 수준에 오르지는 못했다. 그래서 제 앎에 비추어 선학의 심득을 곡해할 우려가 오히려 적었다. 어중간하게 성취를 이룬 자들보다야 크게 깨달을 가능성이 높을 수도 있다.

그러나 이 또한 어디까지나 가정에 불과하다. 현실은 종려의 심오함에 사로잡혀 결국 주화입마에 이르고 말 확률이 구할은 넘을 것이다.

콰!

이극의 주먹이 바위벽을 때렸다. 타격점으로부터 균열이 일더니 집채만 한 바위가 잘게 부서지며 떨어져 나와 굴러떨어졌다. 그래도 분이 안 풀리는지, 이극은 이를 갈았다.

"이 대책 없는 늙은이들이 누굴 죽이려고 작정했나!"

지금 여기서 만난 게 아니라 유서현이 살아 있는 게 기적이다. 이야기로도 써먹을 수 없는 소재다. 그게 말이 되느냐. 욕이나 대차게 먹고 말겠지.

이극이 크게 화를 내자 유서현이 그의 손을 잡았다. 바위벽을 치느라 상처가 난 손이었다.

"너무 화내지 마요. 다 제가 자처한 일이니까."

"그러니까! 아가씨가 왜 곽추운이랑 싸우겠다는 건데? 대체 왜 시키지도 않은 일을 자처하느냐고!"

이유라면 질릴 만큼 알고 있다. 그러나 아는 것과 순순히 받아들이는 것 사이는 천지간보다 멀다. 이극이 화를 삭이지 못하고 뿌리치려는 손을, 유서현은 두 손으로 붙잡았다.

그리고 말했다.

"아저씨도 그랬잖아요."

"뭐?"

이극은 뿌리치려던 손을 멈추고 유서현을 바라봤다. 유서현은 이극의 눈을 똑바로 바라보며 말했다. 오랫동안 동굴에 있어 희어진 얼굴 가운데 입술이 더욱 붉었다.

"아저씨도 그랬잖아요. 누가 하라고 한 것도 아닌데 저와 함께 오라버니를 찾아주고, 곽 맹주와 싸워줬잖아요."

"그건 어차피 나도……!"

"알아요. 하지만 그것만이 아니잖아요. 곽 맹주에게 복수하기 위해서만 저를 도왔던 게 아니잖아요. 합비에서 저를 구하러 온 것도 곽 맹주에게 복수하기 위해서였나요? 제가 오라버니를 벴을 때, 왜 저보다 더 상처받고 저보다 더 화를 내신 건데요."

유서현이 조목조목 따지고 드니 이극도 할 말이 없었다.

"저도 그래요. 누구라도 지금 곽 맹주를 물리치지 않으면 안 되는데, 그 누가 아저씨뿐이라는 건 말이 안 되잖아요."

"……."

"아저씨를 위해서 싸우고 싶었어요. 그뿐이에요."

유서현은 흔들림 없는 눈으로 이극을 바라보며 말했다. 이럴 때의 소녀, 아니, 여인은 무슨 말로도 막을 수 없다. 그런 그녀의 성정에 몇 번이나 감탄하였던가?

이극은 결국 두 손을 들었다.

"그래, 그래. 알았으니까 아가씨 마음대로 해."

"처음부터 그럴 거였어요. 그나저나 아저씬 숭산에 무슨 일로 온 거예요? 곽 맹주와 여기에서 싸우는 걸 알고 온 것 같지는 않은데……."

"음, 그건 말이지."

"소유 때문이군요?"

유서현은 뭐라고 핑계를 대야 할지 생각할 틈도 주지 않았다. 눈치가 이렇게 빨랐던가? 이극은 놀랍다기보다 질려서 순순히 실토했다.

"맞아. 그 녀석이 나를 여기로 불렀어."

"마신이… 됐나요?"

"그건 나도 모르지. 마신이 됐으니까 나를 부른 게 아닐까?"

"죽이러 가는 거군요."

"죽으러 가는 걸지도 모르지."

무심한 척 넘기던 이극의 얼굴에 당황한 기색이 역력했다. 유서현의 큰 눈에 돌연 무언가 차오르더니 일렁거렸다. 이극은 다급히 제가 한 말을 주워담았다.

"말이 그렇다는 거지. 설마 내가 죽기야 하겠어?"

"말려도 갈 거죠?"

"아가씨는 내가 말리면 안 갈 건가?"

유서현은 대답 대신 글썽이는 눈으로 그저 이극을 바라만 봤다. 그러나 이 순간 말은 필요 없었다. 눈에서 눈으로, 그저 보는 것만으로 둘은 서로의 마음을 알 수 있었다.

유서현의 두 팔이 이극의 목을 껴안았다.

"죽지 마세요."

그 말이, 감싼 팔의 온기가 마음에 세웠던 벽 하나를 허물었다. 이극은 자신에게 매달린 유서현의 허리를 꼭 안았다.

"아가씨도."

말로써 나눈 맹세는 부질없고 불안은 심장을 채찍질한다. 빠르게 뛰는 심장의 고동을 서로에게 전하며, 두 사람은 애써 시간을 붙잡았다.

캉… 카앙…….

멀리서 들려오는 금속성이 두 사람의 손에서 시간을 빼앗아 놓아주었다. 이극과 유서현은 누가 먼저랄 것도 없이 서로를 놓고 떨어졌다.

"가야 해요."

"같이 갈까?"

유서현의 의지보다 목숨이 더 중요한 건 말할 필요도 없다. 소유건 마신이건, 모두 뒷전으로 물리고 이극이 물었다.

"그 아이는요?"

"조금만 더 기다리라고 해. 어차피 언제까지 오라고 말도 없었는걸."

"하지만……."

말을 채 끝맺지 못한 유서현이, 문득 고개를 돌렸다. 한 장 쯤 떨어진 곳에 익숙하면서도 낯선 얼굴이 있었다.

몸의 굴곡이 보이도록 달라붙은 흑의를 입은 여인. 그러나 이제는 민낯을 드러낸 황이령이었다.

"아……!"

황이령의 얼굴을 본 유서현이 나직이 탄성을 질렀다. 황이령은 홍조 대신 두 뺨을 덮은 비늘을 움직이며 말했다.

"너무 지체하시는 것 같아 모시러 왔습니다."

뱀을 연상시키는 은색의 비늘은 뺨에서 목으로 내려와 흑의 밑으로 파고든다. 마찬가지로 비늘에 덮여 있는 속살을 절로 떠올리게 하여 유서현의 볼이 붉어졌다.

황이령은 유서현이 무슨 생각을 하는지 안다는 듯 너그러운 미소를 지으며 말했다.

"죄송하지만 이분을 모셔가도 될까요? 허락을 받아야 하는 것 같아서요."

"예."

유서현은 이내 정신을 차리고 결연히 대답했다. 그러는 사이에도 날붙이의 비명이 막 되살아나는 숭산을 넘어 그녀의 귓가에 당도했다.

지체할 수 없는 것은 이쪽도 마찬가지다.

"먼저 갈게요."

유서현은 즉시 몸을 돌려 경공을 펼쳤다. 그토록 아쉬워했으면서도 가야 할 때엔 미련 없이 등을 돌리는 것이 그녀답달까. 이극은 제 대답도 듣지 않고 간 유서현이 야속하다가도 그런 저가 우스워 피식 헛웃음을 터뜨렸다.

"이래서야 나도 별수 없는 파렴치한이군."

혼잣말하며 고개를 젓고, 이극은 황이령을 돌아봤다. 눈이 마주치자 황이령은 웃으며 손짓했다.

"가시죠."

앞장선 황이령을 따라 이극은 걸음을 옮겼다. 그렇게 일각쯤 올랐을 때, 이극이 문득 기억나는 바가 있어 물었다.

"궁금하지 않소?"

"무엇을요?"

"남궁 공자의 안위 말이오."

"제가 그분의 안위를 궁금해할 이유가 있습니까?"

"도련님이 그쪽을 무지하게 궁금해하길래."

무심히 던진 말이 가슴에 박힌다. 뒤따르고 있지만 황이령의 표정이 손에 잡힐 듯 선했다.

"당신이 알려준 마신의 계획을 얘기해 줬더니 한다는 소리가 그거더군. 그럼 마신은 저를 위하던 당신도 죽이는 거냐고."

"…그러던가요."

"나도 궁금한데 알려주지 않겠소?"

산을 오르는 걸음은 그대로인 채 황이령이 말했다.

"혈주께서 새 하늘을 여시는데 저라고 예외일 수 없지요. 이 몸에 흐르는 피도 모두 그분의 것입니다."

"그럼 도련님을 위해서라도 반드시 녀석을 죽여야겠군."

"……"

황이령은 입을 다물었고, 이극도 더 묻지 않았다. 그렇게 얼마간을 더 오르자 꽤 넓은 공간이 나타났다.

흑성의 어깨에 올라탄 소유가 이극을 기다리고 있었다. 소유는 이극을 발견하고 두 팔을 벌려 환영했다.

"어서 와."

반기는 말에, 이극도 화답했다.

"오냐."

이극의 미소가 피를 부은 듯 붉은 눈 위에 아로새겨졌다.

3

무림, 아니, 중원인들의 동경해 마지않던 소림의 전당도 이제는 잡초투성이 폐허에 지나지 않는다. 자신이 오른 산의 이름을 모른다면 이곳이 과거 무림의 태산북두이며 천하 공부의 원류라는 사실도 알 수 없을 것이다.

산문도 이제 흔적조차 찾기 어려워, 지금 그곳에는 소림의 현판을 세운 두 기둥 대신 두 사람이 마주 서 있었다. 번천검랑 원가량과 복지쇄옥 하후강이 그들이었다.

무림맹주의 좌우호법으로 영화를 함께 누려온 십 년 세월이 무색하도록 주고받는 시선이 냉랭했다. 특히 하후강은 보기 드물게 경멸스런 눈으로 원가량을 노려보고 있었다.

"명색이 좌호법이라는 자가 역도와 손을 잡고 주군을 치려

하다니! 부끄럽지도 않은가?"

하후강은 당대에 손꼽히는 고수. 절대 말을 앞세우는 자가 아니다. 하지만 긴 세월 신뢰를 쌓았던 동료의 배신을 선뜻 받아들이기가 쉽지 않았다. 더구나 원가량이 자신을 맹주로부터 떨어뜨려 홀로 상대하려 하고 있으니 기가 막힐 일이었다.

반면 원가량은 하후강을 앞에 두고도 꺼리는 바가 없었다. 원가량은 애검 벽린을 뽑으며 말했다.

"무슨 말로 욕해도 상관없소. 아마 그게 사실일 테니까."

"뭐라고?"

어이없는 말에 하후강은 눈살을 찌푸렸다. 햇빛이 벽린을 타고 나와 사방을 푸르게 물들였다. 원가량은 싱긋 웃으며 노래하듯 말했다.

"주군을 따르자니 사랑이 울고, 사랑을 위하자니 신의가 더러워지는구려! 하나 처음부터 신의와는 거리가 먼 주군이었으니 나는 사랑을 택하리다! 비극이야말로 내게 어울리는 무대가 아니겠소?"

"헛소리!"

하후강은 일갈하고 두 주먹을 내밀었다. 두 주먹을 축으로 나선을 그리는 강기. 하후강을 무림 제일의 권사로 만들어준 대라염열권의 정수다.

"삼 대 일이면 주군을 어찌할 수 있을 것 같았나? 말도 안 되는 소리! 우리가 승부를 내기 전에 주군께서 먼저 역도를 처단할 것이다!"

"거기까진 내 알 바 아니지."

"뭐?"

뜻밖의 말에 하후강이 눈살을 찌푸렸다. 그러나 그것이 고스란히 원가량의 뜻이었다. 곽추운이 죽든, 곽추운에게 죽든 어느 쪽이든 이제는 상관이 없다. 그저 태어나서 처음으로 반한 여인을 위해 모든 걸 바칠 기회가 주어진다면 그것으로 족하다. 제 입으로 한 말처럼 번천검랑, 아니, 혈천광랑에게는 비극이 제격이다.

대답 대신 원가량의 손을 따라 푸른 검광이 번쩍였다. 하후강의 주먹도 강기의 나선에 휘감겨 전진했다. 혼신의 힘을 기울인 절초와 절초가 격돌하며 강한 돌풍이 주변을 집어삼켰다.

* * *

자신을 호위하던 두 날개, 좌우호법이 입구에서 치열한 싸움을 벌이는 사이 곽추운은 폐허의 중심에서 어처구니없는 웃음을 터뜨리고 있었다.

"박가의 제자 놈이 기다린다 하여 왔거늘 이 무슨 일이람. 소수소면! 내가 알아듣게 설명할 자신이 있소?"

자신이 이제껏 저지른 온갖 악행과 비리, 특히 마종의 배후라는 증거가 있으니 이목을 피해 조용히 나오라던 서신의 주인이 이극이다. 장난이라고 치부할 수도 있었지만 곽추운의 악행을 묘사할 때 큰 그림이 대부분 일치했고 특히 숭산 가운데 옛 소림의 터로 나오라는 말이 결정적이었다. 초목마저 시들고 금역이 된 숭산에서 무슨 만남을 가질 것인가? 그 안쪽에 마기가 걷혀도 여전히 금역으로 지정한 것이 곽추운의 소행이라는 걸 아는 자라야 가능한 발상이다.

한데 막상 도착하니 이극이 아니라 곧 죽을 늙은이 셋이 그를 기다리고 있다. 그렇다면 증거의 유무도 확실치 않으니 허세에 넘어간 꼴이다. 자연히 너털웃음을 지어도 쏘아보는 두 눈에 분노가 이글거린다. 대범한 척을 하여도 가슴속에 타오르는 불길은 자제가 안 되는 모양이었다. 혹은 자제할 마음이 없거나.

대답은 송삼정이 아니라 추영영에게서 나왔다.

"부른다고 냉큼 달려오는 놈은 또 뭐냐? 명색이 무림맹주라는 작자가 켕기는 구석이 얼마나 많았으면 남의 눈을 피해서 고작 호법 하나만 데리고 여기까지 왔을까? 지금 네놈 꼬락서니가 얼마나 우스운지 모르지? 거울이라도 가져왔으면 보여줬을 텐데, 아쉽구나! 아쉬워!"

"흥!"

곽추운은 추영영의 말을 무시하고 주변을 둘러봤다. 황량한 공터에 보이는 사람은 추영영과 송삼정, 상관우까지 세 명이 전부다. 매복한 자들이 더 있을까 하는 의심도 곧 사라졌다. 초목이 거의 자라지 못해 매복할 곳이 없고, 설령 있다면 알아차리지 못할 리도 없었다.

"다들 노망이 드셨군. 고작 셋이서 날 치시겠다?"

고작 셋이 아니다.

수십 년 전에 이미 정사를 대표했고 지금까지도 십대 고수의 상좌를 능히 다툴 최고수들. 한 사람을 치기 위해 맺은 동맹치고는 면면이 화려하다 못해 눈이 부실 지경이다.

하지만 아무리 화려한들 곽추운의 앞에서는 빛바랜 채 고개를 숙일 수밖에 없다. 파검룡협이니, 무림맹주니 하는 칭송의 말도 모두 헛된 수식어에 불과해 그저 곽추운 세 글자로 족할 따름이다.

대마신 철염의 목을 베고 중원을 구한 영웅을 능가할 이름은 없다. 단순히 이름값에 그치는 것도 아니라, 실제로 지금 곽추운은 철염이 되살아난대도 능히 상대할 자신이 있었다.

적발마녀, 소수소면, 태양선협.

성향도 뜻한 바도, 과거의 은원까지 더해 절대 손잡을 수 없는 자들을 손잡게 한 것도 역설적으로 곽추운의 위엄이었다.

곽추운은 비웃음을 머금은 채 한 발을 내디뎠다.

쏴아—

해일처럼 거대한 기운이 밀려왔다. 추영영과 송삼정은 감히 맞설 엄두를 못 내고 발을 맞춰 세 걸음을 물러났다. 상관우만이 해일을 두 쪽으로 가르고 앞으로 달려갔다.

"곽추운!"

실로 복잡한 심경을 담아 부르짖은 곽추운의 이름이 하늘 높이 올랐다. 곽추운을 중원을 구한 영웅으로, 그리고 무림일통의 맹주로 만들어낸 게 바로 상관우 자신이다. 하여 이 순간

뉘라서 그의 심경을 짐작할 수 있을까? 있다면 오직 하나, 곽추운뿐이리라.

곽추운도 사람인지라 서글픈 얼굴로 쇄도하는 상관우를 보고 착잡한 마음이 절로 일었다. 그러나 곽추운은 거침없이 애검 벽섬을 뽑았다. 야망은 그의 것이나 불을 지펴준 자가 죽음을 바라고 오니, 할 수 있는 최고의 일격으로 응해줄 것이다.

번쩍!

이름 그대로 섬광을 흩뿌리며 벽섬이 하늘 높이 치솟았다가, 이내 방향을 바꾸었다. 온몸에 수만 가닥 뇌전을 두른 광룡이 상관우를 향해 이를 드러냈다. 곽씨세가 비전 뇌룡검법의 일 초식이었다.

동시에 상관우로부터 백색 빛이 일어나더니 이내 구체를 형성하여 그를 둘러쌌다. 상관세가 독문 심법 백양신공(白陽神功)의 공능이었다.

잔뜩 벌린 뇌룡의 입이 백색 광구를 물었다. 그 안에서 두 자루 검이 충돌했다.

콰콰콰콰쾅!

굉음과 함께 뇌전과 백광이 흩날렸다. 강한 빛에 눈을 찡그리며 추영영이 혀를 찼다.

"노인네가 미쳤나! 혼자서 뭘 하겠다고!"

추영영은 광풍을 헤치고 몸을 날렸다. 뇌전과 백광이 뒤엉킨 빛의 외피는 오직 두 사람만의 승부를 원하는 듯 외부의 간섭을 거부했으나 어디에나 예외가 있는 법!

붉은 손가락으로 껍질을 찢고 추영영이 안쪽으로 뛰어들었다. 고작 몇 걸음 뒤졌을 뿐인데도 이미 우열이 가려, 곽추운의 검이 상관우를 압도하고 있었다.

"멈춰라!"

추영영은 크게 소리치고 막 상관우의 머리 위로 떨어지는 검의 옆면을 손가락으로 튕겼다. 혈지선의 붉은 공력이 뇌전을 흐트러뜨렸다고 생각한 순간, 흰 손이 추영영을 밀쳤다.

파바박!

흐트러진 줄 알았던 뇌전이 금세 발톱을 세워 추영영이 있던 공간을 할퀴었다. 동시에 뇌룡의 턱이 닫히며 백색 광구가 산산이 부서졌다.

휘몰아치던 바람이 멎고, 상관우의 몸이 바닥에 널브러졌다.

"……."

곽추운은 말없이 상관우의 시신 너머를 바라봤다. 시신이 한 구 더 있어야 하건만, 마지막에 훼방꾼이 난입한 것이다.

"무작정 뛰어들면 어떡하겠단 거야!"

불같이 화를 내면서도 송삼정은 곽추운의 동향을 살폈다. 무공보다 야망이, 야망보다 음습한 심계가 더 무서운 자다. 처음 격돌한 순간 승패가 갈렸을 텐데도 추영영을 유인할 속셈으로 대치 국면을 가장했으니 말이다.

송삼정이 아니었다면 추영영도 상관우와 같은 신세가 되어 바닥을 구르고 있을 터였다.

"그럼 죽으라고 내버려 둬?"

추영영도 할 말이 없는 게 아니라, 소리를 빽 지르고 발을 굴렀다. 셋이 온전해야 그나마 곽추운을 상대로 버티기라도 할 수 있다. 상관우가 죽으면 남은 두 사람도 위태로우니 구하는 게 당연하지 않은가?

"멍청한 노인네!"

추영영은 강하게 내지르고 원망스런 눈으로 상관우의 시선을 내려다봤다. 싸늘히 식은 주검은 일평생 검수로 살았노라 주장하듯 부러진 검을 꽉 쥐고 있었다.

"꼭 그런 건 아닌 것 같아."

다가온 송삼정이 조심스럽게 말했다. 그 말을 따라 돌아보니 곽추운의 바지에 핏물이 번지고 있었다. 추영영은 입술을 깨물며 중얼거렸다.

"멍청해. 너무너무 멍청한 짓이야."

곽추운에게 일격을 가한 것 자체가 놀라운 성과지만 상처는 깊어 보이지 않았다. 그나마 허벅지를 베서 운신의 폭에 제한을 두었다는 데 의미가 있달까? 웬만해서는 알아보지도 못할 제한이라는 게 문제긴 하지만 말이다.

그때, 곽추운이 검을 들었다.

"……!"

추영영과 송삼정이 긴장하며 막 방비를 하려는 찰나, 곽추운이 들었던 검을 내렸다. 검격은 두 발로 선 자가 아니라 바닥에 누운 상관우의 시신을 향했다.

시신은 형체를 잃고 곧 다진 고기나 다름없는 꼴이 되었다.

그래도 분이 덜 풀렸는지, 곽추운은 몸소 다가가 시신을 발로 차며 고래고래 소리쳤다.

"이 개 같은 놈이 감히 피를 보게 하다니!"

곽추운은 벌겋게 달아오른 얼굴로 입에 담기 힘든 욕을 해 가며 발로 차고, 검으로 헤집는 등 이미 죽은 자를 능멸했다. 추영영과 송삼정의 앞에선 본성을 숨길 필요를 못 느낀 걸까? 이목과 체면을 중시하는 그로선 파격적인 행동이었다.

"후……!"

분이 풀렸는지 곽추운은 한숨을 쉬고 고개를 들었다. 한결 상쾌하다는 얼굴을 보니 추영영은 절로 욕지기가 났다.

"그럼 계속해 봅시다. 그쪽은 둘이고 나는 허벅지를 베였으니 조금이라도 공평해졌을까 모르겠군."

공평? 말도 안 되는 소리다. 곽추운은 검으로 송삼정과 추영영을 번갈아 가리키다 손을 멈췄다.

"당첨이오."

곽추운은 검끝에 오른 추영영을 향해 미소 지었다.

"적발마녀."

말이 끝나기 무섭게, 곽추운의 신형이 추영영에게로 쏘아졌다. 다시금 나타난 뇌룡이 추영영을 향해 아가리를 벌렸다.

* * *

이극은 공력을 끌어 올리며 눈으로는 소유를 관찰했다. 혹성의 어깨에서 뛰어내려 두 발로 선 소유는 여전히 작고 가는 아이였으나 동시에 끔찍한 힘을 품고 있었다. 소년의 변화를 알리듯 두 눈이 핏빛으로 번뜩인다.

하지만 지겹게 들었던 말.

세상 모두를 말살하고 새 하늘을 연다는 묘사에 비하면 턱없이 부족하다. 완전히 마신이 된 것은 아닐지도 모른다는 생각이 들었다.

하지만 소유의 안에 깃든 힘은 감히 짐작하는 것만으로도 아득하리만치 크다. 천하를 뒤엎을 마신에는 못 미쳐도 기준을 사람으로 낮추면 터무니없는 괴물이다.

'곽추운보다 세겠군.'

자신이 아는 최고수를 대봐도 결과가 다르지 않다. 이극은 한숨을 쉬고 검을 뽑았다. 평생 바란 적이 없었건만, 이 순간만큼은 내로라하는 보검이 아쉬웠다. 저잣거리 대장간에서 파는 청강검으로 괴물을 상대할 수 있을지 자신이 없었다.

노골적으로 관찰하는 이극의 시선에도 아랑곳하지 않고 소유는 한가로이 몸을 풀었다. 손목을 돌리고 목을 앞뒤로 뺄 때마다 삐걱거리는 소리가 이극의 귀까지 들렸다.

"들려? 이 육신, 제대로 움직이기도 힘들다니깐."

친구에게 농이라도 치는 듯 가볍게 던지는 말인데도 소름이 끼치는 것은 이미 인간을 벗어났다는 증거다. 이극은 가볍게 고개를 끄덕이고 말했다.

"하나만 묻자."

"얼마든지."

"왜 여기서 보자고 한 거냐?"

"만났잖아?"

소유는 당연한 걸 물어본다는 듯 어처구니없다는 표정을 지었다.

"내 사람이 여기에 있어. 그래서 여길 택했고. 설마 다른 이유가 있을까 봐?"

"아가씨가 숭산에 있다는 건 어떻게 알았지?"

비로소 질문다운 질문이 나왔는지 소유는 만족스러운 얼굴로 대답했다.

"그녀가 어디에 있어도 나는 알 수 있어. 그녀는 내 사람이니까. 나와 함께 새 하늘을 열어갈 사람이니까."

"그래."

무슨 원리로 알 수 있느냐는 굳이 물을 필요가 없다. 도망치거나 숨어도 소용없다는 사실을 확인했으니까.

"그래서 널 용서할 수 없어. 나와 내 사람 사이에 끼어든 이물질! 갓 벤 목을 들고 내려가 떨어지는 피를 나누어 마시면 그녀도 너를 잊고 운명에 순응하겠지! 그게 널 여기로 부른 이유다!"

말이 끝나기 무섭게 소유의 발밑에서 핏빛 기운이 피어오르더니 이내 거대한 불꽃이 되었다. 세상의 파멸을 알리는 겁화(劫火)인 양 불꽃은 거세게 타올랐다.

하늘 높이 치솟는 불꽃을 보며 이극은 검을 들었다. 세상을 집어삼킬 기세로 타오르는 불꽃에 비하면 초라한, 그러나 정갈한 솜씨로 벼린 검이었다.

이극은 소유의 불길에 비추어 검을 살펴봤다. 망치질 한 번마다 돈이 굴러 들어오는 명장은 아니어도 수십 년 묵묵히 자리를 지켜온 장인의 솜씨가 새삼스러웠다.

"간다."

담담히 내뱉고, 이극은 유혹하는 불꽃을 향해 내달렸다.

* * *

카캉!

푸른 검과 희고 붉은 손이 부딪치고, 교차하며 날카로운 비명을 지른다.

베고, 찌르고, 때리고. 검은 할 수 있는 모든 방법을 가장 완벽한 형태로 구사하며 손을 몰아세웠다. 일 대 사의 형국이건만 한 자루 검 앞에서 네 개의 손은 그저 방어에 급급할 뿐 감히 공세를 취할 엄두도 내지 못하고 있었다. 때때로 붉은 손가락이 역습을 노리지만, 서슬 퍼런 검날에 눌려 금세 고개를 숙였다.

수십 초 이어진 공방이 지루했는지 곽추운이 돌연 검을 높이 들었다.

콰콰콰!

푸른 뇌전이 허공을 종으로 찢어발기며 내려꽂혔다. 황급히 몸을 피한 추영영이 피어오른 흙먼지 너머로 소리쳤다.

"오라버니!"

자욱한 흙먼지를 헤치고 곽추운이 빠르게 다가왔다.

"다 늙어서 후배 보기 부끄럽지도 않소?"

비웃듯 내뱉고 곽추운이 검을 내밀었다. 추영영은 마가혈공의 공력을 폭발시키며 두 손으로 검을 잡았다. 가슴으로 쑥 들어오던 벽섬이 한 치 거리를 두고 멈췄다.

"으윽……!"

온 힘을 기울여 벽섬을 붙들고 있는 추영영의 입에서 신음이 흘러나왔다. 그러나 곽추운은 아무렇지도 않게 검을 밀어대며 태연히 말했다.

"얼굴은 그대로인데 힘이 달리는 걸 보니 선배도 늙긴 늙었나 보오. 이렇게 약한 사람은 아니었잖아?"

추영영은 사파의 인물이었지만 이국적인 미모로 한때 정파의 젊은 협객들 사이에서 큰 반향을 일으키기도 했다. 곽추운도 예외는 아니어서, 소싯적 적발마녀를 동경했던 기억이 나는지 눈빛이 아련해졌다.

그러나 눈빛과 달리 벽섬을 통해 전해오는 힘은 거세기만 하다. 혈지선의 공력도 힘을 다하는지 날을 붙잡은 손에서 하나둘 핏줄기가 흘러내렸다.

조금씩 밀려온 검극이 끝내 가슴에 닿고 추영영도 힘이 다했음을 직감한 순간, 서릿발 같은 호통과 함께 곽추운의 머리 위로 그림자가 드리웠다.

"놓아라!"

무림의 일절. 수많은 금나수법 가운데 단연 첫손가락에 꼽히는 소수일기공이 곽추운의 견갑골을 잡았다. 하나 잡았다고 생각한 순간, 흰 손은 허공을 짚었다.

휙!

송삼정은 다급히 몸을 비틀었다. 푸른 검광이 지나간 자리에 몇 가닥 백발이 나풀거렸다.

어느새 수장 떨어진 곳에 선 곽추운이 혀를 차며 꾸짖었다.

"사정을 봐주었으면 조금이라도 더 살 궁리나 하셨어야지. 다 늙어서 정념에 휘둘리기나 하고, 추해서 보고 있을 수가 없구려. 쯧쯧."

"커헉!"

그 말이 신호라도 됐는지 송삼정이 제자리에서 무릎을 꿇었다. 일격을 당하고도 추영영을 구한 대가로 옆구리가 온통 피투성이였다.

"곽추운! 너 이놈!"

송삼정을 보고 어쩔 줄 모르던 추영영이 눈을 부라렸다. 그러나 그녀의 손도 성할 리 없어, 혈지선을 일으키지 않아도 이미 붉었다.

곽추운은 코웃음을 치고 일갈했다.

"다음 말은 저 세상에서 하시오."

말을 마친 곽추운의 신형이 순간 흐릿하더니, 수장 간격을 순식간에 좁혔다. 머리 위에 번쩍이는 뇌전을 보며 추영영은 두 손을 들었다. 그러나 공력이 가슴께에서 턱 막힌 듯 더 올라가지 못했다.

흐르는 피로 붉어진 손 위로 푸른 검이 겹치는 순간!

카앙!

날카로운 금속의 비명이 하늘 높이 솟았다.

4

'이게 대체 무슨 조화인가?'

곽추운은 믿을 수 없어 머릿속으로 묻고 또 물었다. 하나 그가 가지고 있는 어떤 지식과 경험으로도 눈앞에서 벌어진 일을 설명할 수 없었다.

백일몽에 빠지기라도 했단 말인가? 꿈이라기엔 호구에 느껴지는 통증이 너무나 선명하다. 그러나 실제로 일어나고 있는 일이라고 순순히 받아들이기에는 너무나 비현실적이다.

천하의 곽추운을 당황케 한 장본인.

여인의 향기가 물씬 풍기는 유서현이 곽추운의 앞을 가로막고 있었다.

"너, 너는……?"

"오랜만에 뵙습니다."

유서현은 잠시 검을 거두고 포권의 예를 취했다. 곽추운은 답례도 하지 않고 눈을 깜빡였다. 그러나 추영영을 베려던 일 검을 막은 것은 어떻게 봐도 유서현이었다.

유서현은 다시 검을 들어 곽추운을 견제하며 추영영과 송삼정의 상세를 살폈다.

곽추운은 어이가 없어 헛웃음을 터뜨렸다. 자신을 두고 감히 고개를 돌려서가 아니었다. 그럼에도 유서현에게서 조금의 허점도 발견할 수 없었기 때문이었다.

그러거나 말거나, 유서현은 걱정 가득한 눈으로 추영영과 송삼정을 보며 물었다.

"정말 죄송해요. 제가 너무 늦었어요."

발갛게 상기된 얼굴과 불안한 호흡이 그녀가 얼마나 급하게 달려왔는지 말해주고 있었다. 그러나 깊어진 눈빛과 의식하지 않아도 곽추운을 견제하는 모습은 불과 넉 달 전의 유서현에게선 상상도 못 할 일이다.

영물의 내단과 종려의 심득을 어떻게 하나로 엮었는지, 지금 유서현이 이룩한 성취는 추영영의 기대치를 훌쩍 뛰어넘은 것이었다.

"잘했다. 잘했어."

추영영은 사과하는 유서현의 볼을 어루만지려다 손을 멈췄다. 그러나 유서현은 그 손을 잡고 제 볼에 가져갔다. 손의 온기를 느끼는 대가로 볼에 피가 묻었지만 유서현은 아랑곳하지 않았다.

"오다가 아저씨를 만났어요."

"뭐?"

추영영은 주변을 둘러봤다. 어떻게 알았는지 몰라도 숭산에 왔다면 당연히 곽추운과 싸우기 위해서일 터. 그러나 이극의 모습은 머리카락 하나도 보이지 않았다.

"같이 안 왔어요."

"왜!"

"어차피 제가 하기로 한 일이잖아요."

유서현의 대답이 너무 간단해서 오히려 추영영의 말문을 막았다. 유서현은 빙긋 웃고 고개를 들어 멀리 봉우리 위를 바라봤다.

"그리고… 아저씨는 아저씨대로 해야 할 일이 있었어요."

추영영과 송삼정은 물론 곽추운마저 유서현을 따라 시선을 올렸다. 유서현을 따라서라기보다는 공교롭게도 그 순간 섬뜩한 기운이 그들이 있는 곳까지 쏟아져 내린 탓이다.

"저건……?"

곽추운의 입에서 기이한 소리가 나왔다. 낮이라 잘 보이지 않았지만 높은 곳에서 분명 깜빡거리는 불빛이 있었다.

'살아서 내려와요.'

유서현은 죽지 않겠다는 약속을 되새겼다. 적어도 그녀에게 한 약속만큼은 지켰던 사람이다. 상대가 누구든, 인간이 아닌 마신이 상대라도 이극은 반드시 살아 돌아올 것이다.

그러니 이제는 그녀가 이극에게 한 약속을 지켜야 할 때다. 곽추운과 맞서서도 죽지 않고 살아서 다시 만나겠다는 약속을.

유서현은 다시 검을 들었다.

* * *

넘실거리는 불길은 뿜어내는 열기만으로 숨을 막고 살갗을 태운다. 그것은 지상의 어떤 불과도 같지 않아, 오로지 사람의 정수를 태워야만 살아나는 불꽃이다.

그래서일까? 이극을 노리는 검붉은 불꽃에서는 어떤 집요함마저 느껴졌다. 굽이치는 물결처럼 날아와 자신을 집어삼키려는 불길을 향해 이극은 강하게 검을 휘둘렀다.

화아악!

강렬한 검풍에 휩쓸려 불길은 사방으로 흩어진다. 그러나 불은 실체가 없으니 일부가 흩어진들 무슨 상관일까?

"아하하하하!"

천진난만한 웃음소리를 내며 소유가 두 팔을 휘저었다. 소년을 중심으로 타오르던 불꽃이 거세지더니 방금 이극을 노렸던 것과 비슷한 크기의 불길 여섯 가닥이 삐죽 솟아났다.

불길은 거대한 문어의 다리처럼 일렁이며 각기 다른 방향으로부터 이극을 향해 날아들었다.

"이런!"

미처 생각해 본 적도 없는 공격이다. 검풍으로 와해할 만한 수가 아니라, 이극은 바닥을 굴렀다.

콰콰쾅!

여섯 가닥의 불길이 그가 있던 자리를 강타하니 굉음이 일고 산이 무너질 듯 흔들렸다. 그 와중에도 바닥을 굴렀던 이극은 일어나자마자 불꽃의 중심, 소유를 향해 몸을 날렸다.

"느려!"

소유는 비웃으며 한 손을 가볍게 비틀었다. 그러자 바닥에서 불의 장벽이 솟아나 이극의 진로를 차단했다. 두터운 불의 장벽은 공수를 겸비하니 이극은 다시 바닥을 굴렀다.

"아뜨뜨……!"

이극은 질겁하며 옷자락에 털었다. 재가 흩어지며 손바닥만 한 구멍이 생겼다.

"크큭, 큭! 크크크!"

지옥의 불꽃을 몸에 두르고 애처럼 키득거리는 소리가 귀에 거슬렸다. 이극의 무서운 눈도 지금 소유에게는 크나큰 유희거리였다.

"왜? 화가 나? 밥 한술 뜨는 것도 힘들어 보이던 날 어쩌지 못하는 게 화가 나서 미칠 것 같아?"

벌레를 희롱하는 어린아이 같은 얼굴로 소유가 물었다. 이극은 한숨을 푹 내쉬었다.

"그래. 화가 난다."

"뭐야? 너무 쉽게 인정하면 김이 팍 새잖아. 대단해. 어른이야, 어른."

소유는 흥미를 잃었다는 얼굴로 말하고, 이내 목소리를 높이며 손뼉을 쳤다. 감정의 기복이 영향을 주는지 불꽃의 크기가 잠시 수그러들었다 다시 활활 타올랐다.

'저놈의 불!'

소유의 뜻대로 타오르고 확장과 재생이 자유로운 불길이 눈엣가시였다.

마종의 비술, 사람이 아닌 존재와도 여럿 싸웠지만 싸움의 방식은 사람을 대할 때와 다르지 않았다. 이극이 그런 것처럼 그들의 방식도 때리고 부수고 베어야 했으니까.

그러나 소유는 전혀 다르다. 이제껏 몸이 기억해 온 싸움의 방식이 통하지 않는 적을 상대하자니 매 순간 낯선 선택의 연속이다. 이토록 당혹스러운 싸움은 처음이었다.

'처음?'

머릿속에 떠오르는 수많은 생각은 빠르게 무의식 저편으로 흘러가지만 그 와중에도 뜰채에 걸린 듯 남아 사라지지 않는 말이 있다.

처음이라는 말.

처음이기 때문에 낯선 싸움을 강요당하는 이극은 불쾌하고 당황스럽다. 그러나 소유는 이극과 싸우는 지금이 너무나 즐거워 견딜 수 없다는 표정이었다.

딱!

소유가 웃으며 손가락을 튕기자, 불길한 예감이 뇌리를 스쳤다. 본능이 먼저 반응해 몸을 날리자 이극이 서 있던 자리에서 불길이 치솟았다.

"아하하하!"

간헐천처럼 솟아오르는 불길을 피해 이리저리 도망치는 이극이 우스운지 소유는 배를 잡고 웃었다. 그 소리에 화가 나면서도 이극은 묘한 확신이 들었다.

소유도 저 힘으로 누군가와 싸우는 것이 처음이다. 아니, 죽이려 드는 게 처음이라고 해야 할까.

시시각각 표정이 변하며 즐거워하는 것은 그래서일 것이다. 쉬이 죽어주지 않는 이극을 짜증 내지 않고 기꺼워하는 까닭도 혼자서는 미처 생각지도 못했던 힘의 사용법을 알아내서일 것이다.

'그랬군!'

마신도 뭐도 아니다. 눈앞에 있는 것은 그저 주어진 힘에 휘둘리기만 하는, 사람 하나 죽여보지 못한 어린애다.

"헙!"

이극은 헛바람을 들이켜며 검을 돌렸다. 푸른 기운을 두른 검날에 부딪쳐 빗나간 채찍이 바위를 깨부수고 주인에게로 돌아갔다.

장난감을 가지고 놀 듯 소유의 손안에서 혈염(血炎)은 채찍이 되었다가 검이 되는 등 여러 병기의 모양으로 변했다. 그 모습을 보며 이극은 확신했다. 저 힘으로 사람을 죽일 줄 알게 된다면, 그때부터 소유는 누구도 막을 수 없는 말 그대로의 마신이 될 것이다.

"그래. 다행이다, 정말."

이극은 짧게 중얼거리고 검을 바로잡았다. 소유의 힘은 인간이라고 할 수 없지만 아직 완전한 마신이 된 것도 아니다. 인마(人魔)의 경계에 서서 처음으로 죽이려 한 대상이 자신이라는 사실이, 이극에게는 차라리 행운이었다.

"왜? 벌써 지쳤나?"

소유는 가만히 선 이극에게 농을 던졌다. 이극은 일부러 과장되게 숨을 들이쉬며 대답했다.

"너도 내 나이쯤 되면 알 거다. 애들이랑 놀아주는 게 얼마나 힘든 일인지."

"흥! 곧 죽어도 입은 살았군!"

말은 그리해도 표정은 숨길 수 없다. 이극은 호흡을 가라앉히며 한 번 더 이죽거렸다.

"애 취급을 당해서 자존심이 상하면 그게 바로 덜 컸다는 증거란다. 이 애새끼야!"

"그만 끝내야겠군."

소유의 얼굴에 웃음기가 사라졌다. 일순간 싸늘해진 얼굴로 중얼거리고, 소유는 이극을 향해 손바닥을 펼쳤다. 손바닥 앞으로 검붉은 불꽃이 매섭게 돌기 시작했다. 불꽃은 빠르게 돌며 점점 몸집을 불려, 이내 소유의 몸보다 큰 구체를 형성했다.

"큭……!"

수장 떨어진 곳에 있던 이극도 열기를 감당하지 못하고 두 팔로 얼굴을 가렸다. 간혹 살아난 나무마다 불길이 일었고, 그저 서 있기만 하던 죽은 나무들은 재가 되어 흩어졌다.

"죽어."

소유는 이극이 듣도록 말하고 손바닥을 밀었다. 그때, 이극의 신형이 화살처럼 앞으로 쏘아졌다. 이제 막 소유의 손바닥을 떠난 겁화의 구체 속으로 이극이 뛰어들었다.

* * *

캉! 카캉!

검과 검이 한 번 엉켜 불꽃을 피우고 두 번 스치며 강기를 흩날린다.

곽추운의 공력이 깊고 두텁다면 유서현의 그것은 생생하고 질기다. 유서현이 밟는 검로가 올곧고 정당하다면 곽추운은 매 초식 기책과 속임수가 난무했다.

곽추운이 어떻게든 살수를 꽂기 위해 허초를 쓰고, 때로는 힘으로 윽박질러도 유서현은 꿈쩍도 하지 않았다. 절대 휘둘리지 않고 자신의 검을 펼치는 모습은 그녀의 성정 그대로였다.

그렇게 날 선 공방이 오백 초에 이르렀다.

아무리 유서현이 짧은 동안 고금에 전무한 성취를 이뤘다 해도 천하제일인에 견주면 손색이 있으니, 전세는 어느 정도 곽추운에게 기운 터. 그러나 마음이 급한 쪽은 곽추운이었고, 우려는 빗나가는 법이 없었다. 공력을 회복하고 상처를 다스린 추영영과 송삼정이 가세한 것이다.

승부의 추가 다시 기울고, 곽추운은 급격히 수세에 몰렸다.

"곽추운!"

송삼정을 벤 검은 절대 얕지 않았다. 그런데도 송삼정은 걷기도 힘든 고통을 감수하고 어떻게든 곽추운의 손발을 붙잡으려 애썼다. 그 작태가 곽추운은 질리도록 혐오스러웠다.

"죽어라!"

고통에 겨워 잠시 멈춘 순간을 놓치지 않고 곽추운이 벽섬을 내밀었다. 유서현의 검에 찔려도 이번 한 수로 송삼정을 죽이고 말겠다는 의도가 선명했다.

"멈춰!"

결국 유서현이 외치며 검의 궤도를 바꿨다. 곽추운에게 일격을 가할 수 있는 절호의 기회였지만 송삼정의 목숨과 바꿀 수는 없었다.

그것이, 곽추운의 노림수였다.

휙!

송삼정을 노리는 줄 알았던 검극이 돌연 하늘 높이 올랐다. 수만 개 뇌전이 번쩍이며 눈부신 빛을 발했다.

번쩍!

곽추운이 자랑하는 뇌룡검법의 절초, 뇌룡산운 일검이 무방비한 유서현의 머리 위로 떨어졌다. 좌우에서 들어오는 추영영과 송삼정의 공격을 도외시하고 오직 유서현을 죽이겠다는 집념이었다.

이미 송삼정을 구하기 위해 뻗은 검이다. 회수할 틈도 없이 머리 위로 내려오는 뇌룡을, 유서현은 그저 바라볼 수밖에 없었다. 뇌룡의 이빨이 들이닥친 순간!

카캉!

어디선가 날아온 검이 뇌룡과 부딪혀 깨지고 푸른 파편이 산산이 튀었다. 부서진 검과 흩어진 뇌전 사이로 드러난 훼방꾼의 이름을, 곽추운은 울부짖었다.

"원가량—!"

"미안하게 됐수다."

원가량은 한쪽 눈을 찡긋하며 사과의 말을 건넸다.

휘익!

돌아온 유서현의 검이 곽추운의 가슴을 벴다. 검광을 따라 핏빛 안개가 허공에 퍼졌다.

곧이어 희고 붉은 손이 곽추운의 양어깨를 잡아챘다. 유서현의 일검에 호신강기마저 부서지고 잡힌 어깨가 추영영과 송삼정의 손안에서 바스러졌다.

주인을 잃은 벽섬이 바닥에 떨어졌다.

* * *

"어어?"

놀란 소유의 입에서 기이한 소리가 나왔다.

지금 만들어 쏜 화염구의 열기는 이전과는 비교할 수 없이 뜨거웠다. 이극이 아무리 용을 써도 피할 수 없도록, 끝까지 따라가 태워 버릴 작정이었다.

그런데 이전의 불꽃은 피하는 데 급급했던 이극이 스스로 몸을 던진 것이다. 그것도 손 앞에서 채 날리기도 전에!

"포기한 건가?"

중얼거린 순간, 믿을 수 없는 일이 일어났다.

콰콰쾅!

굉음을 내며 화염구가 폭발을 일으켰다. 그리고 온몸이 빛나는 이극이 소유의 눈앞에 들이닥쳤다.

호신강기로도 막기 어려운 열기였는지 머리카락은 온통 그슬리고 옷가지도 타서 맨살이 적나라하게 드러났다. 하지만 살아 있다. 무엇을 잃어버린들 살아 있으면 언젠가 되찾을 수 있는 것이다.

"이, 이럴 순 없어!"

당황해하며 소유는 저를 감싼 불꽃을 다시 움직이려 했다. 그러나 사지와 같던 불꽃이 갑자기 낯설었다. 이미 손잡이만 남기고 가슴 깊이 박힌 검을 깨달은 직후였다.

"커… 커억……."

이극은 경련을 일으키며 신음하는 소유를 안고 귓가에 속삭였다.

"미안하다."

마신이 되지 않도록, 사람으로 살도록 지켜주지 못해서 미안하다. 마지막의 마지막에 내민 진심이었다.

귓가에 맴도는 이극의 목소리를 들으며 소유는 눈을 감았다.

거센 불꽃이 두 사람을 감싸며 하늘 높이 타올랐다.

終

흰 구름이 점점이 박혀서 더 파란 하늘.

코끝을 간질이는 게 햇살인지 바람인지, 잠결에 분간하기가 쉽지 않았다. 무시하고 계속 잠을 청해보지만 결국 재채기가 터져 나오고 말았다.

"푸에취!"

몸을 일으키며 크게 재채기를 하며 뜬 눈에, 짧은 다리로 도망치는 아이들이 보였다. 서너 살쯤 되었을까? 아이들은 저마다 각기 다른 방향으로 흩어지며 소리쳤다.

"괴물이 일어났다!"

"도망쳐라! 잡아먹히기 전에 도망쳐!"

비명인지 웃음인지 분간도 가지 않는 목소리가 하늘 높이 울려 퍼졌다.

"이놈들!"

이극은 자리에서 벌떡 일어나 파란 옷을 입은 사내아이를 좇았다. 수양버들을 손에 쥔 아이가 돌아보자 이극은 얼굴을 일그러뜨리고 두 손을 갈퀴 모양으로 오므렸다.

"네놈이구나! 잡아서 구워먹어야겠다!"

"우와아아!"

아이는 소리를 지르며 필사적으로 뛰었다. 그러나 뛰어봤자 벼룩이라, 세 걸음 만에 이극은 아이를 따라잡았다.

"으아아앙!"

잡힐 것을 직감한 아이가 울음을 터뜨렸다. 그 바람에 멈칫한 사이, 누군가 아이를 덥석 들어 안았다.

"정말! 또 여기 숨어서 자고 있었어요?"

우는 아이를 안고 눈을 흘기는 여인. 여전히 아름답고 조금은 성숙해진 유서현이었다.

"숨어서 자다니, 그게 아니라……."

"고모! 으아아아아앙!"

유서현의 얼굴을 확인하고 서러움이 폭발했는지 아이가 더 크게 울었다. 유서현은 이극의 변명을 무시하고 아이를 달랬다.

"어구~ 그랬어요? 고모부가 괴롭혔어요? 고모가 떼끼 해줄게, 울지 마요? 뚝!"

유서현은 능숙한 솜씨로 아이를 달랬다. 금세 울음을 그치자 고개를 끄덕이고, 유서현은 이극을 향해 말했다.

"가서 문이나 닫고 와요."

"벌써 끝났어?"

이극은 까치집이 된 머리를 긁적이며 물었다. 유서현은 콧잔등을 찡그렸다가 이내 화사한 미소를 지으며 말했다.

"예, 예. 가르칠 거 벌써 다 가르치고 애들 다 집에 보냈답니다. 그러니까 얼른 뒷정리하고 오세요. 어머니랑 조 언니가 잔소리하기 전에요. 어서."

"알았어."

"빨리요."

유서현은 어기적거리는 이극의 엉덩이를 가볍게 두드렸다.

마지못해 뛰는 이극의 머리 위로 북일검문의 현판이 햇살을 받아 반짝이고 있었다.

『창룡혼』 완결